Ulla Neumann
Zutritt verboten

Über dieses Buch

In ihrem zweiten Kriminalroman serviert Ulla Neumann eine turbulente Geschichte mit einem sehr traurigen Hintergrund. Die Tochter der Protagonistin, Brigitte Gärtner, wurde vor fünfzehn Jahren entführt und getötet. Nun kommt der Mörder wieder auf freien Fuß und lebt in der Nähe der Eltern seines Opfers. Brigitte hat den Tod ihrer Tochter nie verwunden und »telefoniert« mit ihr. Sie erzählt ihr alles, was um sie herum passiert. Ihr Mann, Fred, geht derweilen eigene Wege, hat ein Verhältnis mit Steffi, einer Freundin von Brigitte, und plant einen heimlichen gemeinsamen Urlaub. Doch die Fahrt nach Zürich zum Bahnhof endet tragisch. Nachdem sie ihrer Freundin Steffi – die übrigens in Neapel auf Fred wartet – versprochen hatte, auf deren Hühnerhof aufzupassen, steuert sie den Hof an und findet ein Chaos vor. Erst nach Tagen ist sie in der Lage, sich der Situation zu stellen...

Ulla Neumann ist in Sigmaringen geboren, lebt am Bodensee und arbeitet als Keramikerin, Autorin und Designerin. Bisher ist bei Oertel+Spörer der Kriminalroman »Eiskalt« erschienen.

Ulla Neumann

Zutritt verboten

Oertel + Spörer

Dieser Kriminalroman spielt an realen Schauplätzen.
Alle Personen und Handlungen sind frei erfunden.
Sollten sich dennoch Ähnlichkeiten mit lebenden oder
verstorbenen Personen ergeben, so sind diese rein zufällig
und nicht beabsichtigt.

© Oertel + Spörer Verlags-GmbH + Co. KG 2013
Postfach 16 42 · 72706 Reutlingen
Alle Rechte vorbehalten.

Titelbild: juliasv_fotolia
Umschlaggestaltung: Bettina Mehmedbegovic,
Oertel + Spörer Verlag
Satz: Uhl + Massopust, Aalen
Druck und Bindung: CPI books GmbH, Ulm
Printed in Germany.
ISBN 978-3-88627-945-6

 Besuchen Sie unsere Homepage und informieren
Sie sich über unser vielfältiges Verlagsprogramm:
www.oertel-spoerer.de

Brigitte stand am weit geöffneten Fenster. Der Himmel war wolkenlos und von einem verdichteten Unendlichkeitsblau. Seine Tiefe wurde nur von den Kondensstreifen eines Flugzeuges unterbrochen. Der zuerst breite, weiße Streifen setzte sich nur noch als dünner Strich über den Bodensee und die fast mit der Hand greifbaren Alpen fort. Das Lachen der Kinder hörte sie, bevor sie in ihr Blickfeld gerannt kamen. Wie bunte Farbtupfer tauchten sie in den Schatten des alten Nussbaumes ein, um danach die letzten Meter durch gleißendes Sonnenlicht wie durch ein Bild, das durch den Fensterrahmen begrenzt war, zur Hintertür zu laufen. Die Mädchen hatten unter den alten Apfelbäumen auf der Wiese, die bis hinauf zum Wald reichte, gespielt. Brigitte konnte später nie verstehen, dass sie in diesem Moment so zufrieden, ja sogar glücklich gewesen war, während dort draußen Unfassbares geschah.

Hinter sich hörte Brigitte wie Gläser über die blank gescheuerte Holzplatte des Esstisches geschoben wurden und sie wusste, ohne sich umdrehen zu müssen, dass ihre Mutter mit einem zufriedenen Lächeln den frischen, selbst gemachten Himbeersaft, in einem Glaskrug dazugestellt hatte. Fünf kleine Mädchen kamen mit geröteten Gesichtern und nach frischem Gras duftend in die Wohnküche gestürmt. Kleine Schweißtröpfchen lagen wie Glasperlen über ihren Oberlippen. Sie kicherten und schwatzten, wie nur Achtjährige dazu in der Lage sind. »Durst, Durst, Durst« kam es wie ein Hilfeschrei aus jedem der kleinen roten Münder.

Im Raum breitete sich augenblicklich eine heitere Atmosphäre aus. Der warme Frühsommertag war zusammen mit den Kindern ins Haus gepurzelt. Der Kondensstreifen hatte sich in der Zwischenzeit aufgelöst. Nichts mehr trübte den klaren, blauen Himmel.

Die Kinder reichten die Gläser zum Nachfüllen und erst da bemerkte sie, dass Andreas Glas noch unberührt auf dem Tisch stand. Ihre Tochter war gar nicht im Raum. Sie wird auf der Toilette sein, war ihr kurzer Gedanke, der wie ein vom Wind aufgewirbeltes Blatt schnell vorbeiflog.

Die Kinder hatten ausgetrunken und standen nun verlegen da, so als ob sie auf etwas warteten. Die Worte ihrer Mutter: »Wo ist denn Andrea?«, rauschten an Brigitte noch vorbei. Als aber eines der Mädchen sagte: »Sie hat ihren Ball am Bildstöckchen vergessen und ist noch mal zurückgelaufen«, schrillten plötzlich hundert Alarmglocken. Das Ungeheuer Erinnerung tauchte drohend aus der Tiefe der Vergangenheit auf. Brigitte rannte barfuß in den Flur. Sie schlüpfte in ihre Laufschuhe, während sie den linken Schuh zuband, dachte sie: Warum geht es nicht schneller? Dieses Mal darf ich auf gar keinen Fall Zeit verlieren. Ich sollte fliegen. Ich kann es doch. Ich brauch doch nur die Arme auf und ab bewegen. Während sie den rechten Schuh doppelt knotete, stieg in ihr die Gewissheit auf, dass ab jetzt, von diesem Moment an, ihr Leben nie mehr so sein würde wie es war. Es gab keine Vergangenheit und es würde keine Zukunft geben. Es gab nur noch dieses eine Jetzt. Ein Jetzt das ewig war und doch nur einen Wimpernschlag dauerte.

Im Loslaufen beschloss sie, dass sie dieses Mal nicht im Wald, sondern in der Stadt suchen wollte. Sie würde weit und lange laufen. Sie würde in fremden Straßen, Kaufhäusern, überfüllten Aufzügen und U-Bahnen suchen. Sie würde auf dem ganzen Weg den Namen »Andrea« schreien.

Sie würde so laut rufen, dass er in jedem Mausloch, in jedem Hochhaus und im letzten Winkel auf dieser Welt wie Donnerhall zu hören wäre. Sie lief den Weg zur Straße hinunter und fing zu schreien an. Aber es war nur ein Flüstern, das aus ihrem Mund kam. Sie legte alle Kraft in ihre Stimme, während sie einen möglichst schnellen, gleichmäßigen Laufschritt einzuhalten versuchte. Es war wieder nur Krächzen, das aus ihrer Kehle drang. Wut, Hilflosigkeit und Angst krochen aus ihrem Bauch und breiteten sich in ihrem ganzen Körper aus. Ihr Hals schmerzte, von der vergeblichen Bemühung laut zu schreien.

Dann wachte sie auf. Bevor sie sich den immer wiederkehrenden Traum ins Gedächtnis zurückholen konnte, war er versunken. Stattdessen setzten scharfe, stechende Kopfschmerzen ein und überfluteten die Erinnerung.

Brigitte tastete nach dem Lichtschalter. Sie drehte sich zur Seite und riss die Augen auf. Ihre salzverkrusteten, verklebten Lider kratzten schmerzhaft über ihre ausgetrockneten Augäpfel. Sie blickte genau auf den halb geöffneten Mund des friedlich schlafenden Fred. Er sah fremd und zerknautscht aus.

Sie überlegte, ob sie sich eine Schlaftablette holen sollte? Nach einem Blick auf die Uhr stellte sie fest, dass es bereits nach vier war. Bis sie wieder einschlafen könnte, wäre es sicher fünf. Nach sechs würde der Wecker klingeln und sie dann aus dem Tiefschlaf reißen.

Leise stand sie auf und zog sich im Flur einen Arbeitskittel über ihren Schlafanzug. Durch die Hintertür trat sie auf den Hof hinaus. Die Nacht war klar und kühl. Aber es lag keine winterliche Schärfe mehr in der Luft. Es roch nach Veränderung. Der Frühling ließ sich bereits erahnen. Der Schmerz in ihr zog sich nach einigen tiefen Atemzügen in ihren Bauch zurück. Mit zum langsam verblassenden Sternenhimmel gewandtem Gesicht ging sie über den Hof zu ihrem Atelier im alten Kuhstall. Die Tür war nicht abgeschlossen. Es gab keinen Schlüssel mehr zu dem über hundert Jahre alten Schloss. Ihr Vater hatte immer gesagt: »Der Schlüssel ist irgendwo.« Dann folgte sein Lieblingssatz: »Im Universum geht nichts verloren.« Jeder, der auf den Hof kam, auch wenn es nicht mehr sehr viele waren, respektierte das große gelbe Schild »Zutritt verboten«. Sie hatte es auf das dicke, verwitterte Holz genagelt, genau über das alte weiße Emailleschild mit der blauen Aufschrift »TBC freier Bestand«. Brigittes Seele war wie diese Tür, uralt und zerfurcht. Das Dahinter war für niemanden mehr zugänglich. Fred und ihr Vater hatten das Atelier für sie eingerichtet. Es war eine Überraschung gewesen. Die Männer hatten damals alles darangesetzt, sie nach der Zeit in der Psychiatrie aus ihrer Lethargie herauszuholen. In der Klinik hatte man ihr beigebracht, auf einer Töpferscheibe zu arbeiten. Sie musste sich mit etwas beschäftigen und Interesse zeigen, sonst hätten die Ärzte sie nicht entlassen. Brigitte wusste nicht, was schlimmer war, zu Hause mit der Realität und ohne Kind zu leben oder 24 Stunden am Tag, unter pausenloser Beobachtung, eingesperrt zu sein.

Wenn sie nicht im Freien auf den Feldern arbeiten konnte, war ihre Werkstatt ihre Zuflucht. In der Zwischenzeit hatte sie gelernt, während des Arbeitens mit dem weichen Material, sich in ihre Hände zu versenken und ihre Gedanken unter Verschluss zu halten. Ihr Körper war wach, ihr Geist schlief wachsam. Sie musste immer auf der Hut sein, um nicht plötzlich von der Vergangenheit überrumpelt zu werden. Sie zwang sich, den Inhalt ihres Kopfes zu vergessen. Sie wusste manchmal nicht, ob es Tag oder Nacht war. Solange die kühle, glatte Erde durch ihre Finger glitt, konnte sich keine Erinnerung festsetzen.

Sie stellte keine Gebrauchsgegenstände her. Es ging ihr nicht darum, etwas Nützliches zu machen. Es ging ihr nur um dieses Gefühl. Am liebsten drehte sie den Ton zu Eiern. Ob es die Herausforderung war, die perfekte Form zu gestalten, oder die Symbolik dieser Objekte, darüber hatte sie nie nachgedacht. Sie drehte Eier bis hin zur Größe eines Eies, auf dem sie sitzen konnte und auf dem sie gelegentlich hin und her schaukelte. Sie experimentierte mit Glasuren, die alle Farbschattierungen aufwiesen. Am schönsten fand sie ihre Eier, wenn sie den natürlichen Farben entsprachen. Die ihrer Meinung nach besten Eier behielt sie. Sie standen in Regalen oder lagen in Körben nach Größen sortiert. Nicht so gelungene hatte sie im Garten zu einem Scherbenhügel aufgehäuft. Es war der Hügel ihrer verlorenen Gedanken. Jeden Sommer überwucherten Trichterwinden mit ihren großen weißen oder kleinen rosa Blüten die Scherben des vergangenen Jahres und wurden wiederum von neuen Scherben zugedeckt. Silberne Streifen Schneckenschleim überzogen den Hügel mit einem Gitter aus Glanz. Außer den Eiern modellierte sie Frauenkörper. Alle ihre Skulpturen hatten eines gemeinsam, dicke Bäuche und volle Brüste. So, als ob sie schwanger wären. Ihre Gesichter waren nie ausgeformt, auch ohne Mund und Augen drückten sie Trauer aus. Arme und Beine waren nicht notwendig. Nur die pralle Weiblichkeit und der Ausdruck von Trauer und Einsamkeit war ihr ständig wiederkehrendes Thema.

Auf einer freien Wand des ehemaligen Stalles war über die Jahre ein riesiges, reliefartiges, abstraktes Bild entstanden. Es bestand nur aus kräftigen Farben und es veränderte sich im Laufe der Zeit. Brigitte bemalte die Wand mit neuen Farben oder sie kratzte an bestimmten Stellen Teile davon ab. An dieser Fläche agierte sie. Sie schlug mit dem Pinsel darauf ein, dann streichelte sie darüber, um kurz darauf die

Zärtlichkeiten mit einem groben Spachtel zu entfernen. Die Wand war der Seelenspiegel ihrer letzten fünfzehn Jahre und sie war noch immer ständiger Veränderung unterworfen.

Brigitte knipste die nackte Glühbirne über dem mitten im Raum stehenden Tisch an. Sie rieb sich fröstelnd die Hände. Die ringsum mit Arbeitsutensilien vollgestellte Tischplatte tauchte wie eine Insel aus der Dunkelheit auf. Sie öffnete einen Plastiksack und fing an, Ton für eine Skulptur zu kneten. Unter dem Tisch kam miauend eine Tigerkatze aus ihrem Korb gesprungen. Sie streckte sich und strich schnurrend um Brigittes Beine. Sie füllte ein Schälchen mit Futter und schob es, ohne die Katze zu berühren, unter den Tisch. Das knackende Trockenfutter zwischen den Katzenzähnen war das einzige Geräusch im Raum.

Es war Donnerstagmorgen und Fred bereits aus dem Haus. Er hatte den Südkurier nur kurz überflogen und aufgeschlagen auf dem Tisch liegen gelassen. Im Vorbeigehen sprangen Brigitte die Worte Buchhändlerin und Aushilfe ins Auge. Über den Tisch gebeugt las sie die Anzeige. Sie war einmal Buchhändlerin gewesen. Sie hatte es nur fast vergessen. Hinter der Anzeige tauchte wie bei einem nachlässig übermalten Bild die Zeit auf, in der sie in Friedrichshafen gearbeitet hatte. Etwas von einer lange nicht mehr gespürten Leichtigkeit breitete sich plötzlich beim Lesen dieser gedruckten Worte in ihr aus.

Donnerstag war Markttag in Markdorf. Sie waren in Bodenseenähe und die ersten Touristen mischten sich bereits unter die Einheimischen, die die Straße zwischen Kirche und

Bischofschloss bevölkerten. Brigitte parkte an der Stadthalle. Sie überquerte die Straße mit gesenktem Kopf, ohne auf die rote Ampel zu achten. Der Fahrer eines Kleinlasters war gezwungen, eine Vollbremsung zu machen. Er hupte und schrie: »Blinde Kuh!« hinter ihr her. Ihre Reaktion darauf war, ihre verspiegelte, große Sonnenbrille mit dem Zeigefinger etwas höher auf die Nase und näher vor die Augen zu schieben. Sie trug wie üblich, unauffällige Tarnkleidung: Jeans und über einem grauen Pullover eine weite, dunkelblaue Strickjacke, was zu ihrer großen, fast mageren Gestalt passte. Ihre langen, grau melierten Haare hatte sie nachlässig mit einer schwarzen Kordel im Nacken zusammengebunden. Ihre Stofftasche schlenkerte sie mit unkontrollierten Bewegungen. Es war ein Ausdruck ihrer Unsicherheit.

Direkt hinter dem Untertor standen die ersten bunten Marktstände. Brigitte war schon lange nicht mehr hier gewesen. Orte mit vielen Menschen schreckten sie ab. Warum sie ausgerechnet heute herkam, wusste sie selbst nicht. Sie war einfach einem Impuls gefolgt. Das Wort »Buchhändlerin« in der Zeitung hatte sie aus ihrem gewohnten Trott gerissen. Sie hatte sich in ihren alten Rover gesetzt und war den Gehrenberg hinuntergefahren. Vielleicht, weil es nach Frühling roch, und es der erste wärmere Tag zu werden versprach. Sie hatte sich die alte Sonnenbrille aufgesetzt, die fast ihr halbes Gesicht verdeckte. Hinter den von außen undurchsichtigen, verspiegelten Gläsern fühlte sie sich geschützt. Es war wie ein Versteck. Die Welt ohne Filter war ihr unerträglich. Sie brauchte durch die dunklen Gläser nur das zu sehen, was sie sehen wollte, und vielleicht war sie gelegentlich dahinter unsichtbar. Hoffte sie.

Gleich am ersten Stand steckten zwei Frauen bei ihrem Anblick die Köpfe zusammen. Ihre Gesichter tauchten wie Fragmente aus der Tiefe von Brigittes Vergangenheit auf.

Woher kannte sie die Frauen? Sie waren mit Bildern von *damals* verbunden. Sie zwang sich, ihren Kopf nicht zu senken. Aus den Augenwinkeln beobachtete sie und glaubte, die vor Mitleid triefenden Stimmen zu hören. Hatten die denn selbst keine Probleme? Gab sie denn nach all der Zeit immer noch Gesprächsstoff? Sie musste sich zwingen, langsam an den Ständen entlang zu schlendern, so wie es fast alle Marktbesucher taten. Ein Wochenmarkt an einem der ersten warmen Frühlingstage war kein Ort, an dem man es eilig hatte. Hier einzukaufen gab einem das Gefühl, privilegiert zu sein. Mann oder Frau bekam hier extra frische und gesunde Lebensmittel, obwohl, Brigitte war sich sicher, dass die meisten Produkte womöglich aus der gleichen Quelle wie das Angebot im Supermarkt stammten.

Markttag war gleichzeitig Kommunikationstag. Überwiegend Frauen standen in kleinen Gruppen zusammen und tauschten die Neuigkeiten der vergangenen Woche aus. Sie konnten es in Ruhe und mitten auf der Straße tun, der Platz war für Autos gesperrt. Brigitte musste Slalom zwischen den Grüppchen laufen. Man traf sich zufällig oder verabredet zu einem kleinen Schwatz auf der Straße und im Café. Brigitte wurde gegrüßt. Es wurde ihr mit schlecht verborgenem Erstaunen zugenickt. Aber niemand hatte das Bedürfnis, sich zu ihr zu stellen und mit ihr zu plaudern.

In der Kirche neben dem Marktplatz spielte jemand auf der Orgel, sodass jeder, der wollte, noch zusätzlich etwas für seine Seele vom Markt mit nach Hause nehmen konnte.

Brigitte ging an drei ihr unbekannten Frauen vorbei, die sich angeregt unterhielten. Kurz danach stellte sie sich am Gemüsestand an. Frühkartoffeln aus Marokko und die ersten Erdbeeren wollte sie kaufen. Gedämpfte Stimmen drangen an ihr Ohr. »Sie kann einem leidtun, es ist doch jetzt fünfzehn Jahre her.« Eine andere Stimme mit dramatischem

12

Unterton fuhr fort: »Er muss bald entlassen werden. Ob der sich noch mal hierher traut? Seine Familie ist ja weggezogen. Das würde sicher ein neues Drama geben.«

Brigitte dachte: Halten die mich für taub, oder bin ich wirklich gerade unsichtbar?

Eine dritte hoffnungsvollere Stimme fiel der zweiten ins Wort: »Vielleicht kommt er ja in Sicherungsverwahrung. Zu wünschen wäre es. So einer ändert sich doch nie.«

Brigitte war an der Reihe. Sie konnte und wollte dem Gespräch nicht weiter folgen. Sie bekam ihre Einkäufe ausgehändigt und es kostete sie große Überwindung, nicht sofort umzukehren und zu ihrem Auto zurückzurennen. Sie lief schnell. In ihren verspiegelten Augengläsern tauchte ein Eierstand auf. Schon von Weitem war Steffi an ihrem hoch aufgetürmten, roten Lockenberg, der mit ihrem tomatenroten Lippenstift konkurrierte, zu erkennen. Steffi war nicht sehr groß und mogelte mit dieser Frisur fünf Zentimeter dazu. Fünf Zentimeter brachten die Absätze und sie war 165 cm groß und nicht 155 cm klein. Sie trug eine enge, schwarze Bluse, an der zwei Knöpfe zu viel geöffnet waren und dazu einen getigerten Minirock, zwei Handbreit zu kurz für ihre 40 Jahre.

Wie üblich standen einige Rentner vor ihrem Stand Schlange. Brigitte hatte den Verdacht, sie nahmen alle für das wöchentliche Vergnügen, einen Blick auf das wirklich sehenswerte Dekolletee und in die schwarz umrandeten, smaragdgrünen Augen werfen zu können, einen zu hohen Cholesterinspiegel in Kauf. Wie viele von ihnen bestanden auf dem täglichen, ganz frischen Frühstücksei, nur um einen Grund zu haben, am nächsten Donnerstag einen kleinen Schwatz mit der fröhlichen, schlagfertigen und hübschen Wienerin zu halten? Brigitte fragte sich: Was zieht meinen Fred zu dieser Frau? War es wirklich nur Hilfsbereitschaft, wie er vorgab? Oder war es ihre erotische Ausstrahlung?

Steffi sah Brigitte auf sich zukommen. Überrascht aber lachend rief sie ihr entgegen: »Mein Gott Brigitte! Welchem Umstand haben wir es zu verdanken, dich hier auf dem Markt zu sehen? Hat es die Sonne geschafft, dich von deinem Hof den Gehrenberg herunter zu locken?«

Brigitte wurde verlegen. Sie nahm ihre Sonnenbrille ab und stammelte: »Ich dachte, ich wollte…«, dann etwas trotzig: »Warum, sollte ich nicht? Außerdem brauche ich Eier.«

Die vier wartenden Herren machten Brigitte Platz. Sie bildeten eine Gasse und wie eingeübt machten sie mit einladender Handbewegung eine kleine Verbeugung. Wie eine überalterte Fernsehballetttruppe dachte Brigitte. Sie nahm das Angebot an und trat vor. Steffi bedankte sich mit einem charmanten Lächeln. Zu Brigitte gewandt lobte sie, als ob diese ein kleines Kind wäre: »Das hast du gut gemacht, solltest es öfter tun. Wie viel Eier sollen es sein?«

Brigitte zeigte auf einen Zehnerkarton und Steffi reichte ihn ihr lachend: »Besonders schöne, vielleicht eignen sie sich als Modelle!«

Brigitte fragte mit verblüfftem Gesichtsausdruck: »Woher weißt du? Was erzählt dir Fred von mir? Na, wenn schon!« Sie setzte hastig ihre Sonnenbrille auf und machte, ohne die Form zu wahren und nach dem Preis zu fragen, ein paar schnelle Schritte vom Stand weg, bevor sie sich zu einem betont lässigen Schritt zwang.

Die Verkäuferin am Blumenstand war Paula. Sie war eines der Mädchen, die damals an diesem *Nicht-daran-denken-Tag* mit Andrea gespielt hatte. Brigitte schob ihre Brille hoch. Es hatte einen Moment gedauert, bis sie Paula erkannte. Sie war bestimmt 180 groß und musste an die 120 Kilo wiegen. Außerdem hatte sie jetzt weiß blondiertes Stoppelhaar und mehrere Ohrringe funkelten an jeder Ohrmuschel. Sie war gerade dabei, eine kleine, alte Dame zu bedienen. Diese kramte in ihrem Geldbeutel nach Münzen. Paula hielt ihr einen Bund rosa Rosen entgegen. Die Frau entschuldigte sich für ihre Langsamkeit: »Ich bin immer auf der Suche nach meinem Geld. Entweder ich habe die falschen Münzen in der Hand oder es ist überhaupt nichts mehr in meinem Portemonnaie. Ich frage mich jeden Abend, wo mein Geld mal wieder abgeblieben ist.«

Paula blinzelte verschwörerisch zu Brigitte hinüber.

»Ich sag ja immer, man sollte es mit einem Schwanz versehen!«

Die alte Dame hielt im Suchen inne. Sie blickte verständnislos an Paula hoch. »Warum denn das?«

Aus Paulas Brust kam ein fröhliches Glucksen. »Na, ist doch klar, damit man es besser festhalten kann!«

In der Zwischenzeit waren zwei weitere Kundinnen an den Stand getreten. Alle lachten und die kleine, alte Dame entfernte sich kichernd. Ihren Blumenstrauß trug sie wie eine Fahne vor sich her.

Brigitte nahm sich vor, diese Begebenheit Andrea zu erzählen. Sie wandte sich den Blumen zu. Früher, speziell im Frühling, hatten sie oder ihre Mutter immer bündelweise Tulpen und Narzissen vom Markt heimgebracht. Das ganze Jahr über war jedes Zimmer mit frischen Blumen geschmückt gewesen. Die Blumenkästen vor den Fenstern wurden bepflanzt und ihr Garten war ein Blütenmeer, das oft kaum zu bändigen war. Ein Gedanke schlich sich bei ihr ein: Wo sind die alten Kästen? Ich könnte ja dieses Jahr mal wieder Blumen vor den Fenstern pflanzen.

Bevor sie zu einer Entscheidung kam, wurde sie von Paula abgelenkt, sie winkte hinter ihrem Stand mit beiden Händen und fragte. »Was darf es sein Frau Gärtner?« Brigitte

schaute sie irritiert an: »Du hast eine neue Frisur?« Paula
strich sich lachend über die Stoppeln: »Nö, hab ich schon
lange, knackig und praktisch, nicht? Sie sollten öfter auf
den Markt kommen. Sie verpassen wirklich was.«
Brigitte war selbst überrascht, als sie sich sagen hörte:
»Scheint so, ich werd' es mir überlegen.«
Sie kaufte drei Töpfe mit roten Ranunkeln. Sie umschloss
einen der dicken, zarten Blütenköpfe mit der Hand. Er
fühlte sich an wie kühles Nichts. Sie zog die Hand schnell
zurück, so, als ob sie von der Berührung einen elektrischen
Schlag erhalten hätte. Paula stellte die Töpfe in einen Karton und legte eine voll aufgeblühte gelbe Rose mit schüch-
ternem Lächeln dazu. »Für Andrea« sagte sie leise.
Brigitte bezahlte und setzte ihre Sonnenbrille auf, bevor sie
den Karton annahm. Im Gehen flüsterte sie mit gesenktem
Kopf: »Danke.«
Sie hatte das alles vergessen oder sehr tief in ihrem Unterbe-
wusstsein vergraben. Plötzlich konnte sie es wieder sehen:
das Licht und die Farben, die Gerüche und Geräusche berührten sie. Sie hüllten sie ein wie eine weiche, bunte Decke.
Brigitte nahm die Sonnenbrille wie einen Filter ab, der bestimmte, welche Eindrücke durchgelassen wurden. Die verspiegelte Brille war der Türsteher vor ihrer Seele und ihren
Erinnerungen.
Ein kleines Mädchen riss sich von der Hand seiner Mutter los und rannte auf einen winzigen Hund zu. Es stolperte und fiel auf die Knie. Es weinte sofort jämmerlich.
Der Miniaturhund versteckte sich erschrocken kläffend
und zitternd hinter den Beinen seiner Besitzerin. Die Mutter nahm das Kind in die Arme und tröstete es. Brigitte, die
den Vorgang beobachtete, stülpte sich mit einem Ruck die
dunkle, große Brille auf die Nase zurück und rannte wie ge-
hetzt in Richtung Obertor, wo sie eigentlich gar nicht hin

wollte. Der Anblick der jungen, tröstenden Mutter mit dem schluchzenden Kind auf dem Arm, war ihr unerträglich.

Den alten olivgrünen Range Rover hatte sie vor der hinteren Haustür unter den noch kahlen Ästen des Nussbaumes geparkt. Brigitte wollte gerade mit ihren Einkäufen im Arm ins Haus gehen, als ein neuer schwarzer Rover, mit der weißen Aufschrift »Ottos Hühnerfarm«, in den Hof geprescht kam und mit einer Vollbremsung direkt hinter ihr hielt. Bruno, Steffis rechte, italienische Hand, sprang lässig aus dem Auto. Er stellte die aus den voll aufgedrehten Verstärkern dröhnende Schlagermusik ab. Brigitte schien es, als ob sich die aufdringlichen Töne im Hof zwischen Haus und Stall verfangen hätten und den Weg hinaus nicht fanden. Brunos Lachen zog sich über sein ganzes Gesicht und schien nur aus makellos, blitzenden Zähnen zu bestehen.
»Ciao, Brigitte«, rief er ihr entgegen.
Brigitte setzte die gerade abgenommene Sonnenbrille wieder auf. Ihr »Hallo, Bruno«, war bedeutend kühler. Bruno griff nach ihren Einkäufen und wollte sie ins Haus tragen. Brigitte hielt den Karton mit den Blumen und die Stofftasche fest an sich gepresst. Sie drehte sich zur Seite und damit ihre Blumen aus Brunos Reichweite und fragte kurz:
»Ist was?«
Bruno gab es auf, ihre Schätze an sich zu bringen. Er legte ihr die Hand auf den Arm. »Hat Fred nix gesagt?«, wollte er wissen.
Brigitte gab keine Antwort.
»Ich brauch Hänger. Soll Steine für neue Terrasse von Chefin holen. Unser Hänger is kaputt!«
Brigitte nuschelte unwirsch: »Er steht hinten im Geräteschuppen, du kannst ihn nehmen.«
Sie wollte sich umdrehen und ins Haus gehen, dabei fiel ihr

Blick auf die alte Stalltür mit dem gelben Zutritt-verboten-Schild. Sie stellte schnell die Einkäufe in ihr Auto zurück und rannte Bruno nach, der geradewegs auf den Atelier-eingang zuging. Im Laufen sagte er: »Kann ich mal sehen?« Brigitte sagte: »Nein« und dann schrie sie: »Nein«, aber Bruno war bereits eingetreten.

»Kannst du nicht hören? Ich habe nein gesagt!«, fauchte sie. Bruno machte schnell ein paar Schritte von ihr weg in den Raum hinein. In der Mitte blieb er stehen und schaute sich um. Sein Gesicht bekam einen fast andächtigen Ausdruck. »Fantastico Brigitte, fantastico!« Bruno flüsterte, als sei er in einer Kirche. Er ging langsam durch die offen stehende Seitentür zu dem in einem Bretterverschlag stehenden Brennofen. Er zog die bereits halb geöffnete Tür auf. Er beugte sich in den großen Ofen hinein, und als sein Kopf wieder zum Vorschein kam, fragte er grinsend: »Können wir hier nicht Schweinschen für die Gartenparty von der Chefin braten?«

Brigitte tippte an den Bügel ihrer Sonnenbrille. »Du spinnst wohl! Der Ofen bringt 1400 Grad. Da bleibt von deinem Schweinschen nur noch Asche übrig.«

Brunos Grinsen verstärkte sich. »Incredibile, so groß und 1400 Grad. Is perfetto, um ganze Leiche verschwinden zu lassen.« Brigitte wurde energisch. »So jetzt reicht es aber. Raus hier!« Bruno ignorierte sie. Brigitte fasste ihn am Ärmel und zog ihn hinaus, was er sich lachend gefallen ließ.

Das Püppchen lag nackt in seiner Badewanne im Puppenhaus, dort wo es seit fünfzehn Jahren badete. Das Wasser war längst verdunstet, aber sonst hatte sich in all der Zeit nichts verändert. Zwischen dem Puppenhaus und einem Kleiderschrank, dessen Türen geöffnet waren, saß Brigitte auf einem wollweißen Teppich am Boden im Schneidersitz. Vor ihr stand ein altmodischer, cremefarbener Telefonapparat, der noch eine Wählscheibe hatte. Den Hörer am Ohr sprach sie mit sanfter Stimme und lebhafter, gelöster Mimik. Ein Kabel führte vom Telefon in den Schrank, der voller bunter Mädchenkleider hing. Vor sich hatte sie einen Korb mit getrockneten Blütenblättern und den Karton mit den Ranunkeln vom Markt. Während sie in den zwischen Ohr und Schulter eingeklemmten Hörer sprach, pflückte sie die Blütenblätter der gelben Rose von Paula in den Korb.

»Und da hat Paula doch gesagt, sie ist übrigens immer noch so witzig, wie sie es schon als Kind war, und sie hat jetzt weißblondes Stoppelhaar. Man sollte es mit einem Schwanz versehen. Die alte Dame hat gekichert wie ein kleines Mädchen. Paula hat mir eine gelbe Rose für dich mitgegeben. Lieb von ihr, nicht?«

Brigitte hatte die Rose abgezupft. Sie mischte, während sie redete, die frischen Blütenblätter mit den getrockneten. Sie raschelten und verströmten einen zarten Duft. Ihre Hände bewegten sich unablässig. Sie nahmen Blätter auf und ließen sie zurückrieseln und dann fing sie an, die roten Ranunkelblüten abzurupfen und auch diese in den Korb zu streuen.

»Andrea, Liebling, ich vergesse es bestimmt nicht, irgendwann bring ich dir die Blumen. Dein Opa würde jetzt sagen: Das Universum vergisst nichts oder im Universum geht nichts verloren. Das waren doch seine Lieblingssprüche. Kannst du dich noch erinnern? Er hat dich damit getröstet, als deine Schildkröte weggelaufen war und du deswegen weintest.« Mit nervösem Blick sah Brigitte auf ihre Uhr. »Es war schön mit dir zu quatschen, aber es ist vier

Uhr. Dein Pa wird gleich nach Hause kommen.« Und dann fügte sie etwas zögernd hinzu: »Er wird immer eigensinniger und du weißt, dass er nicht gerne auf seinen Kaffee und die Waffel wartet. Ich melde mich wieder. Tschüss, mein Liebes!«

Brigitte legte den Hörer auf. Sie schob das Telefon unter die Kinderkleider im Schrank. Sie schloss die Türen. Sie drehte den Schlüssel, bevor sie ihn abzog und prüfte, ob der Schrank wirklich verschlossen war. An der Wand, über einem Bett mit Blumenüberwurf hing ein von Kinderhand gemaltes Baum-Bild. Den Schrankschlüssel klemmte Brigitte hinter den Rahmen. Den Korb mit den Blüten stellte sie ans Fußende des Bettes. Sie nahm den Karton mit den zerrupften Ranunkeltöpfen und verließ das Zimmer. Sie schloss auch diese Türe mit einem Schlüssel, den sie in ihre Hosentasche steckte und später in ihrem Atelier in einem der Eierkörbe versteckte. Die Pflanzen brachte sie in den Garten und warf sie auf den Kompost. Den Karton riss sie in kleine Stücke und steckte ihn mit den drei leeren Plastiktöpfen in den Mülleimer.

Es war Waffelzeit. Sie musste sich beeilen. Dieses Ritual bestimmte ihren Tag und manchmal dachte sie, auch ihr Leben. Fred bestand darauf. Sie verstand nicht, warum er so krampfhaft daran festhielt.

Kurz darauf war Brigitte in ihrer Wohnküche und arbeitete widerwillig mit hektischen Bewegungen. Sie schlug zwei Eier in eine Schüssel und gab Sahne, Mehl und Zucker dazu.

Mit dem elektrischen Rührgerät verarbeitete sie die Zutaten zu einem dickflüssigen Teig. Sie holte ein Waffeleisen aus dem Schrank. Sie gab Kaffee und Wasser in die Kaffeemaschine, und als alles bereit war, stellte sie sich an das vordere Küchenfenster. Sie stand völlig unbeweglich, bis unten auf der Abzweigung von der Landstraße, zwischen den Reihen- und Einfamilienhäusern, die von ihr aus wie ausgestreute, bunte Bauklötze wirkten ein dunkelblauer Kombi auftauchte. Dann erst drückte sie auf den Knopf der Kaffeemaschine und schaltete das Waffeleisen ein. Das Blubbern von kochendem Wasser mischte sich kurz darauf mit dem Motorengeräusch eines in den Hof einfahrenden Autos. Kaffeeduft breitete sich in dem gemütlichen Raum aus. Brigitte strich sich nervös über den Kopf und zog das Band, das die Haare im Nacken zusammenhielt, nochmals fest. Sie klopfte sich etwas Mehl aus dem grauen Pulli. In dem Moment, in dem die Hintertür ins Schloss schnappte, gab sie einen Löffel Teig in das heiße Waffeleisen.

Fred kam, so etwas wie einen Gruß murmelnd, herein. Er stellte seine Aktentasche ab und setzte sich nach der Tageszeitung greifend an den Esstisch. Von seinem Platz aus konnte er durch das gegenüberliegende, zweite Fenster im Raum den Hof zwischen Haus, Stall und Scheune überblicken. Freds dunkler Lockenkopf verschwand hinter der Zeitung.

Brigitte goss Kaffee in zwei Tassen. Sie gab Sahne und Zucker dazu und stellte eine Tasse neben die rechte Hand des Zeitung lesenden Fred. Sie nahm die erste Waffel aus dem Eisen und ihr Duft vereinte sich mit dem des frisch aufgebrühten Kaffees. Es roch nach Harmonie und Glück. Sie füllte das Eisen mit einem neuen, dicken Klacks Teig und einer Butterflocke. Als kein Zischen und Dampfen mehr aus dem Gerät kam, nahm sie die zweite Waffel heraus, streute Puderzucker darüber, legte sie ebenfalls auf einen Teller und teilte sie in fünf kleine Herzen. Während sie sich der Zeitung gegenüber setzte, schob sie einen der Teller neben Freds Tasse.

Seine Hand tauchte hinter der Zeitung auf, die dadurch wie

eine schlaffe Fahne herunter hing. Er nahm einen Schluck Kaffee und stellte die Tasse unsanft zurück. »Du hast vergessen umzurühren!« Schuldbewusst entschuldigte sie sich und sprang dabei so überhastet auf, dass der große Tisch, an dem acht Personen bequem Platz hatten, wackelte. Kaffee schwappte über. Fred schaute kurz hinter seiner Zeitung hervor und schüttelte missbilligend den Kopf. Sie wischte die Tasse ab und wechselte die Untertasse. Sie rührte im Kaffee und stellte die Tasse wieder vor Fred. Er las, und ab und zu ließ er die Seiten hängen, um mit seiner rechten Hand nach der Tasse zu greifen, einen Schluck zu trinken oder mit einem Waffelherz dahinter zu verschwinden.

Brigitte saß auf der anderen Seite des Tisches mit dem Fenster im Rücken. Sie fragte sich, was er wohl mit der Waffel hinter der Zeitung machte? Vielleicht isst er sie ja gar nicht! Aber was kann man mit Waffelherzen schon anderes tun? Waffelherzen sind dazu da, in der Mitte gefaltet, gebrochen und aufgegessen zu werden. Ob Waffelherzen etwas fühlen? Morgen schneide ich ein kleines Loch in die Zeitung, damit ich beobachten kann, was dahinter geschieht. Ob er es merken würde, wenn seine Zeitung ein Loch hätte? Vielleicht hatte sie ja schon lange ein Loch und er beobachtet mich bereits seit Jahren.

Von ganz weit unten, hinter ihren Gedanken, tauchte das Bild eines hinter einer Zeitung versteckten riesigen Waffelherzens auf, das sich lauter kleine, zusammengeklappte, in der Mitte geknickte Freds in den aufgebrochenen Mund schob. Brigitte schüttelte den Kopf und schob die verwirrenden Bilder zurück in die Tiefe, aus der sie gekommen waren. Sie bemerkte, dass sie anfing, *dumm zu denken*. Anstelle der verspiegelten Sonnenbrille hängte sie sich ein imaginäres Zutritt-verboten-Schild an die Stirn. Eigentlich müsste ich ein Austritt-verboten-Schild in meinen Kopf hängen, dachte sie und stieß einen Löffel tief in ein Glas mit flüssigem Honig. Sie ließ die goldene Süße in Fäden über ihre Waffel laufen, bis die kleinen Vertiefungen ausgefüllt waren, das Weiß des Puderzuckers aufgesaugt war und der braune Teig glänzte. Es roch plötzlich nach Sommer und der schwere Duft eines Rapsfeldes, das zitronengelb in der Sonne leuchtete, breiteten sich um sie aus. Sie sah die leuchtend gelben Felder, die wie hingeworfene Laken zwischen grünen Wiesen und mattbraunen Äckern lagen. Sie war eingehüllt in einen Geruch, der altbekannt und doch fern war. Und irgendwo in ihrem verkrusteten Innern rieselte etwas. Brigitte steckte ein gebrochenes Waffelherz in den Mund. Sie saß immer noch der Zeitung gegenüber. Sie machte einige Male den Versuch etwas zu sagen. Sie öffnete den Mund wie ein an Land geworfener Fisch, um ihn gleich wieder tonlos zu schließen. Als endlich das letzte Herz hinter der Zeitung verschwunden war, kamen hastige Worte wie Sprechblasen aus ihrem Mund: »In der Zeitung ist eine Anzeige! Hast du sie gesehen? Sie ist auf der vorletzten Seite! Der Buchladen in Friedrichshafen, in dem ich gelernt habe, sucht eine Aushilfsverkäuferin! Nur für samstags! Ich würde gerne wieder arbeiten! Ich bin doch Buchhändlerin!«

Nach jedem Satz machte sie eine Pause und hoffte auf eine Reaktion. Aber es geschah nichts. Die Zeitung stand ganz still vor ihr. Sie raschelte nicht. »Was meinst du?«, fragte sie zaghaft. Es kam keine Antwort. Brigitte redete weiter.

»Hast du was dagegen? Ich hätte immer noch genügend Zeit für die Arbeiten auf dem Hof! Es sind doch nur ein paar Stunden jede Woche!« Noch immer kam keine Antwort von hinter der Zeitung. Wie von außerhalb hörte sie wie ihre eigene Stimme plötzlich energisch und ungewohnt laut fragte: »Hast du mir zugehört?« Endlich raschelte

Papier, begleitet von einem kurzen abfälligen Lachen. »Wenn du meinst, du brauchst das. Wenn es dir hilft!« Ob Fred oder die Zeitung geantwortet hatte, wusste Brigitte nachher nicht mehr. Sie hatte die zwei Sätze laut und deutlich gehört. Sie trank ihren Kaffee aus und stellte Tassen und Teller in die Spülmaschine.

Das Telefon, das neben dem Tisch auf einer Anrichte stand, klingelte. Fred warf seine Zeitung zur Seite und sprang auf. Er nahm den Hörer ab und imitierte einen Anrufbeantworter. Er sah plötzlich wie ein großer Schuljunge aus, der im Körper eines Fünfzigjährigen steckte.

»Sie sind mit Gärtners verbunden, wenn sie nach dem Signalton eine Nachricht hinterlassen, rufen wir zurück. Piep, piep, piep!« Nach einer kurzen Pause, in der Fred zuhörte, sprach er übertrieben laut in den Apparat: »Hallo Walter, altes Haus, wo steckst du denn die ganze Zeit? Wir haben dich bei der letzten Musikprobe vermisst. Und du willst wirklich nicht mit nach Dresden kommen? Du gehörst doch zum harten Kern. Ohne deine Trompete wie soll das gehen?« Nach einer kleinen Pause fuhr er genauso laut fort: »Was willst du machen. Schnaps ist Schnaps und Dienst ist Dienst. Dein Chef drückt sich wohl vor dieser Konferenz? Ich verstehe es ja. Verbrechensvorbeugung ist ein wichtiges Thema und allemal wichtiger, als bei den Sachsen Musik zu machen. Es ist einfach schade, dass du nicht mit kannst.« Fred wechselt den Hörer in die andere Hand und grinste vor sich hin: »Ich glaube du bist nicht scharf darauf, nach Dresden mitzukommen, weil du dort keine Maultaschen bekommst! Geb's doch zu! Es wird sicher ein Riesenspaß, auch ohne Maultaschen.« Fred nickte zu Brigitte hinüber und sagte: »Ich geb' die Grüße an Brigitte weiter und du ebenfalls an Anne.«

Fred legte auf und wollte das Gespräch Brigitte erzählen.

Er fing an: »Walter kann nicht mit auf den Musikerausflug nach Dresden kommen. Er muss zu einer Kriminaler-Konferenz.«

Brigitte drehte sich weg und klapperte mit Geschirr und Besteck. Fred brach ab. Er stand einen Moment unschlüssig, dann sagte er: »Ich fahr noch zu Steffi raus. Ich hab ihr versprochen, ein neues Programm auf ihrem PC zu installieren.« Im Hinausgehen murmelte er über die Schulter: »Es kann spät werden.« Ohne eine Antwort abzuwarten, schloss er die Tür.

Brigitte mochte Walter und Anne. Sie gehörten zu den wenigen Menschen, zu denen sie noch Kontakt hatte. Früher machten Steffis verstorbener Mann Otto mit Fred und Walter zusammen auf Festen Musik. Sie waren ein eingeschworenes Team. »Dreamtrio« nannten sie sich. »Treppentrio«, sagten Brigitte und Anne scherzhaft, wegen ihrer abgestuften Körpergröße. Fred war gerade 175. Otto brachte es auf 186 cm und Walter auf fast zwei Meter. Fred und Walter waren schlank und aus Otto hätte man Fred zweimal schnitzen können. Anne und Brigitte waren ihre Groupies. Anne, die Realschullehrerin am Bildungszentrum war, hatte ihr auch vorgeschlagen, doch wieder arbeiten zu gehen. Ein Aushilfsjob wäre doch genau richtig für sie. Sie brachte ihr auch all die Jahre aus der Bibliothek immer wieder Bücher mit. »Damit du wenigstens etwas auf dem Laufenden bist und nicht vergisst, dass es auch noch eine Welt da draußen gibt.« Wenn Brigitte nicht schlafen konnte, las sie manchmal ein ganzes Buch in einer Nacht.

Brigitte hatte sich bereits als Kind so oft sie konnte mit einem Buch auf den großen Dachboden zurückgezogen und stundenlang gelesen. Sie hatte sich einen alten, durchgesessenen, dreibeinigen, nach Staub und Geheimnis riechenden Sessel unter eine kleine Fensterluke geschoben und das fehlende Bein mit einem Stapel Zeitschriften unterlegt. Der Stapel war etwas niedriger als die restlichen drei Beine und dadurch ergab sich bei einer Gewichtsverlagerung die Illusion, in einem Schaukelstuhl zu sitzen. Den Sessel gab es nicht mehr und der Dachboden war jetzt ausgebaut und Freds Reich. Er hatte sich eine kleine Dunkelkammer eingerichtet und sein privates Fotoarchiv. Dort oben machte er Musik und träumte wohl auch. Ziel seiner Sehnsucht war, den aus seinem Innern hellblau leuchtenden Perito-Moreno-Gletscher zu fotografieren. Seit Jahren arbeitete er an den Plänen für eine Reise nach Chile und Argentinien. Zwei überdimensionale Poster von einer eisblauen Gletscherwand hatte er mit Reißzwecken seinem Schreibtisch gegenüber an die schräge Wand gepinnt. Auf den Bildern spiegelten sich im blaugrünen Wasser des Lago Argentino Himmel und Gletscher, sodass beides nahtlos miteinander verschmolz. Ein Poster war eine Luftaufnahme, und wenn man direkt darunter stand, schien sich die gewaltige Gletscherzunge direkt auf einen zuzuwälzen.

Brigitte hatte Freds Reich schon lange nicht mehr betreten. Als Fred sich einen neuen Computer gekauft hatte und Brigitte ihn bat, ihr den Umgang damit zu erklären, antwortete er mit fürsorglicher Stimme: »Damit brauchst du dich doch nicht zu belasten. Ich mache das für uns.« Sie hatte nichts mehr gesagt und war in ihre Werkstatt gegangen.

Mit dem Auto waren es weniger als zwanzig Minuten hinaus zu Steffi. Die Ott-Hühner-Farm lag malerisch auf einem Hügel, von dem aus man weit ins Deggenhausertal hinunterblicken konnte. Von der Landstraße führte ein geschotterter Fahrweg wie ein helles Band zum einsam gelegenen Hof mit seinen verschiedenen Nebengebäuden hinauf. Steffi hatte das Anwesen von ihrem Mann, Otto Ott, geerbt. Er war vor zwei Jahren bei einem Autounfall tödlich verunglückt. Alkoholisiert und unangeschnallt war er mit seinem Mercedes von der Straße abgekommen. Er mochte es nicht, wenn der Gurt auf seinen Magen drückte. Magen nannte er seinen stetig wachsenden Bauch. Unglücklicherweise ging es an dieser Stelle einen Hang hinunter. Sein Auto hatte sich mehrmals überschlagen und Otto hatte sich dabei das Genick gebrochen.

Otto und Steffi hatten sich auf einem Musikerausflug beim Heurigen in Wien kennengelernt. Der ganze Musikverein war Zeuge ihrer Romanze. Otto war bereits 48 und noch immer Junggeselle. Steffi war 31. Es war bei beiden Liebe auf den ersten Blick. Ein Jahr später war sie seine Frau und Otto trug seine Steffi auf Händen. Sie waren gerade sechs Jahre verheiratet, als Walter ihr die Nachricht von Ottos Unfall und Tod überbrachte. Walter, Otto und Fred waren wirklich dicke Freunde. Nach Ottos Tod unterstützten Fred, Walter, Anne und auch Brigitte Steffi bei dem Versuch, die Geflügelfarm weiterzuführen. Was wie es aussah, auch dank Bruno, einem italienischen Allroundgenie, der seiner Chefin treu ergeben war, zu gelingen schien.

Als Fred auf dem Hügel ankam, stand das Hoftor offen und Bruno fuhr gerade mit seinem roten Fiat hinaus. Er hielt auf Freds Höhe und sie unterhielten sich kurz durch die heruntergelassenen Scheiben. Bevor Bruno weiterfuhr, zwinkerte er verschwörerisch und rief Fred zu: »Chefin ist im Garten. Ich mach Tor zu. Bist du ungestört.«

Fred parkte auf dem gepflasterten großen Hof zwischen dem modernen Hühnerstall und dem alten Wohnhaus. In dem Jahr, bevor Steffi eingezogen war, hatte Otto das über 200 Jahre alte Fachwerkhaus, mit einem kleinen Glockenturm auf dem Dach, innen und außen renovieren lassen. Früher wurde dem Gesinde auf den Feldern mit dem Glöckchen das Zeichen für den Feierabend geläutet. Das Haus war groß. Auf zwei Stockwerken und unter einem steilen Dach bot es Platz für eine Familie mit vielen Kindern, die Steffi und Otto, zu ihrem Bedauern, nicht bekommen hatten.

Fred ging leise um das Haus in den hinteren Garten. Steffi war damit beschäftigt, Vergissmeinnicht zu pflanzen und drehte ihm den Rücken zu. Sie trug kurze Shorts, obwohl keine Sonne schien und es kühl war. Aus einem Radio klang ein italienischer Schlager. In ihrer Nähe lag der alte Schäferhund Arco im Gras. Als er Fred kommen sah, erhob er sich mühsam und wedelte erwartungsvoll mit dem Schwanz. Er gab keinen Laut von sich. Fred schlich sich von hinten an Steffi heran und berührte sie sanft zwischen den Schenkeln. Sie wirbelte blitzschnell mit der Pflanzschaufel in der Hand herum und Fred hob instinktiv schützend den rechten Arm über seinen eingezogenen Kopf. Steffi lachte. Sie drohte ihm scherzhaft, bevor sie sich in die Arme fielen und stürmisch küssten. Es waren unverständliche Worte, die sie sich zwischen Küssen, Kleider entledigen und auf das Haus zubewegen, sagten. Arco, der ihnen erwartungsvoll folgte, wurde die Tür vor der Nase zugemacht. Er ließ sich vor dem Eingang nieder und seine Ohren spielten bei den Geräuschen, die aus dem Innern des Hauses drangen.

Später, in Steffis Büro, als Fred vor dem PC am Schreibtisch saß, sie hinter ihm stand und mit beiden Händen in seinem vollen, lockigen, braunen Haar wühlte, stellte sie ihm die Frage: »Hast du es Brigitte schon gesagt?«

Von Arco, der auf einer Decke in der Ecke lag, kam ein tiefer Seufzer. Fred war auf den Computer konzentriert und abwesend. Er fragte: »Was gesagt?« Sie lehnte ihr Gesicht an seinen Hinterkopf und rieb ihre Nase an seinem Ohr, während sie flüsterte: »Na, dass du im Juni Bruno in Neapel besuchen wirst.« Seine Haare kitzelten sie, und sie musste niesen. Arco schrak hoch, legte aber gleich wieder seine Schnauze auf die Vorderpfote und schlief weiter.

Fred antwortete, ohne den Blick vom Bildschirm zu wenden:

»Ich werd es ihr sagen, wenn sie mit Säen beschäftigt ist. Wenn sie draußen viel zu tun hat, ist sie gut drauf und nicht so empfindlich.« Steffi gab sich mit dieser Antwort zufrieden und begann Freds Nacken zu massieren.

Brigitte sprach mit sich selbst. Sie erklärte sich die Welt und die Dinge so wie sie sie haben wollte. Nicht wie sie objektiv waren. Wenn sie etwas laut aussprach, wirkte es glaubhafter, als wenn sie es nur dachte. Sie wusste, dass sie verrückt wirkte, wenn sie laut mit sich selbst redend unterwegs war. Sie achtete darauf, bei ihren Selbstgesprächen allein zu sein. Nur, es konnte passieren, dass sie beim Einkaufen oder beim Gehen auf der Straße, sich etwas erklären musste. An den befremdenden Blicken aus ihrer Umgebung wurde ihr ihr *Fehlverhalten* bewusst. Zuhause brauchte sie sich nicht zu kontrollieren. Erst recht nicht, wenn Fred nicht da war. Die Arbeit im Buchladen würde sie zwingen, sich normal zu verhalten.

Sie hatte die Stelle wirklich bekommen. Es war nicht einfach gewesen. Die Geschäftsinhaberin, Frau König, hatte die Befürchtung, dass Brigitte überfordert sein könnte. Letztendlich wollte sie ihr aber eine Chance geben und sie hatten sich vorerst auf probeweise geeinigt.

Es hatte Brigitte sehr viel Überwindung gekostet, ihre Bewerbung vorzutragen. Sie hatte in der Tiefgarage des Graf-

Zeppelin-Hauses geparkt und war am See entlanggelaufen. Der Himmel war verhangen, das Schweizer Ufer weit weg. Vor der Buchhandlung setzte sie ihre Sonnenbrille ab und kam sich sofort schutzlos vor. Ihre Hände waren eiskalt und dabei schwitzte sie, sodass sie die Befürchtung hegte, es sei zu sehen und zu riechen.

Schon am Morgen hatte sie, ganz gegen ihre Gewohnheit, fast eine Stunde im Bad gestanden. Sie flocht sich ihr langes Haar zu einem Zopf im Nacken. Danach konnte sie sich für keines ihrer Kleider entscheiden. Am Ende zog sie ein altes dunkelblaues Kostüm an, das ihr zu ihrer Überraschung noch perfekt passte. Sie beschloss, sich demnächst etwas Neues zum Anziehen zu kaufen.

Die Neuigkeiten über ihre Arbeit in der Buchhandlung wollte sie Andrea erzählen. Nach einem Blick auf die Uhr holte sie den Zimmerschlüssel aus seinem Versteck. Sie schloss die Kinderzimmertüre am Ende des Flures auf. Sie nahm den Schlüssel des Kleiderschranks hinter dem Baumbild hervor und zog den alten cremeweißen Apparat aus dem Schrank. Sie wählte am Boden kniend eine Nummer, die dem Geburtsdatum ihres Kindes entsprach. Lachend aber hastig fing sie zu erzählen an. Sie schilderte die Begegnung und das Gespräch mit Frau König und ihre Erleichterung, die Möglichkeit sich zu beweisen bekommen zu haben. Brigitte war so heiter und gelöst wie schon lange nicht mehr. Sie sprach flüssig ohne zu stottern, oder sich zu wiederholen. Am Ende schilderte sie noch das Zusammentreffen mit Bruno in ihrem Atelier und schloss mit der Bemerkung: »Da sagte er doch wirklich mein Brennofen ist *perfetto* um eine Leiche verschwinden zu lassen! Was sagst du dazu? Das ist doch typisch Mafia!« Dabei ging sie langsam im Zimmer auf und ab. Manchmal blieb sie einen Moment vor dem Fenster stehen und schaute durch die dünnen Gardinen auf den Hof hinaus. Den Apparat trug sie in der linken Hand mit sich herum, während die rechte den Hörer ans Ohr hielt. Vom Telefongerät hing ein Stück Kabel herunter und baumelte hinter ihr her. Nachdem sie das Gespräch beendet hatte, stellte sie das Telefon wieder sorgsam unter die Kinderkleider im Schrank. Sie verschloss ihn, schob den Schlüssel hinter das Bild und brachte den Schlüssel der Zimmertür an sein Versteck in ihrer Werkstatt zurück.

Fred griff gerade nach seinem dritten Waffelherz, als Brigitte mit der Neuigkeit herausplatzte: »Nächste Woche kann ich anfangen!« Es wurde still. Fred hatte zu kauen aufgehört. In die Stille hinein sagte sie beschwichtigend: »Erstmal probeweise!« Und das Ungeheuerliche geschah. Fred legte seine Zeitung beiseite. Er legte sie so beiseite, als ob er sich am Weglegen festhalten müsste. Dazu sagte er: »Was, wo?« Brigitte wartete eine Weile, aber er sprach nicht weiter. »Na in Friedrichshafen in der Buchhandlung«, sagte sie ungeduldig und gleichzeitig unsicher. Fred sagte nur »soooo«, ganz lang gezogen. Es hörte sich nicht gut an. Dieses »sooo« versah er mit einem bedrohlichen Unterton. Dann kaute er gründlich und bedächtig weiter, auch noch nachdem er keine Waffelreste mehr im Mund hatte. Seine Kieferknochen bewegten sich auf und ab. Seine schmale Oberlippe wurde noch schmaler, genau wie seine braunen Augen und dann holte er zum verbalen Gegenschlag aus: »Hast du hier nicht genug zu tun? Du sagst doch immer wieder, dass es dir zu viel wird? Aber du wolltest doch diesen Hof weiterbetreiben. Du wolltest deinen Hof nicht verkaufen. Wenn du jetzt meinst, arbeiten gehen zu müssen, dann werde ich in Zukunft zu Hause bleiben.« Wobei er die Betonung auf das Du legte. Und dann kam die Spitze, die er wie einen Engel auf den Weihnachtsbaum setzte. »Und meinst du nicht auch, dass es nach fünfzehn Jahren langsam an der Zeit ist, das Zimmer dort hinten zu räumen? Wenn dir langweilig ist, dann nimm doch diese Arbeit in Angriff!« Nach dieser Drohung riss er demonstrativ die kurz vorher so sorgfältig gefaltete Zeitung auseinander und verschwand dahinter. Nicht ohne zuvor die unschuldigen Blätter nochmals mit beiden Händen energisch glatt geschüttelt zu haben.

Brigitte sagte keinen Ton. Sie saß ruhig da. Nur ihre grauen Augen weiteten sich. Einen Moment später erhob sie sich ruckartig und ging zur Hintertür. Sie rannte über den Hof und stürzte in ihre Werkstatt. Sie schloss die Tür und lehnte sich dagegen. Die vertraute Atmosphäre mit dem gedämpften Licht und dem fernen Geruch, der immer noch an die Wärme der Kühe, die einst hier gestanden hatten erinnerte, ließen sie ruhiger werden. Sie setzte sich auf ihr Hocker-Ei und schaukelte, so wie früher auf ihrem dreibeinigen Sessel oben auf dem Dachboden. Nach einer Weile wurden ihre Schaukelbewegungen ruhiger. Sie stand auf, griff zu einem Spachtel und begann, ihr Wandbild zu bearbeiten. Die Katze zwängte sich durch die Klappe in der Tür. Sie strich ihr um die Beine. Brigitte stellte mit einem Blick fest, dass sie demnächst Junge bekommen würde. »Das darf doch nicht wahr sein«, stieß sie erschrocken aus. Sie sprach mit der Katze, während sie mit beiden Händen unablässig über die Wand kratzte: »Jetzt bist du bald zwanzig Jahre alt und bekommst noch immer Junge. Du weißt doch, dass Fred keine kleinen Katzen auf dem Hof duldet. Er wird sie dir alle wegnehmen und töten, so wie er es immer gemacht hat.«

Die Katze setzte sich neben Brigitte und beobachtete sie bei ihrem Tun aus unergründlichen Augen.

Nach Mitternacht ging Brigitte über den Hof ins Haus zurück. Sie schluckte die doppelte Dosis ihres Schlafmittels und legte sich leise, möglichst weit weg von dem sich unruhig hin und her werfenden Fred, ins Bett.

Eine Stunde lang übte Brigitte ihre Absage an Frau König. Sie saß hilflos mit leerem Kopf am Esstisch. Das Telefon hatte sie von der Anrichte herüber vor sich auf den Tisch gezogen. Die linke Hand hatte sie seit einer halben Stunde auf dem Hörer liegen und ihre rechte machte ständig die gleiche, erklärende Geste. Sie fühlte sich wie ein kleines Schulmädchen, das von einem Lehrer zurechtgewiesen worden war. Sie schrieb mehrere Entschuldigungen auf ein Blatt Papier, die sie sich dann laut vorsprach. Sie fürchtete sich vor diesem Gespräch. Wusste aber, dass es unumgänglich war. Endlich gab sie sich einen Ruck und tippte die Telefonnummer der Buchhandlung. Frau König war verständnisvoll. Es schien Brigitte, sie war beinahe froh, dass es ihr nun doch nicht möglich war, den Job anzunehmen.
Nach dem Gespräch war sie erleichtert aber auch enttäuscht. Sie fühlte sich einmal mehr von Fred bevormundet, nicht für voll genommen und zu etwas gezwungen, was sie nicht wollte. Sie wollte wie üblich über die Situation und ihre Gefühle nicht mehr nachdenken. Um sich abzureagieren, beschloss sie, gleich heute damit anzufangen, den Mais für Steffis Hühner zu säen.
Sie schlüpfte in ihren grünen Arbeitsoverall und die Gummistiefel. Sie holte den Schlepper aus der Scheune, tankte ihn mit Diesel voll und kuppelte die Sämaschine an. Die Säcke mit dem Saatgut waren schwer, aber Brigitte war körperliche Arbeit gewöhnt. Wenn es sein musste, konnte sie ungeahnte Kräfte mobilisieren. Auf Freds Hilfe zu warten, war das Letzte, was sie an diesem Tag wollte.

Stunde um Stunde zog sie Reihen über einen Acker. Als Kind verbrachte sie neben ihrem Vater ganze Tage auf dem Traktor. Mit zehn Jahren durfte sie bereits die Zugmaschine steuern und er saß, genau so stolz wie sie selbst, lächelnd daneben. Eine Schar wilder Tauben auf der Suche nach Würmern und nicht tief genug gesäten Körnern begleitete sie.

Als der erste Acker bestellt war, fuhr Brigitte zum nächsten, verfolgt von den Tauben. Sie hatte Ohrenschützer aufgesetzt. Das Geräusch des Dieselmotors hämmerte gedämpft in ihrem Kopf. Ihre Arme umklammerten das Steuer. Als es zu dämmern anfing, schaltete sie die Scheinwerfer ein und arbeitete im Licht der zwei Lampen weiter. Einmal nickte sie kurz ein. Als ihr Kopf nach unten fiel, kam sie zu sich. Ein Adrenalinstoß ging durch ihren Körper und sie fuhr danach mit neuer Energie weiter durch die Dunkelheit.

Der letzte Acker war nicht sehr groß. Eine Seite hatte eine abfallende Böschung. Brigitte war so erschöpft, dass sie wiederum in einen Sekundenschlaf fiel und nicht bemerkte, wie sie auf den Abhang zu fuhr. Als die Maschine über einen größeren Stein am Feldrand rumpelte, kam sie zu sich und konnte gerade noch das Steuer herumreißen. Erst dann fuhr sie nach Hause zurück.

Als Fred nach Hause kam und Brigitte nicht da war, brauchte er nur in den Geräteschuppen und in die Scheune zu sehen, um festzustellen, welche Maschinen fehlten und zu wissen, wo sie war und was sie machte. Es ärgerte ihn, dass sie es nicht mit ihm vorher besprochen hatte. Er wollte sie unter Kontrolle haben. Er hatte in den letzten Jahren immer mehr die Rolle eines patriarchalisch herrschenden Vaters eingenommen. Die Wege ihrer Gedanken hatten sich getrennt. Brigitte war für ihn nicht mehr erreichbar, auch wenn er sie berühren konnte. Je weiter sie sich von ihm entfernte, desto größer wurde sein zwanghaftes Bedürfnis, über sie zu bestimmen. Sie dagegen zeigte ihm immer öfter diesen unsichtbaren aber wirkungsvollen Zutritt-verboten-Gesichtsausdruck.

Ganz im Gegensatz zu sonst überflog er an diesem Nachmittag nur kurz seine Zeitung. Danach lief er ziellos über den Hof und durch den Garten. Vor der alten Stalltür blieb er einen Moment stehen und überlegte, ob er hineingehen und sich ansehen sollte, was sie in letzter Zeit gearbeitet hatte. Das Zutritt-verboten-Schild war eine Herausforderung, es zu missachten. Er betrat das Atelier nicht. Stattdessen holte er eine Axt und fing an, Holz zu spalten. In Stücke gesägte alte Obstbäume lagen schon über ein Jahr an dieser Stelle. Es war wirklich an der Zeit, dass diese Arbeit gemacht wurde und er hatte plötzlich das Verlangen, sich körperlich abzureagieren. Fred arbeitete und schwitzte, bis es dunkel wurde. Er fragte sich, wo Brigitte so lange steckte? Er überlegte, ob er sie suchen sollte? Er tat es nicht. Er schlug nur die Axt in den Hackklotz und ging ins leere Haus.

Arco, Steffis Schäferhund war gestorben. Bruno war gerade dabei, ein großes Loch unter einem blühenden Fliederbusch zu graben, als Fred dazu kam. Er fragte Bruno, was passiert war. »Chefin sagt, er war einfach tot«, antwortete er etwas mürrisch, ohne seine Arbeit zu unterbrechen. Fred ging weiter und murmelte: »Schöner Tod.«

Er setzte sich auf die Stufen der Treppe, die zur Haustür hinaufführte. Er beobachtete Steffi und den Fahrer eines Lastwagens, der dabei war, einen Rollwagen voller Eierkartons auf die Hebebühne zu schieben. Der Blick des nicht mehr ganz jungen Fahrers war mehr auf Steffi, als auf seine Ladung gerichtet. Steffi trug knappe Jeans, die ihren Nabel freiließen und ein kurzes tief ausgeschnittenes rotes T-Shirt. Der Fahrer ging rückwärts und ließ dabei keinen Blick von ihr. Er stolperte, fiel nach hinten und riss den Rolli um, an dem er sich festzuhalten versuchte. Im Fallen griff er nach dem obersten Karton, der ihm entgegenrutschte. Fred konnte sich ein schadenfreudiges Grinsen nicht verkneifen, als der Mann mit rotem Kopf, einen Karton in den Armen, am Boden lag. Steffi versuchte ernst zu bleiben. Sie fragte, was jetzt aus den Kartons mit den vielleicht zerschlagenen Eiern würde. Der Fahrer stand mit immer noch rotem Kopf auf. Er machte nur eine wegwerfende Handbewegung, sammelte die Eierkartons ein, fuhr die Hebebühne hoch, unterschrieb den von Steffi hingehaltenen Lieferschein und stieg in sein Führerhaus. Als er durch das Tor fuhr, las Fred die Werbeaufschrift: Müllers Festtagsnudeln nach alter Tradition, mit 7 frischen Eiern an jedem Kilo Mehl.

Fred schlenderte zu Steffi hinüber und meinte vorwurfsvoll: »Du solltest nicht so viel von deinen Reizen zeigen!«

Sie antwortete schnippisch: »Ihm sind sie wenigstens aufgefallen!«

Sie betraten zusammen das Eierlager. Kühle Luft schlug ihnen entgegen. Steffi warf die Lieferscheine auf ein Stehpult und Fred lehnte sich an die Eierstempelmaschine. Steffi ging zu ihm und legte ihren Kopf an seine Brust. Nachdem sie eine Weile ruhig, ohne zu sprechen, beieinander gestanden hatten, fragte er: »Was war denn mit Arco?« Steffis Stimme war dem Weinen nahe.

»Er hat einfach tot auf seiner Decke gelegen. Als ich es merkte, war er schon steif.«

Sie zitterte, als ob ihr kalt wäre.

»Ich mach mir jetzt Vorwürfe. Ich hätte gleich zum Tierarzt gehen sollen. Er hat in letzter Zeit kaum was gefressen. Aber nach Ottos Tod war er auch so. Ich dachte er berappelt sich auch diesmal wieder.«

Steffi stand immer noch an Freds Schulter gelehnt. Er spielte mit einer Haarsträhne, die sich in ihrem Nacken kringelte.

»Du brauchst unbedingt wieder einen Hund. Du bist hier draußen zu einsam.«

Steffi nickte.

»Ich fühl mich auch so alleine. Otto fehlt mir so sehr. Manchmal denk ich, ich halt es nicht mehr aus. Eines Tages packe ich meine Koffer und hau ab.«

Fred zuckte hilflos mit den Schultern. Er wusste nicht, was er dazu sagen sollte. Steffi drehte sich von ihm weg. Während sie sich die Augen rieb, sprach sie mehr zu sich selbst: »Aber das sage ich mir seit zwei Jahren jede Woche wenigstens einmal. Und ich bin immer noch hier. Wie du siehst.« Dabei schenkte sie ihm bereits wieder einen verführerischen Augenaufschlag. »Aber über den neuen Hund denke ich nach, wenn ich aus den Ferien zurück bin. Ich kann mich ja schon mal informieren. Ich hoffe, du hilfst mir.« Es klang scherzhaft, als sie noch hinzufügte: »Vielleicht kann Walter mir einen ausgedienten Polizeihund vermitteln. Aber erst nach den Ferien. Ich denke im Moment an nichts anderes als an ein paar Tage nur mit dir zusammen, ohne Hühner und Eier. Manchmal hasse ich sie.«

Bruno war bereits dabei, das Hundegrab zuzuschaufeln, als Fred und Steffi dazu kamen. Steffi nahm ihm die Schaufel aus der Hand. »Komm lass mich das machen. Das bin ich ihm schuldig.«

Sie häufte die restliche Erde zu einem Hügel auf. Der Duft

des Flieders mischte sich mit dem der Erde. Als sie den Boden glatt schlug, hielt sie erschrocken inne. Sie entschuldigte sich bei Arco. Zu Fred und Bruno gewandt sagte sie: »Wartet mal!«, und ging zum Haus hinüber.

Die zwei Männer standen etwas verlegen an dem Erdhügel. Fred ertappte sich dabei, dass er versucht war, wie bei einer Beerdigung die Hände ineinander zu verschränken. Nachdem Bruno sich umgesehen hatte, so als ob es an diesem Ort heimliche Lauscher geben könnte, fing er verschwörerisch leise, mit gesenktem Kopf zu sprechen an: »Auf dem Markt, ich habe gehört, wie Leute reden. Fünfzehn Jahre sind vorbei. Er hat im Gefängnis ein Buch geschrieben. Er will es vorlesen. Du musst es verhindern. Das darf er Brigitte nicht antun. Ich frage mich, was du denkst? Machst du Rache? Hast du Pläne? Ich bin dein Freund. Mit mir kannst du über alles sprechen. Wenn du Hilfe brauchst, auf mich kannst du rechnen.«

Mit diesen Worten brachte er Fred völlig aus dem Gleichgewicht. Einen Moment war er sprachlos, dann antwortete er, seine Wut war nicht zu überhören: »Danke für das Angebot, aber ich erledige das allein. Ich habe Pläne. Er wird keine ruhige Minute mehr haben. Das kannst du mir glauben.«

Steffi stand plötzlich mit einem Hundeknochen und einem Fliederzweig in der Hand da. Sie legte beides auf das Hundegrab. Mit einem Augenzwinkern zu den zwei Männern sagte sie dem Hügel zugewandt: »Wenn du Otto begegnest, grüß ihn von mir. Sag ihm, ich vermiss ihn.« Sie drehte sich den Männern zu und meinte: »Ob sie sich wirklich irgendwo begegnen werden?«

Bruno schulterte seine Arbeitsgeräte und lief achselzuckend in Richtung Hühnerstallhalle. Während Steffi neben Fred auf das Haus zuging, wollte sie wissen: »Hast du es Brigitte gesagt?«

Fred antwortete genervt: »Es hat sich noch keine Gelegenheit ergeben. Ich werde fahren. Das ist doch das Wichtigste. Wenn sie es eine Woche vorher weiß, reicht es auch noch.«
Steffi sagte nichts und nach einer kurzen Pause fuhr Fred fort. Seine Stimme war immer noch gereizt. »Ich könnt ihr sagen, dass ich mich mit dir in Neapel treffen werde. Ich bin mir sicher, es wird ihr nicht viel ausmachen. Sie hat doch nur noch an sich selbst Interesse. Ich bin ihr schon lang egal. Ich komm nicht mehr an sie ran. Ich erreiche sie nicht mehr. Ich habe sie in den ganzen letzten fünfzehn Jahren keine Gefühle zeigen sehen. Ich glaube, sie hat in dieser Zeit auch nie geweint. Nicht mal bei der Beisetzung ihres Vaters, als der Musikverein das Lied vom alten Kameraden spielte. Kein Auge blieb trocken, nur sie weinte nicht.«
Er fuhr sich mit den Fingern wie mit einem groben Kamm durch sein Haar und zog es dabei nach hinten. »Ihre verspiegelte Brille trägt sie nur, damit man nicht sieht, wie unberührt sie von allem bleibt. Manchmal denk ich, sie ist ein Zombie.«
Steffi schaute ihn erschrocken an.
»Wenn du ihr was von uns erzählst, wenn du das tust, geh ich von hier weg. Ich habe ihr gegenüber immer ein schlechtes Gewissen. Dabei würde ich ihr so gerne helfen. Und sieht es nicht sowieso komisch aus, wenn wir alle drei, Bruno, du und ich gleichzeitig Urlaub machen?«
Fred legte beschwichtigend den Arm um sie.
»Du musst kein schlechtes Gewissen haben. Du nimmst Brigitte nichts weg, und mir gibst du sehr viel.«
Steffi entgegnete immer noch schuldbewusst: »Es ist so ein Gefühl, so als ob ich mir was nehme, wozu ich kein Recht habe und irgendwann werde ich oder wir beide dafür bezahlen müssen.«

Fred und Brigitte saßen sich wie gewohnt stillschweigend gegenüber. Brigittes Gesicht war im Schatten. Ihr Kopf hob sich dunkel gegen das Fenster ab. Fred hielt wie einen Schutzschild seine Zeitung fest. Als er seinen Kaffee ausgetrunken und seine Waffel gegessen hatte, legte er sie beiseite. Er suchte nicht Brigittes Augen, sondern schaute auf einen imaginären Punkt zwischen ihrem Hals und ihrer Brust. Er hoffte den Zutritt-verboten-Blick ignorieren zu können, als er ihr sagte, dass er im Juni bei Bruno in Neapel drei Wochen Ferien verbringen würde. Er hatte Bruno versprochen, zum Ausgleich für die Zeit, die Bruno in seiner Freizeit bei ihnen gearbeitet hatte, beim Bau seines Hauses in Italien zu helfen. Brigitte wusste es. Bis jetzt hatte Fred aber noch nicht darüber gesprochen wann. Fred schaute kurz in Brigittes Gesicht.

»Im Juni sind doch keine Arbeiten, bei denen du mich brauchst!«, fügte er nun fast bittend hinzu. Nach einer Pause, von Brigitte kam keine Reaktion, sagte er: »Ich nehme nicht an, dass du mitkommen möchtest!« Brigitte sagte immer noch nichts.

»Ich werde nicht ganz drei Wochen weg sein. Du kannst mich jederzeit über das Handy erreichen. Ich fahr mit dem Zug, das ist nicht so anstrengend und ich habe endlich genügend Zeit zum Lesen. Bruno holt mich in Neapel ab, und wenn du mich nach Zürich zum Bahnhof bringen würdest, könnte ich, mit nur einmal Umsteigen in Mailand, zwölf Stunden später in Neapel sein.«

Brigitte sagte: »Ich war schon lange nicht mehr in Zürich.« Fred fiel ihr sofort ins Wort: »Dann nutze es doch aus. Du könntest dir mal wieder etwas Nettes zum Anziehen kaufen. Du trägst immer nur diese tristen Sachen, so als ob du bereits 70 wärst und nicht erst 48. Vielleicht hast du ja auch Lust, ins Museum zu gehen. Das hast du doch früher so gern gemacht.« Brigitte gab darauf keine Antwort. Sie drehte sich um und schaute durchs Fenster auf den Hof.

Es ärgerte Fred, dass sie ihn ignorierte und er musste wieder den Engel auf die Spitze des Christbaumes setzten.

»Außerdem könntest du meine Abwesenheit nutzen, in Ruhe, ohne meine Kommentare, das Zimmer dort hinten auszuräumen!«

Brigitte stand auf. Ohne einen Blick oder ein Wort ging sie zur Tür hinaus. Sie ließ Fred einfach sitzen. Er sah ihr nach wie sie im Gegensatz zu sonst, betont langsam, mit dem Blick zum Himmel, über den Hof zum alten Kuhstall schlenderte. Die Katze, ihr dicker Bauch schleifte fast am Boden, kam angelaufen und zusammen gingen sie durch die Tür. Kurz darauf war das Klatschen von auf den Steinboden geschlagenem Ton zu hören. Der vordere Teil der Katze schoss erschreckt aus der Katzenklappe. Der Rest folgte langsamer. Der dicke Bauch bremste sie. Als sie komplett im Freien stand, schaute sie sich verstört um, ehe sie im Garten unter einem Busch verschwand.

Es roch nach frischem Grün, das sich aus jeder Ritze und Fuge zwängte. Es war regnerisch und zu kalt für Anfang Mai. Brigitte ging trotzdem, so wie sie es sich vorgenommen hatte, nach Markdorf auf den Wochenmarkt. Sie schob ihre sofort mit Regentropfen beschlagene Sonnenbrille in ihr straff zurückgebundenes Haar. Die Menschen standen nicht lange für einen Schwatz zusammen. Die Grüppchen unter ihren Schirmen lösten sich schnell wieder auf. An Steffis Stand waren zwei coole Jugendliche. Ihre Hände steckten in den über ihre Hinterteile herunterhängenden, weiten Hosen. Um in die Hosentaschen zu fassen, mussten sie sich fast bücken. Sie standen da mit ihren zwischen den Schultern eingezogenen Köpfen und baggerten Steffi an. Sie lehnte an ihrem mit Eierpaletten und Kartons bepackten Tisch. An ihrer roten Bluse waren die drei obersten Knöpfe offen und erlaubten so einen Blick auf ihre in schwarze Spitze verpackten Brüste. Brigitte trat hinter die Jugendlichen und konnte hören, wie Steffi die Jungs freundlich fragte: »Mike und Felix, was darf es für euch sein?«

Die schauten sich an und Mike sagte fragend zu Felix: »Ja, was darf es denn für uns sein?«

Felix beobachtete Steffi aus den Augenwinkeln und schaute ihr unverfroren ins Dekolletée.

»'S kommt auf den Preis an!«

Mike grinste vielsagend und schielte dabei zu Steffi hinüber: »Eier? Eier brauchen wir eigentlich keine.«

Dabei griff er sich in den Schritt. Steffi war immer noch freundlich aber Brigitte sah ihr an, dass sie langsam ungehalten wurde: »Mit was kann ich euch denn dann dienen?«

Mike hakte sofort ein: »Dienen ist gut. Ich wüsste schon wie.«

Steffi hatte jetzt genug: »Dann rückt raus mit der Sprache.«

Mike schaute sich um. Zu Brigitte waren jetzt noch weitere Kunden hinzugetreten. Er beugte sich vor und flüsterte: »Nicht hier. Wie wär's heut Abend draußen auf der Farm. Es muss ja nicht gerade zwischen den Hühnern sein.« Steffi zischte wütend, aber so, dass die Umstehenden jedes Wort verstehen konnten: »So mein lieber Mike und auch du Felix, ich glaube wir haben uns köstlich amüsiert.« Das »köstlich« spuckte sie Buchstabe für Buchstabe aus. Ihre Stimme wurde leise und böse: »Der Kindergarten ist geschlossen. Geht heim zu Mami, lasst eure Windeln wechseln, und wenn ihr dann mal groß seid, dann schaut mal wieder vorbei.«

Auf den Gesichtern der Wartenden erschien ein kollektives schadenfrohes Grinsen. Die zwei Jungs schauten sich an. Ihre Augen verengten sich. Sie sahen nur hämische Gesichter. Sie sagten nichts. Sie streckten den linken Mittelfinger in die Höhe und schlugen mit der linken Hand gegen den rechten Oberarm, bevor sie sich umdrehten und langsam entfernten. Brigitte konnte noch hören, wie sie wie aus einem Mund sagten: »Das wird der Schlampe noch leidtun.« Sie klatschten sich ab und zogen mit einem verlegenen Lachen weiter.

Steffi ging nicht weiter auf den Vorfall ein. Sie war sichtlich froh, Brigitte zu sehen und rief ihr zu: »Gut, dass du heute kommst, ich hätte dich sonst noch angerufen.« Brigitte machte ein fragendes Gesicht. »Ich habe eine große Bitte.« Sie stockte: »Ich würde gerne mit dem Musikverein nach Dresden fahren. Bruno sollte Dienst machen. Jetzt ist er zu einer Hochzeit nach München eingeladen worden. Werner, Ottos Vetter, der mir sonst aushilft, kann nicht, würdest du? Hättest du?«, stammelte Steffi.

Brigitte hatte schon einige Male für ein oder zwei Tage die Arbeit auf dem Hof übernommen und sagte spontan: »Ist doch klar! Natürlich fährst du mit. Fred ist auch dabei, aber das weißt du sicher. Ich habe Zeit. 6000 Hühner sind mir lieber als 60 Vereinsmitglieder. Wenn ich mir nur die Busfahrt vorstelle!« Brigitte schüttelte sich. Steffi lachte erleichtert. »Köstlich, Brigitte du bist ein Schatz.«

Steffi hatte das Wort »köstlich« adoptiert. Sie benutzte es bei jeder passenden oder unpassenden Gelegenheit. Trotzdem klang es irgendwie fremd aus ihrem Mund. Man hatte den Eindruck, sie benutzte es so oft, um es irgendwie heimisch zu machen. Sie reichte einen Karton mit Eiern über den Tisch.

»Besonders schöne Modelle.«

Brigitte verkniff es sich, mit »köstlich« zu antworten. Sie verabredeten sich für den nächsten Tag. Dann würde sie zur

Farm hinausfahren und sich nochmal erklären lassen, auf was sie achten sollte. »Vielleicht hat sich ja ein Schalter geändert seit meinem letzten Hühner-Sitting.« Steffi lachte. Durch eine Lücke in den Wolken fiel ein Sonnenstrahl und Brigitte ließ ihre Sonnenbrille auf die Nase herunterrutschen.

Hinter einem Gebüsch am Waldrand, von wo aus sie Steffis Farm überblicken konnten, saßen Mike und Felix. Ihre Mofas lagen gut getarnt in einem Gebüsch. Sie rauchten und tranken von Zeit zu Zeit einen kräftigen Schluck aus ihren Bierdosen. Sie beobachteten, wie Steffi für Brigitte das Hoftor aufmachte und der alte Range Rover vor das Eierlager fuhr. Steffi selbst war kurz zuvor vom Bauernmarkt in Salem zurückgekommen.

Mike sagte zu Felix, während er den Rauch seiner Zigarette in Richtung der zwei Frauen blies: »Es wird Zeit, dass wir der Eierschlampe einen Denkzettel verpassen.« Felix entgegnete: »Ich will aber keinen Ärger mit der Polizei, sonst machen meine Alten den vollen Stress.« Mike hatte einen Plan. Er wollte die Aktion den Tierschützern in die Schuhe schieben. »Eh, Mann, die betreibt hier Massentierhaltung. Da fahren die Tierschützer voll drauf ab. Kannst du dir vorstellen, was das für eine coole Session gibt, wenn Tausende von Gummiadlern durch die Gegend rennen? Ich lach mich jetzt schon kaputt.« Bei dieser Vorstellung schlug er sich vor Begeisterung auf die Schenkel. Felix brachte nur ein gequältes »ja aber« zustande.

Mike fiel ihm sofort ins Wort: »Wenn de Schiss hast, brauchst es nur zu sagen. Ich zieh die Show auch alleine ab.« Dabei sah er Felix mit zusammengekniffenen Lippen und verächtlichem Blick an. Worauf Felix noch ein beschwichtigendes »eh, eh, ich mein ja nur«, von sich gab.

Sie traten ihre Zigaretten aus und ließen sich auf ihren Mofas den Hügel hinunter ins Tal rollen, bevor sie die Motoren anließen und knatternd davonfuhren.

Steffi erklärte Brigitte noch einmal den Ablauf der automatischen Versorgung des Hühnerstalls: Ein Band transportierte auf Knopfdruck die Eier von den Legeplätzen direkt zu einem Edelstahlpacktisch. Dort wurden die Eier angenommen und auf Kartonpaletten gelegt, diese auf Rollis gestapelt und ins Eierlager zum Datum stempeln hinübergefahren. Brigitte brauchte nur diese Arbeit zu machen, den Rest würden Steffi und Bruno, wenn sie zurück waren, erledigen. 6000 Hühner legten täglich bis zu 5000 Eier. Wenn man diese zwei Tage lang nicht einsammelte, lagen circa 10 000 Eier herum. Wenigstens zweimal, besser dreimal am Tag sollte das Band angestellt und die Eier abgenommen werden. Außerdem müsste morgens das automatische Band zum Entmisten in Betrieb gesetzt werden. Ansonsten war nur noch die elektronische Futter- und Wasserzufuhr zu kontrollieren.

»Wenn es ein Problem gibt, kannst du mich jederzeit auf dem Handy erreichen«, versicherte ihr Steffi.

Es war ja nur für ein Wochenende. Brigitte war zuversichtlich, dass sie mit den Hühnern und die Hühner mit ihr keine Probleme haben würden. Steffi umarmte sie stürmisch. In ihrem fest gesprayten, roten Lockenberg hing ein zarter Duft von Rosen und die Haare kitzelten Brigitte an der Nase. Sie ließ die Umarmung steif, mit hängenden Armen geschehen. Dann aber tätschelte sie doch, wenn auch verlegen, Steffis Rücken.

»Brigitte du bist einfach köstlich!«

Ihr Lieblingswort kam wieder zum Einsatz.

»Du bist ein Schatz. Ich wüsste nicht, was ich ohne dich täte!«

Brigitte antwortete verlegen: »Immer nur große Kartoffeln essen. Aber das ist doch selbstverständlich.« Und nach einer kleinen Pause: »Du tust auch viel für Fred.« Steffi riss ihre grünen, schwarz umrandeten Augen auf und schob fragend ihr Kinn nach vorn.

»Ich glaube bei dir kann er vergessen und bekommt das, wozu ich nicht mehr in der Lage bin.« Steffi wurde verlegen und sagte schüchtern: »Ach Brigitte, wenn ich dir doch helfen könnte.«

Sie schaute unsicher. Brigittes Blick ging an ihr vorbei und blieb irgendwo im Hintergrund hängen. Steffi öffnete einen Kühlschrank und nahm eine kleine Sektflasche und zwei Gläser heraus. Ohne Brigitte zu fragen, goss sie die Gläser voll und reichte ihr eines. Brigitte zierte sich: »Ich weiß gar nicht, wann ich das letzte Mal Sekt getrunken habe.«

Steffi hob ihr Glas: »Dann wird's Zeit.« Brigitte sagte: »Auf deine Hühner!«, und dachte: Das muss ich Andrea erzählen. Steffi lachte, »köstlich«. Sie standen sich zwischen Stapeln von Eierkartons gegenüber und nippten an ihren Sektgläsern.

Als Brigitte sich verabschieden wollte, sagte Steffi: »Ich bin morgen mit Walter und Anne auf dem Heiligenberg zum Spargelessen verabredet. Bitte kommt doch mit uns. Es wäre schön, so wie in alten Zeiten.« Und mit einem Bedauern in der Stimme: »Nur schade, dass Otto nicht dabei ist!« Brigitte spürte Steffis Traurigkeit und versprach: »Ich red' mit Fred. Ihm wird die Idee sicher gefallen.«

Als Fred und Brigitte am Samstagabend das Restaurant betraten, standen Walter und Anne mit Steffi bei Andreas dem Koch in der Küche und ließen sich das Rezept seiner viel gerühmten Spargelterrine erklären. Steffi hatte fünf Paletten Eier abgeliefert, und Mathilde, die Wirtin, lobte die gute Schwingung der Eier.

Anne fragte: »Wie viele Eier hast du noch mal genommen?« Andreas stellte eine Pfanne auf die Gasflamme und antwortete ihr. Anne schrieb weiter und versprach für Steffi und Brigitte das Rezept zu kopieren.

Walter hatte der Unterhaltung ungläubig und verständnislos zugehört. Er krabbelte mit dem rechten Zeige- und Mittelfinger in seinem Schnauzer, in dem die ersten silbernen Haare blitzten. Diese Geste machte er, wenn ihm etwas unklar schien und er nachdachte. »Ich habe Hunger«, sagte er, zog seinen Kopf ein und verließ mit Fred die Küche.

An dem großen runden Tisch, an dem sie Platz genommen hatten, blieb zufällig ein Stuhl frei. Steffi sagte: »Das ist Otto's Platz.«

Alle bestellten das Gleiche, außer Walter, der zum Spargel keine Petersilienkartoffeln wollte, sondern auf Maultaschen bestand. Mathilde sagte: »Kein Problem! Wir erfüllen gern die Wünsche unserer Gäste!« Zuerst gab es aber eine Flädlesuppe, mit Flädle, die hauchdünn und zart in der Brühe schwammen. Steffi fragte sofort nach dem Geheimrezept, aber es war nicht geheim und sie durfte es für ihre Frau Maier, die jeden Samstag für sie kochte, mitnehmen. Brigitte hatte nicht den Wunsch nach einem Kochrezept.

Der Abend entwickelte sich für alle zu einem gelungenen Treffen, und beim Abschied waren sie der einhelligen Meinung: »Das müssen wir bald wiederholen!«

Fred war begeisterter Hobby-Fotograf. Er war davon überzeugt, mit seinen Bildern Momente für die Ewigkeit festzuhalten. Er hatte bereits an mehreren Gemeinschaftsausstellungen teilgenommen und eine Einzelausstellung in der Sparkasse in Markdorf gestaltet.

Die Reise des Musikvereins nach Dresden wollte er in Wort und Bild für den Südkurier dokumentieren. Im Bus versuchte ihn Diana, eine junge Musikerin, die für die Schwäbische Zeitung berichten wollte, von den Qualitäten ihrer kleinen Digitalkamera zu überzeugen. Fred schwor auf die Qualität seiner Bilder, die er mit seiner alten Leica und den dazu gehörenden verschiedenen Objektiven schoss. Er schleppte die ganze Ausrüstung in einer speziellen, nicht ganz leichten Tasche mit sich herum. Die junge Frau neckte ihn: »Du willst doch nicht sagen, dass du diese Ausrüstung mitschleppen wirst, wenn du mit dem Rucksack durch Chile ziehst?« Fred winkte ab: »Alles eine Frage der Kondition und Einstellung. Aber lästere du nur. Du wirst schon sehen, irgendwann werde ich meinen Südamerikatrip machen.«

Die Busfahrt nach Dresden hatte feuchtfröhlich begonnen. Gleich nach der Abfahrt gab es Sekt und Butterbrezeln. Die lauteste und fröhlichste Gruppe hatte sich auf der Rückbank zusammengefunden. Da Steffi mittendrin saß, wurden Hühnerwitze erzählt.

Der ganze hintere Teil wieherte vor Lachen. Fred machte Fotos, bei denen Steffi der Mittelpunkt war. Die junge Musikerin schoss mit ihrer digitalen Kamera ebenfalls Bilder, auch von Fred, und führte sie ihm am kleinen Display sofort vor. Trotz dieses Vorzugs, den er auch anerkannte, konnte sie ihn nicht überzeugen.

In Dresden gaben sie zwei Konzerte. Eines fand in der Heilig-Kreuz-Kirche statt und das zweite auf den Brühlschen

Terrassen. Die Musiker in ihren schmucken Uniformen bekamen viel Beifall.

Die Reise beruhte auf einer langjährigen Musikverein-Partnerschaft. Alle Teilnehmer waren bei Gastfamilien, ebenfalls Musikvereinsmitglieder, untergebracht. Die gegenseitigen Besuche fanden bereits seit der Wende regelmäßig statt. Mit der Zeit hatten sich viele Freundschaften entwickelt. Steffis Mann Otto war einer der Initiatoren dieses Austausches gewesen.

Steffi und Fred wohnten in verschiedenen Familien. Es gab kaum Möglichkeiten nur zu zweit zu sein. Wenn sie sich unbeobachtet fühlten, tauschten sie Blicke aus. Mehr war nicht möglich. Steffi teilte sich das Zimmer mit der Digitalkamerabesitzerin. In der ersten Nacht schnarchte Diana wie ein erschöpfter Waldarbeiter, und Steffi tat kein Auge zu. Am nächsten Tag, während des Konzertes in der Kirche, schlief sie dann auch prompt ein. Da Steffi kein Instrument spielte, saß sie als Zuhörerin in der ersten Reihe. Für den Rest der Reise brachte ihr das Nickerchen, bei dem sie ihrem Nachbarn an die Schulter gesunken war, eine Menge Spott ein. Sie trug es mit Humor. Fred liebte diese Leichtigkeit und ihre fröhliche Ausstrahlung, von der sofort etwas auf ihr Gegenüber übersprang. Steffi war fast immer Mittelpunkt. Ganz im Gegensatz zu Brigitte, die sich schnell zurückzog und Menschen aus dem Weg ging. Sie wirkte deshalb überheblich und abweisend.

Brigitte hatte in der Zeit, in der Fred in Dresden war, das Kinderzimmer nicht abgeschlossen, die Tür den ganzen Tag offen gelassen und den Telefonapparat nicht im Schrank versteckt. Der Korb mit den Blütenblättern verströmte einen zarten Rosenduft und wurde mit einer rosa Pfingstrose angereichert. Brigitte dachte gar nicht daran, dieses

Zimmer auszuräumen. In diesem Raum und in ihrem Atelier war sie lebendig. Im Rest des Hauses existierte sie nur. Sie nahm sich vor, sich von Fred nicht mehr so schnell einschüchtern zu lassen. Sie führte lange Monologe mit ihrem Kind durch den alten Telefonapparat und machte sich dabei Mut. Sie empfand ganz tief in ihrem Innern den Wunsch nach Veränderung. So, als ob etwas sie verlassen wollte. Es waren keine konkreten Gedanken oder Gefühle, nur kleine Reaktionen, die ihr wie Begegnungen mit sich selbst, in einer anderen, vergessenen Zeit vorkamen.

Die Arbeit auf Steffis Hof hatte Brigitte keine Mühe, sondern sogar Spaß gemacht. Der Hühnerstall war durch verschiedenfarbiges Licht in Zonen eingeteilt: Zum Eierlegen, zum Schlafen und zum Scharren. Brigitte mochte die Atmosphäre. Das Gackern, Scharren, Gurren und mit den Flügeln schlagen vereinte sich zu einem vielfältigen Geräusch wie atonale moderne Musik. Sobald Brigitte den Stall betrat, drängten sich die Hühner neugierig am Gitter, das die Eiersammelstelle vom übrigen Stall abtrennte.

Am Sonntagmorgen beobachtete sie, dass an einer Stelle größeres Gedränge herrschte. Es schien, als pickten und fraßen die Hühner an einem Platz, an dem keine Futterschale war. Sie entschloss sich, nachzusehen, was es dort gab. Sie ging vorsichtig durch die dicht gedrängten, sie mit schräg gelegten, wackelnden Köpfen betrachtenden Tiere. Es passierte normalerweise nicht viel in dem großen Hühnerstall, und Hühner waren nun mal neugierig. Mit schlurfenden, kleinen Schritten, denn sie wollte keines der Hühner treten oder gar verletzen, näherte sie sich der Stelle mit dem Auflauf. Durch in die Hände klatschen scheuchte sie die Tiere beiseite. Am Boden lagen zwei tote Artgenossinnen und ihre Kolleginnen waren dabei, sie aufzufressen.

Brigitte holte Gummihandschuhe und einen Plastiksack. Sie sammelte die Reste der toten Hühner ein, was ihr wie es schien, vorwurfsvolle Blicke einbrachte. Sie kontrollierte die Fütterungsanlage und stellte fest, dass alles in Ordnung war. Die Hühner bekamen genügend Futter, sie brauchten es nur zu fressen.

»Vielleicht sind sie einfach durch die zur Legeperfektion gezüchtete Rasse degeneriert«, meinte sie später am Telefon, als sie Andrea davon erzählte.

Als Steffi gegen Abend anrief, wollte sie sie wegen zwei toten Hühnern nicht beunruhigen. Was waren schon zwei tote Hühner bei 6000 lebendigen. Der Bus mit den 60 Musikern war bereits auf der Heimfahrt. »Alles in Ordnung«, sagte Brigitte.

Bis zu Freds Abreise nach Italien waren es noch zwei Wochen. Er saß Brigitte gegenüber und hatte seine Zeitung unaufgeschlagen neben sich liegen. Sie fanden beide keinen Anfang für ein Gespräch. Fred schaute aus dem offen stehenden Fenster. Er bemerkte die dünn gewordene Katze, die gerade über den Hof lief: »Ihr Bauch ist weg. Sie hat ihre Jungen bekommen! Weißt du, wo sie versteckt sind?« Brigitte zuckte mit den Schultern. Fred sprang auf und lief hinaus. Jetzt erst drehte sie sich um und sah, wie er in gebührendem Abstand der Katze über den Hof folgte. Kurz darauf kam er zurück und bat sie um einen Karton. »Sie sind im alten Heustadel!«, sagte er.

Brigitte sah, wie er in der Scheune verschwand und kurz darauf, von der miauenden Katze verfolgt wieder herauskam. Er machte Anstalten sie zu treten. Sie wich nur kurz zurück. Mit dem Karton wandte er sich dem Hackklotz zu, in dem immer noch das Beil steckte. Brigitte drehte sich um und presste sich die Hände auf die Ohren. Fünfmal spürte sie das dumpfe Plop und empfand es jedes Mal wie eine laute, schmerzhafte Explosion.

Später beobachtete sie wie Fred im Garten, in der Nähe eines Baumes, ein Loch aushob. Als er fertig war, drehte er sich zur Seite und übergab sich. Er stand einen Moment auf seinen Spaten gestützt und sie konnte seinen müden, gequälten Gesichtsausdruck erahnen. »Armer alter Mann«, dachte sie. Sie hatte Mitleid mit ihm. Er ging langsam mit schlurfenden Schritten. Sein Gesicht war blass. Er sah Brigitte nicht an, als er an ihr vorbei in sein Reich unter dem Dach stieg und sagte: »Ich hoffe, es war das letzte Mal.«

Brigitte ging hinaus und lockte die Katze. Vom Dachboden schwebten Klänge des Saxophons wie trockene, braune Herbstblätter über den Hof. Sie blieb einen Moment stehen, bevor sie ihre Werkstatt betrat.

Weit nach Mitternacht entschloss sie sich, ins Haus zurückzugehen. Ihre Hände waren mit roter Farbe verschmiert und ihre Arme zierten grüne Farbspritzer. Sie legte sich in die Badewanne und das warme Wasser machte sie schläfrig. Sie schlüpfte leise in ihr Bett, aber nicht leise genug. Fred wachte auf und drehte sich zu ihr hinüber. Sie rückte etwas zur Seite. Freds Hand glitt zögernd, raschelnd über das Laken. Sie wich ihr aus. Fred rückte mit seinem Körper, fast geräuschlos, langsam ihrer Bettseite entgegen. Nur die Federn in seiner Daunendecke knisterten. In dem Tempo, in dem er sich ihr näherte, rutschte Brigitte von ihm weg. Als sie auf dem harten Holz der äußersten Bettkante zu liegen kam und ohne aus dem Bett zu fallen nicht mehr weiter ausweichen konnte, stand sie auf und schlich, nur mit den Zehen auftretend, um das Fußende des Bettes. Sie versuchte, sich lautlos zu bewegen. Sie wollte unhörbar sein und doch hinterließ jede ihrer Bewegungen einen Abdruck in der Stille. Sie machte sich schmal und legte sich seitlich, um die Distanz so groß wie möglich zu halten, auf die äußerste Kante von Freds jetzt leerem Bett. Das Holz drückte hart gegen ihr Schulterblatt. Als sie seine Decke über die andere Schulter zog und Freds gespeicherte Wärme spürte, schob sie sie schnell zurück und knüllte und drückte sie als Barriere zwischen die zwei Liegeflächen. Fred blieb still in ihrem Bett liegen. Es spielte sich alles in völliger Wortlosigkeit ab und trotzdem hinterließ die Sprachlosigkeit eine Spur in der Dunkelheit. Irgendwann merkte sie an den gleichmäßigen, ruhigen Atemzügen, dass Fred eingeschlafen war. Sie schlich hinaus und nahm ein Schlafmittel.

Ein etwas älterer Porsche kam den Hügel zur Hühnerfarm heraufgefahren. Der schwarze Lack des Autos war matt und mit Dreck verspritzt. Im Hof sprang der Fahrer aus dem Wagen. Er umarmte die ihm entgegeneilende Steffi und schloss mit einem Handkuss und tiefem Blick in ihre Augen die Begrüßung.
Werner und sein Auto, sie waren beide ohne es zu bemerken in die Jahre gekommen. Seine Haare, die nur noch im Kranz wuchsen, hatte er im Nacken mit einem Gummi zu einem Schwänzchen gebunden. Dazu trug er Dreitagebart und Bierbauch. »Steffi, wie machst du das nur, du wirst immer jünger und schöner?«
Sie sagte nur: »Alter Schmeichler.«
Werner griff nach seiner Reisetasche auf dem Notsitz. Steffi nahm Werners Hand. »Komm rein, ich hab einen Strudel im Ofen.« Er legte seinen Arm um ihre Schultern und zusammen gingen sie lachend zum Haus.

Werner war im Vorruhestand. Er hatte schon früher, noch zu Ottos Lebzeiten, gelegentlich auf der Farm ausgeholfen. Wenn Steffi jemand brauchte, war er fast immer zur Stelle. Er liebte Hühner und er liebte Steffi. Vielleicht nicht ganz in dieser Reihenfolge. Er war bereits von zwei Ehefrauen verlassen worden, weil er sich für unwiderstehlich hielt und hinter jedem Rockzipfel nicht nur herschaute. Im Moment spielte ein »neues Huhn« in seinem Leben eine Rolle. Monika, fröhlich, mollig und geschieden, und sie wohnte nicht weit entfernt in Sigmaringen. Werner hatte vor, in der nächsten Woche, in der er Steffi vertreten würde, seine Tage auf der Farm mit den Hühnern und seine Nächte mit Monika zu verbringen.

Bruno war mit seinem voll bepackten Fiat Palio nach Italien abgefahren. Steffi würde am Samstag zu ihrer Mutter nach Wien fliegen und ihr beim Umzug in eine Seniorenresidenz behilflich sein. Für den Sonntagmorgen hatte sie einen Flug von Wien nach Neapel gebucht, um auf Capri einige Tage ungestört mit Fred zu verbringen. Sie hatten lange überlegt und nach Möglichkeiten gesucht, wie sie zusammen wenigstens ein bisschen Zeit verbringen könnten, ohne unnötigen Gesprächsstoff zu liefern. Bruno war es, der sie auf diese Idee gebracht hatte. Er hatte Steffi zu sich nach Hause in die Nähe von Neapel eingeladen. Bruno, der mit dieser Einladung, was seine Chefin betraf, eigene Zwecke verfolgte, blieb nichts anderes übrig, als einmal mehr die Rolle des Komplizen zu übernehmen.

Werner und Steffi arbeiteten zwei Tage zusammen. Steffi war danach sicher, dass sie ihm wie bereits schon zuvor, ihre Hühner und die damit zusammenhängende Verteilung und Auslieferung der Eier unbesorgt anvertrauen konnte. Steffi hatte zwei weitere zuverlässige Hilfen. Anita, eine

junge Frau, kam jeden Donnerstag. Es war Steffis Markttag in Markdorf. Am Freitagnachmittag war sie auf dem
Bauernmarkt in Salem. Dann kam Frau Maier. Zeitlos
dauergewellt stand sie meist atemlos aber lachend und
pünktlich da. Sie wohnte in Untersiggingen und schob ihr
Fahrrad den weiten Weg den Berg hinauf. Trotzdem hätte
man die Uhr nach ihr stellen können. Sie war bereits über
70, aber von aufhören wollte sie nichts wissen. Seit 26 Jahren gehörte sie zur Familie. Am Freitag putzte sie und am
Samstag kochte sie einen ihrer sagenumwobenen Eintöpfe.
Nach Ottos Tod hatte sie Steffi wie ein Kind bemuttert und
mit ihren Suppen am Leben gehalten. Das erzählte sie jedem, der es hören wollte oder auch nicht. Sie hatte keinen
Führerschein, und wenn, ihr Mann hätte ihr sein Auto nie
gegeben. Nur im Winter bei Schnee ließ sie sich herauffah-
ren. Ohne ihren Freitag und den Samstagvormittag bei Otts
wäre ihr Leben nur halb so interessant gewesen. Ihr Mann
verbrachte seine Tage überwiegend im Sessel vor dem Fernsehapparat. Das war Frau Maier nicht genug. Sie redete so
gern. Aber ihr fehlten so oft die Worte. »Ding« war ihr
meist gebrauchtes Wort und ihre Hände waren wie zwei
große Vögel ständig in Bewegung. Sie flogen hoch, hielten
im Flug inne, segelten auf der Stelle und warteten darauf,
dass der Gesprächspartner das Ding benennen konnte, um
sich nach dem erlösenden Wort wieder in Hände zu verwandeln.

Am Samstagmorgen brachte Werner Steffi zum Flugplatz
nach Friedrichshafen. Zwei Stunden später landete ihr
Flugzeug in Wien.
Werner fuhr zur Farm zurück und erledigte die notwen-
digen Arbeiten. Er aß Frau Maiers zarte Flädlesuppe nach
dem neuen Rezept von Andreas mit viel Rindfleisch. Hüh-

nerfleisch lehnte er aus Sympathie zu seinen Schutzbefohlenen ab.

Nachdem Frau Maier den Hof verlassen hatte, um in einer waghalsigen Abfahrt den Berg hinunterzustürzen, preschte auch Werner mit seinem Porsche durch das Hoftor, was völlig unsinnig war, weil er gleich wieder anhalten musste, um das Tor zu schließen.

Einem Abend und einer aufregenden Nacht mit seiner Monika stand nichts mehr im Weg. Er beschloss, am nächsten Tag, dem Sonntag, etwas früher zurückzukommen, seine Arbeit zu machen und sich dafür auch früher auf den Weg zu seinem derzeitigen Lieblingshuhn zu begeben. Eine Flasche Champagner und Frühstückseier lagen auf dem Notsitz hinter ihm, ebenso eine rote Rose aus Steffis Garten. Werner wusste, womit man Frauen glücklich machte.

Im Gebüsch am Waldrand saß Mike und beobachtete bereits seit dem Morgen das Kommen und Gehen auf dem Hof. Als er dann sah, wie Werner am Nachmittag eine Reisetasche ins Auto warf und davonfuhr, war dies das Signal, dass er und Felix heute Nacht freie Bahn haben würden.

Einige Stunden später saßen sie gemeinsam im Gebüsch. Es war fast dunkel, und sie tranken sich aus einer Flasche Wein abwechselnd Mut an. Felix hatte sie im Keller seiner Großmutter abgestaubt. Neben Mike lagen ein Bolzenschneider und eine Brechstange. Felix faltete stolz zwei Bettlaken auseinander, auf die er mit roter Farbe »Freiheit für alle Hühner« und »kapitalistische Tierquäler« gesprüht hatte. Er hängte sich eines der Tücher um die Schultern. »Hab ich meiner Omma geklaut.« Das zweite Tuch wollte er Mike umhängen. »Komm, lass den Scheiß!«, maulte der unwirsch. Er schob Felix genervt beiseite. Als er sich erhob und Richtung Farm ging, wurde Felix unsicher. »Bist du ganz sicher, dass keiner mehr da ist?« Mike konnte nur mit dem Kopf schütteln. »Für wie blöd hältst du mich eigentlich? Der Bierbauch und die Schlampe sind weg und die Gummiadler bekommen jetzt auch Ausgang.«

Sie warfen ihr Einbruchswerkzeug und die bemalten Laken über das Tor, bevor sie selbst darüber kletterten. Als sie in die Nähe eines der Gebäude kamen, schaltete ein Bewegungsmelder das Hoflicht ein. Geblendet standen sie einen Moment still. Mike fasste sich zuerst und stürzte sich auf die nächstgelegene Tür. Er wollte möglichst schnell der Helligkeit entkommen. Es war die Tür zu dem Raum, in dem die Eier sortiert und gelagert wurden. Mit zusammengebissenen Zähnen setzte er sein Brecheisen an. Er stemmte sich mit seinem ganzen Körpergewicht dagegen, rutschte ab und wäre fast auf der Nase gelandet. Beim zweiten Versuch sprang die Tür mit einem Knall auf. Er stürmte hinein. »Was soll's, es ist eh keiner da«, beruhigte er sich selbst. Felix, der sich eines der mit Parolen besprühte Laken umgehängt hatte, folgte ihm auf den Fersen. Mike stoppte abrupt und Felix rannte ihn dabei um. Er rappelte sich auf, machte seine Taschenlampe an und sie schauten sich im Raum um. Nach kurzer Zeit hatten sie Steffis Piccolovorrat entdeckt. Sie öffneten alle Flaschen und spritzten, was sie nicht trinken konnten, wie die Rennfahrer durch die Gegend. Durch den Alkohol ermutigt, schaltete Mike die Deckenbeleuchtung ein. Er legte seine Taschenlampe auf die gestapelten Eier und warf eines davon scherzhaft nach Felix. Er traf ihn mitten auf der Stirn. Das Ei fiel klatschend zu Boden. Felix warf ein Ei zurück und schon steckten sie mitten in einer Eierschlacht. Sie bewarfen sich. Sie machten Zielübungen gegen die Wände. Der Vorrat an Munition war unerschöpflich. Eine Palette nach der andern wurde verschossen. Beide Jungs waren von oben bis unten mit Ei verschmiert und Eierschalen klebten in ihren Haaren und an ihrer Kleidung. Sie schlitterten und torkelten lachend und grölend auf der glitschigen Eiermasse, die in der Zwischenzeit den Boden bedeckte. Mike rutschte als Erster im Rührei aus. Als er auf seinem Hinterteil lag, hörte er aus der Ferne eine Alarmglocke schrillen. Er rappelte sich auf und mit dem Bolzenschneider schlug er mehrere Male auf einen Sicherungskasten ein. Beim ersten Schlag sprang die Plastikabdeckung weg und dann schlug er eine Sicherung nach der andern aus. Als sie im Dunkeln standen, fand er seine Taschenlampe nicht wieder. In seinen Hosentaschen suchte er nach Streichhölzern. Während er einen der Eierkartons anzündete, kam ihm die Idee. »Ich weiß, wie wir ins Guinessbuch der Rekorde kommen.« Felix schaute verständnislos.

»Wir machen den größten Hühnergrill der Welt«, kicherte Mike.

»Du hast doch nicht wirklich vor, das hier anzuzünden?« Felix war schlagartig fast nüchtern. Er schlug Mike den brennenden Karton aus der Hand. »Ich verschwinde!« Felix warf sein Laken mit den Parolen auf den am Boden glimmenden Eierkarton, trampelte darauf herum und schlitterte aus der Türe. Mike rief ihm nach: »Mach dir nur nicht in die Hosen!« und folgte ihm, nachdem seine Streichhölzer in die Eierpampe gefallen waren und sich nicht mehr anzünden ließen. Das mitgebrachte Einbruchswerkzeug ließ er liegen.

Der Sonntagmorgen versprach, ein Bilderbuchsommertag zu werden. Die Luft war wie kühle Seide, der Himmel ohne jede Wolke und kein Dunst trübte die Sicht auf ein nicht enden wollendes Alpenpanorama.

Fred war am Morgen sehr früh aufgestanden. In der Nacht war ihm eingefallen, dass er Brigitte versprochen hatte am Traktor noch nach der Lichtmaschine zu sehen. Dabei zog er sich am linken Arm eine stark blutende Schnittwunde zu. Brigitte wollte sie verbinden. Er wehrte ab und wickelte sich ein Handtuch, das schnell durchgeblutet war, um den verletzten Arm. »Das wird schon wieder«, meinte er mit schmerzverzerrtem Gesicht. Als sie dann in den dunkelblauen Opel stiegen, um nach Zürich zum Bahnhof zu fahren, hatte die Wunde zu bluten aufgehört. Nachdem sie die Fähre von Meersburg in Konstanz-Staad verlassen hatten, war es nur noch eine Fahrt von gut einer Stunde. Sie waren frühzeitig losgefahren. An der Grenze stand auf der deutschen Seite eine Zöllnerin. Es war Diana, die junge Frau mit der Digitalkamera und dem Schnarchen eines Holzfällers. Sie rief fröhlich zu Fred hinüber: »Und? Geht's jetzt nach Chile? So schön möchte ich es auch haben. Könnt ihr mich nicht mitnehmen?« Fred antwortete mit gerunzelter Stirn und übertrieben ernst: »Nix Chile, kein Faulenzen. Ich geh als Gastarbeiter nach Italien. Aber wenn du arbeiten willst, kannst du gerne mitkommen!« Die junge Frau winkte lachend ab und wandte sich einem Auto zu. Kurz darauf fuhr der Opel auf der Autobahn Richtung Zürich.

Steffi stand am Flugplatz in Schwechat und hatte gerade für den Flug nach Neapel eingecheckt, als ihr Handy klingelte. Sie ging etwas abseits und nahm einen Anruf aus einer Klinik in Tübingen entgegen. Sie glaubte zuerst an ein Missverständnis, bis eine freundliche Stimme ihr mitteilte, dass Herr Werner Biegler bei einem Autounfall einen Schädelbruch erlitten hatte und darum bat, dass sie benachrichtigt würde. Er war außer Lebensgefahr, aber schwer verletzt. Steffi konnte die Nachricht zuerst nicht fassen. Sie stand

einfach nur hilflos da. Ihr erster Gedanke war. Warum geht
bei mir alles schief? Jetzt muss ich zu diesen blöden Hühnern zurück. Ich will aber nicht. Ich will in das Flugzeug
steigen und sie vergessen. Ich will in der Sonne in Freds
Armen liegen. Enttäuscht schlug sie sich mit geballter Faust
mehrere Male auf den Schenkel, bis es sie schmerzte. Sie
war den Tränen nahe. Sie suchte sich eine ruhige Ecke,
lehnte sich mit der Stirn gegen die Wand und zwang sich
sachlich zu überlegen. Ihre Tage auf Capri mit Fred sah sie
bereits im Mittelmeer davonschwimmen. Fred, ihn musste
sie jetzt zuerst anrufen und dann weiter überlegen, wie sie
möglichst schnell nach Hause zurückkommen würde. Sie
wählte Freds Handynummer und erreichte ihn auf halbem
Weg nach Zürich. Er nahm das Gespräch nach einem Blick
auf das Display an. Fred hörte die schlechte Nachricht
und steuerte den nächsten Parkplatz an. Er sagte Brigitte,
was ihm Steffi mitgeteilt hatte. Er sprach etwas zu laut. Er
wollte Steffi helfen, ihre Ferien trotzdem zu verbringen. Er
stieg aus dem Auto. Damit Brigitte nicht verstand, was er
sagte, ging er einige Schritte über einen Kinderspielplatz.
Fred versuchte, Steffi zu beruhigen und versprach, für sie
etwas zu organisieren und gleich wieder zurückzurufen.
Danach wählte er Walters Nummer. Er erreichte ihn nicht.
Er kam zum Auto zurück und erklärte Brigitte, dass er um-
kehren und nach Hause fahren müsste, um sich um Steffis
Farm zu kümmern, bis sie aus Wien wieder zurück wäre.
Seine Italienreise würde er um ein paar Tage verschieben.
Brigitte hatte in der Zwischenzeit nachgedacht. Sie erklärte
sich bereit, wie sie es schon öfter getan hatte, sich bis zu
Steffis Rückkehr um die Hühner und die Eier zu kümmern.
Außerdem würden ihr Walter und Anne sicher helfen.
»Wozu hat man Freunde? Mit Handy ist das doch gar kein
Problem, und wenn es wirklich eines geben sollte, so kann

ich ja jederzeit einen von euch anrufen. Entweder Steffi in Wien oder dich bei Bruno.« Fred wählte Steffis Nummer. Brigitte streckte ihre Hand nach dem Handy aus. Sie sprach mit Steffi und beruhigte sie: »Ich kümmere mich um deine Farm, deine Hühner und ihre Eier. Ich bin doch bis jetzt immer ganz gut klargekommen, oder nicht?« Dabei schaute sie Fred an.

Steffi rief ein überschwängliches »Danke, danke, du bist ein Schatz!«. Brigitte unterbrach sie, »und köstlich bin ich auch, ich weiß. Das wird dich aber die größte köstliche Sachertorte kosten, die es in Wien gibt.« Steffi antwortete begeistert: »Zwei, wenn du willst.« Brigitte gab das Handy an Fred zurück. Er redete noch eine Weile mit Steffi abseits vom Auto. Als er zurückkam, sagte er beim Einsteigen ohne Brigitte anzusehen: »Danke.« Schweigsam setzten sie den Rest der Fahrt fort.

Aus strahlendem Sonnenschein tauchten sie fast blind in den Schatten der Tiefgarage am Züricher Bahnhof. Drei Decks weiter unten fanden sie einen freien Platz zwischen zwei großen Geländewagen. Fred nörgelte: »Ich möchte wissen, wozu man in einer Stadt einen Vierradantrieb mit solchen Reifen braucht. Da kostet doch einer bereits mehr Geld als ein ganzer Satz für ein normales Auto.« Brigitte wusste nicht, was sie ihm antworten sollte. Er fügte noch »Angeberkarren« hinzu, während er sein Gepäck, einen Koffer, einen Rucksack mit Proviant und Büchern, sowie seine Kameratasche, die sich Brigitte sogleich umhängte, aus dem Auto lud. Er gab Brigitte den Parkschein. Sie legte das Kärtchen auf den Beifahrersitz. »Willst du es nicht einstecken? Du musst doch vor der Ausfahrt bezahlen«, machte Fred sie aufmerksam. Sie ließ den Schein liegen, wo er war. Fred kontrollierte seine Papiere, steckte sein Bahnticket in eine Seitentasche und die Brieftasche in die Brusttasche seines hellen Leinenjacketts. Brigitte wollte den Rucksack tragen. Er nahm ihn ihr wieder aus der Hand. »Komm, lass mich doch!«, sagte sie energisch. Fred bemerkte, dass sein Handy noch im Auto lag. Er nahm es heraus und stellte es ab, bevor er es in seine Jackentasche steckte. Er griff nach seinem Koffer, um Brigitte hinterherzulaufen, die sich mit seinem Rucksack auf den Weg zum Ausgang gemacht hatte. Fred kaufte sich am Kiosk eine Zeitung. Brigitte legte ihm an der Kasse eine »Brigitte« dazu. Er bezahlte und drückte ihr den Autoschlüssel in die Hand. Sie gingen nebeneinander zu den Zügen. Der Zug Paris – Mailand wurde fahrplanmäßig in zehn Minuten erwartet. In Zürich hatte er fünfzehn Minuten Aufenthalt. Brigitte blätterte in ihrem Journal. Fred drehte die Zeitung unschlüssig in der Hand. Er wollte die paar Minuten freundlich sein, wusste aber nicht wie. Sie hatten verlernt, unbefangen miteinander umzugehen. Stattdessen beobachtete er die Menschen, die den Bahnsteig bevölkerten.

Kurz bevor der Zug einfuhr, meinte er großzügig: »Du brauchst nicht zu warten. Wenn du schon mal hier bist, bummle doch noch die Bahnhofstraße entlang, bevor du zurückfährst.«

»Vielleicht, aber die Geschäfte sind doch heute am Sonntag geschlossen«, war alles, was Brigitte sagte. Als der Zug einfuhr, legte er seine Hände auf ihre Schultern, um sie zu küssen. Sie drehte ihren Kopf zur Seite und er streifte mit seinen Lippen nur ihr Ohrläppchen. Sie sagte: »Viel Spaß. Grüß Bruno«, und entfernte sich, ohne sich noch einmal umzudrehen.

Nachdem die ankommenden Reisenden ausgestiegen waren und Fred den Waggon, in dem sein reservierter Platz war, gefunden hatte, stieg er mit Koffer und Rucksack ein. Er zwängte sich mit seinen dicken und schweren Gepäckstücken durch die immer wieder zufallende, gläserne Schiebetüre in sein Abteil.

Vor ihm war ein gut gekleideter Mann mittleren Alters eingestiegen. Fred und der Mann nickten sich grüßend zu und verstauten ihr Gepäck. Fred hängte seine Jacke auf, setzte sich und wollte gerade seine Zeitung aufschlagen, als er ärgerlich registrierte, dass Brigitte mit seiner Fototasche um den Hals weggegangen war.

Er schaute auf die Uhr. Er hatte noch dreizehn Minuten Zeit bis zur Abfahrt des Zuges. Er machte Anstalten sein Gepäck aus der Ablage zu nehmen, um noch schnell hinter seiner Frau herzulaufen. Er sah den Mann gegenüber an. Sie waren in diesem Moment allein im Abteil. Der Mann in seinem gepflegten, dunkelblauen Anzug, machte auf Fred einen seriösen Eindruck. Seriöser war nicht möglich. Er schaute auf die Uhr. Es waren immer noch zwölf Minuten bis zur Abfahrt. Es war eine Überlegung von Sekunden. »Würden Sie bitte auf mein Gepäck achten. Meine Frau hat meinen Fotoapparat mitgenommen. Ich laufe ihr schnell hinterher.« Bittend schaute er den Mann an.

Fred wusste, dass es leichtsinnig war, aber sein Abteilnachbar schien absolut vertrauenswürdig. Die Vorstellung, mit seinem gesamten Gepäck durch den Bahnhof zu spurten wäre eine Alternative. Die andere, ohne seine Kamera in Neapel anzukommen. Der Mann nickte und murmelte etwas wie »selbstverständlich«. Dann rannte Fred durch den Zug Richtung Ausgang und hinüber zur Tiefgarage.

Brigitte war am Auto angekommen. Sie hatte beschlossen, sofort nach Hause zu fahren und bei Steffis Hühnern nach dem Rechten zu sehen. Sie hatten sicher wieder einige Tausend Eier gelegt, die darauf warteten, einsortiert und gestempelt zu werden. Ihr war nicht nach Schaufensterbummel zumute.

Freds Fototasche, die ihr immer noch über die Schulter hing, legte sie geistesabwesend zusammen mit ihrer Handtasche hinter den Fahrersitz auf den Boden. Sie saß ruhig hinterm Steuer und schaute nach einem Ausfahrt-Schild.

Plötzlich riss Fred völlig außer Atem die Beifahrertüre auf. »Wo ist sie?«

Brigitte erschrak. »Wer? Was?« Fred schrie unbeherrscht mit sich überschlagender Stimme: »Meine Fototasche!« Sie deutete wortlos hinter sich. Sie wollte sie ihm reichen. Sie drehte sich um und griff mit einer Hand hinter sich. Weil sie die Tasche nicht zu fassen bekam, versuchte sie sich ganz umzudrehen. Das gelang ihr nur dadurch, dass sie über der Handbremse mit einem Bein auf dem Fahrersitz und dem anderen Bein auf dem Beifahrersitz kniete. Währenddessen hatte Fred bereits die Beifahrertüre zugeschlagen und öffnete die hintere Tür. Dabei knallte er sie rücksichtslos gegen das daneben parkende Auto. Er kam hereingeschossen und beugte sich über die Rückbank. Brigitte zog schnell ihren Kopf zurück, sonst wären sie zusammengeprallt. In diesem Moment hörte sie ganz deutlich die Stimme ihres Vaters sagen: »Im Universum geht nichts verloren.« Ob dieser Satz Fred beruhigen könnte. Sie kam nicht mehr dazu, ihn auszusprechen. Während Fred sich bückte und mit seiner rechten Hand am Boden nach der Tasche tastete, brüllte er bereits: »Wie kann man nur so blöd sein? Kannst du nie etwas richtig machen? Hättest du damals besser aufgepasst, hättest du anschließend nicht deinen Verstand begraben lassen müssen!« Brigitte schnappte hörbar nach Luft. Sie erstarrte. Ein ungeheurer Druck schien sie zusammenzupressen und dann flippte sie aus. Sie explodierte. Freds Kopf war genau unter ihr. Sie kniete immer noch auf den Vordersitzen. Er hatte zuerst ihre Handtasche in die Finger bekommen, sie unter dem Fahrersitz hervorgezogen und wütend zurückgeworfen. Endlich hatte er seine Fototasche in der Hand. Aufgestauter Zorn und verdrängte Wut schossen wie elektrische Blitze am nächtlichen Himmel durch Brigittes Kopf. Sie fasste mit beiden Händen in Freds volles, lockiges Haar, das genau vor ihr war. Sie zischte: »Das darfst du nicht sagen. Ich verbiete es dir!«

Dabei riss sie mit Wucht seinen Kopf nach oben und schüttelte ihn mit all ihrer Kraft hin und her. »Ich verbiete es dir, ich verbiete es dir.« Die Worte presste sie durch ihre zusammengebissenen Zähne. Ihre ganzen aufgestauten Verletzungen überschwemmten sie, stiegen in ihr hoch und donnerten wie die Brandung im Sturm gegen die Kaimauer. Sie hörte das hässliche Geräusch nicht, als Freds Genick brach. Sie schüttelte seinen Kopf so lange, bis ihre Arme kraftlos waren. Als sie ihn losließ, sackte er in sich zusammen und fiel nach unten. Brigitte drehte sich um und setzte sich wieder hinter das Steuer. Sie schaute ihre zitternden Hände an. Freds Haare hingen an ihnen. Sie rieb sich die Handflächen an ihren Schenkeln und wischte die Haare an ihrer Hose ab. Danach zwang sie sich, ruhig zu sitzen und wartete auf eine Reaktion von Fred.

»Was ist los? Willst du jetzt nicht mehr nach Italien?«, sprach sie gereizt gegen die Scheibe vor sich. »Dein Zug wird nicht ewig warten.«

Der Mann, Carlos, Chef einer Diebesbande, saß allein im Abteil, das Fred so eilig verlassen hatte. Seine Komplizen waren ebenfalls im Zug, aber wenn sie zusammenarbeiteten, kannten sie sich scheinbar nicht. Es gab keinen Kontakt außer durch verschlüsselte Zeichen. Sie waren ein eingespieltes Team. Carlos starrte wie hypnotisiert auf das Gepäck und die Jacke von Fred. Er fragte sich, ob man so dumm sein konnte oder ob es eine Falle für ihn sein sollte. Unauffällig ließ er seine Blicke auf der Suche nach einem Beobachter oder einer versteckten Kamera schweifen. Er entdeckte nichts und konnte der Versuchung nicht widerstehen. Er stellte sich ans Fenster. Wie nach Halt suchend fasste er dabei in Freds Jacke. Er bemerkte, dass eine dicke Brieftasche in ihr steckte. Gleichzeitig mit dem Anfahren des Zuges riss eine dicke Frau mit hochrotem Kopf die Abteiltür auf. Sie schien einem Kollaps nahe und bat ihn atemlos, höflich aber bestimmt, ihren Koffer zu verstauen. Ihre offene Handtasche stellte sie dabei einladend neben seinen Sitz. Carlos konnte es nicht fassen, es gab so viele dumme Leute. Auf den ersten Blick mochte er die Frau nicht. Er stufte sie als vertrauensselige und besserwisserische Schwätzerin ein. Er wusste, dass er, wenn er auch nur ein Wort mit ihr wechselte, sie bis zum Ende ihrer Reise nicht wieder loswerden würde. Schade, dass er nicht gleich die Gelegenheit nutzen konnte, ihr eine Lektion zu erteilen. Eine Aktion durfte erst kurz bevor sie aus dem Zug stieg stattfinden. Und das war auch nicht seine Aufgabe. Dafür waren Piet und Steven zuständig. Er nahm Freds zurückgelassene Zeitung und verschanzte sich dahinter.

Brigitte wartete auf eine Antwort von Fred. Sie fragte, ohne sich umzudrehen: »Bist du jetzt beleidigt?« Als sie keine Antwort bekam, drehte sie sich um. »Was soll das?« Sie kniete sich wie vorher auf die Sitze und stieß Fred an. Er bewegte sich nicht. Er lag still auf dem Rücksitz und sein Kopf hing mit dem Gesicht nach unten. Brigitte erschrak. Sie sprang aus dem Auto. Sie öffnete die Tür hinter sich. Sie versuchte, Fred hochzuheben. Er war schlaff und schwer. Sie wollte ihm das Gesicht tätscheln, dabei klopfte sie ihm aber nur auf die Ohren. Um ihm ins Gesicht schauen zu können, musste sie seinen Kopf an den Haaren hochziehen. Plötzlich hatte sie Scheu davor, in seine Locken zu greifen. Mit untrüglicher Sicherheit wusste sie, dass etwas Furchtbares passiert war.

Sie presste sich die Hände auf die Ohren, bis sie ihr Blut rauschen hörte. Sie rannte auf die Fahrbahn in die Richtung, die das Ausgangsschild zeigte. Durch das Pochen in ihrem Kopf drangen Motorengeräusche und sie hörte das Zuschlagen von Autotüren. Aber es war keine Menschenseele zu sehen. Es stank nach Abgasen und ihr wurde schlecht. Sie wäre gerne ohnmächtig geworden, aber ihr Körper tat ihrem Geist diesen Gefallen nicht. Es war, als ob sie auf einer einsamen Insel mit vielen Autos und ihrem leblosen Fred vergessen worden wäre.

Völlige Stille und überlaute undefinierbare Töne wechselten sich ab. Sie rannte zu ihrem Auto zurück. Sie wusste, dass Fred tot war, und dass sie ihn getötet hatte. Schwärze stieg um sie herum aus dem Boden der Tiefgarage und drohte über ihr zusammenzuschlagen.

Brigitte setzte sich hinter das Steuer und startete das Auto. Sie fuhr einige Meter vor, um sogleich wieder anzuhalten. Die Türen standen offen, Freds Beine hingen aus dem Wagen und schleiften über den Beton. Sie wollte sie ins Autoinnere schieben. Es ging nicht. Sie lief um den Wagen herum und setzte sich auf die äußerste Kante der Rückbank. Sie packte Fred unter den Armen. Sein Gesicht wurde dabei gegen ihren Bauch und ihre Brust gedrückt. Sie hatte das so oder so ähnlich bei einem Erste-Hilfe-Kurs vor sehr langer Zeit gelernt. Es gelang ihr, Fred ein Stück weiter in das Wageninnere zu ziehen. Brigitte klappte ihn, er schien aus schwerem Gummi zu sein, wie ein Waffelherz zusammen. Danach konnte sie die Tür schließen. Bei dieser Aktion verlor sie ihre Sonnenbrille. Sie fand sie neben Freds schlaff herunterhängender Hand. Im Kofferraum lag eine blaue, karierte Wolldecke. Sie deckte ihn wie ein kleines Kind damit zu, wobei sie flüsterte: »Glaub mir Fred, ich wollte das nicht.«

Mit viel zu viel Gas fuhr sie los. Einer von Freds braunen Timberland-Mokassins blieb am Boden der Parklücke zurück. Brigitte folgte den Ausfahrt-Schildern. Sie sprach dabei mit Fred so, als ob er nur schlafend hinter ihr liegen würde: »Ich wollte dir nur wehtun. Bitte Fred, glaub mir. Mehr wollte ich nicht. Was soll ich nur machen? Was soll ich jetzt nur machen?«

Mit schaukelndem Oberkörper hielt sie vor der Schranke an. Als diese sich nicht öffnete, drang langsam der Sinn ihres Parktickets in ihr Bewusstsein. Sie musste es zuerst suchen. Es war auf den Boden gefallen. Sie schob es in den dafür vorgesehenen Schlitz. Da sie es nicht bezahlt hatte, kam es immer wieder zurück. Inzwischen hatte sich hinter ihr eine Schlange wartender Autos gebildet. Eines davon fing zu hupen an. Ein Parkhausangestellter kam, um nach der Ursache des Lärms zu schauen. Er wollte von Brigitte, im schönsten Schweizer Dialekt wissen: »Haben Sie ihr Ticket denn bezahlt?« Sie schaute den Mann an, als sei er von einem anderen Stern. Er fragte: »Können Sie mich verstehen?«, und als er wieder keine Antwort bekam: »Geht es Ihnen gut?« Schlussendlich, als keine vernünftige Reaktion von ihr erfolgte, und der Fahrer des nachfolgenden Autos seine Ungeduld signalisierte, bat er sie um das Ticket und Geld. Sie gab ihm das Ticket zusammen mit einem Zwanzig-Euroschein. Er sprach sehr langsam und bemühte sich kein Schweizerdeutsch zu sprechen. »Waren Sie noch nie in einem Parkhaus?« Brigitte schüttelte mit dem Kopf.

»Das ist aber eine Ausnahme, was ich hier mit Ihnen mache! Sie können hier nicht den ganzen Betrieb aufhalten. Fahren Sie in die Haltebucht nach der Schranke. Ich komme gleich.« Er öffnete die Schranke, Brigitte fuhr los, an der Haltebucht vorbei und so schnell wie möglich aus der Stadt hinaus. Sie brauchte Rat und Hilfe. Es musste doch einen Menschen auf der Welt geben, der ihr helfen konnte. Außer Walter fiel ihr niemand ein.

Auf dem ersten Autobahnparkplatz hielt sie an. Sie musste telefonieren. Es waren nur Schweizer Kartentelefone vorhanden. Das einzige Münztelefon war zerstört. Sie fasste Fred widerwillig in die Hosentaschen und hoffte sein Handy zu finden. Er trug es nicht bei sich. Wo hatte er es gelassen? Es war nur ein kurzer Gedanke von vielen, die ihr wie gut gemischte Puzzleteile im Kopf herumschwirrten.

Brigitte schwitzte und fror gleichzeitig. Sie fuhr mechanisch, ohne zu überlegen. Einen langsam fahrenden japanischen Kleinwagen registrierte sie nicht früh genug und war deshalb gezwungen, um nicht aufzufahren, eine Vollbremsung zu machen. Dabei rutschte ihr der nicht angeschnallte, schlanke Fred in den Rücken. Er blieb zwischen den Rückenlehnen der Vordersitze und der rückwärtigen Sitzbank, halb am Boden liegend, hängen.

Steffis Farm! Brigitte musste sich um sie kümmern! Sie hatte es versprochen. Die Hühner! Die Eier! In Brigittes Kopf türmten sich diese Gedanken zu Bergen auf. Und Fred, was sollte sie mit ihm machen? Walter, Walter würde ihr helfen. Nur noch darum kreisten ihre Gedanken während sie, mit ihrem toten Mann unter der blau karierten Wolldecke hinter sich auf dem Rücksitz, auf die deutsch-schweizerische Grenze zufuhr.

Geschützt hinter Freds Zeitung, warf Carlos einen vorsichtigen Blick auf die neben ihm stehende offene Handtasche. Die zugestiegene Frau ließ sich schnaufend wie ein Walross auf den Sitz gegenüber fallen und versuchte, ein Gespräch anzufangen. Carlos murmelte hinter seiner Zeitung ein paar unverständliche Worte. Er legte seine Zeitung auf den Platz neben Freds Jacke und verließ das Abteil. Er schlenderte bis zum ersten Waggon vor und danach bis zum Ende des Zuges zurück. Den Mann konnte er nirgends entdecken. Vor den Toiletten blieb er so lange stehen, bis er sicher war, dass der Mann sich auch dort nicht aufhielt. Er beschloss, die Augen offenzuhalten und auf der Hut zu sein.

Seine zwei Komplizen hatte er bei seinem Gang durch den Zug entdeckt. Piet, der Jüngste von ihnen, kam ihm entgegen. Carlos stellte sich an ein Fenster und Piet ließ sein Feuerzeug fallen. Carlos murmelte ihm eine Warnung zu. Piet hob sein Feuerzeug auf und ging weiter, um die Nachricht an Steven, der das Trio vervollständigte, weiterzugeben. Bis Bellinzona stand Carlos im Flur an einem Fenster. Im Spiegel der Scheibe, hinter der die Landschaft vorbeiwischte, beobachtete er misstrauisch, was sich in seinem Rücken abspielte.

In Bellinzona verließ die geschwätzige Frau den Zug. Sie drehte gekränkt ihren immer noch roten Kopf zur Seite. »Zu hoher Blutdruck«, murmelte Carlos, als sie vollgepackt an ihm vorbeischnaufte. Er ging ins Abteil zurück und setzte sich auf den Platz, an dem Freds Jacke hing.

Eine Mutter mit vier Kindern betrat das Abteil. Die drei größeren Kinder stritten sich sofort um den freien Fensterplatz. Der Kleinste schaute Carlos interessiert an und strich mit einem abgelutschten Keks über seine bis dahin untadelige Hose.

Brigitte sprach mit ihrem Mann auf dem Rücksitz: »Oh Fred, was soll ich mit dir machen? Ich will nicht ins Gefängnis! Ich will auch nicht in die Psychiatrie! Fred ich bin nicht verrückt und glaub mir, du musst mir glauben, das wollte ich nicht. Warum hast du DAS zu mir gesagt? Du weißt, dass es nicht wahr ist. Ich war immer eine gute Mutter. Oh, Fred, wer kann mir jetzt noch helfen? Warum bringe ich allen, die ich liebe, nur Unglück?«

»Was mach ich jetzt nur? Was mach ich jetzt nur?«, vor sich hinmurmelnd fuhr sie auf die Grenze Kreuzlingen-Konstanz zu. Die junge Zöllnerin vom Vormittag hatte immer noch Dienst. Sie unterhielt sich mit einem Kollegen. Sie kannte Freds Auto. Sie warf nur einen kurzen Blick auf Brigitte und winkte, ohne ihr Gespräch zu unterbrechen.

Brigitte hielt in der Nähe des Laubebrunnens neben einer Telefonzelle. Sie versuchte Walter zu erreichen, aber nur der Anrufbeantworter leierte seine Ansage herunter. Es war Sonntag und Mittagszeit. Sie nahm an, dass Walter und Anne wie sie es gelegentlich sonntags taten, sich mit dem Fahrrad, den Höchsten hinaufkämpften, um danach im Mohren Mittag zu essen. Oder sie rannten mal schnell zwanzig Kilometer am See entlang.

Brigitte fuhr um den Untersee herum. Mit dem toten Fred auf dem Rücksitz wollte sie die Fähre nicht benutzen. Sie hätte es nicht ausgehalten, zwanzig Minuten lang oder noch länger still im Auto zu sitzen und sich neugierigen Touristenblicken auszusetzen.

Zu Hause schloss sie mit zittrigen Händen die Tür zum Kinderzimmer auf. Sie riss die Schranktüren auseinander und das Telefon heraus. Sie setzte sich auf den Boden, presste sich dicht an den Schrank und zog die Türen so weit wie möglich zu sich heran. So saß sie in einem kleinen ge-

schützten, dunklen Winkel. Ihre Beine ragten unaufge-
räumt in das Zimmer. Wenn genug Platz im Schrank gewesen wäre, hätte sie sich darin verkrochen. Sie erzählte ihrer
Tochter mit hastigen, abgerissenen Sätzen, was geschehen
war. Am Ende des Gesprächs sagte sie: »Warum kannst du
jetzt nicht hier sein, oder ich bei dir?« Ihre Sonnenbrille
hatte sie auf den Kopf, in die Haare geschoben. Als sie aus
dem dunklen, schützenden Bereich der Schranktüren in das
helle Zimmer hinauskroch, schob sie die Gläser sofort wieder auf ihre Nase.

Im Puppenhaus badete das Püppchen immer noch ohne
Wasser. Eine Rabenkrähe flog mit lautem »krraa, krraa«
vom Dach des Stalls in den Gipfel des Nussbaums und
verschwand immer noch laut protestierend zwischen dem
Grün der Blätter.

Brigitte nahm den Schlüssel zu Steffis Hof vom Schlüssel-
brett. Es war heiß. Der Tag war so schön geworden, wie
er es am Morgen versprochen hatte. Abwesend dachte sie:
Fred hat in Italien auch kein schöneres Wetter. Sie war bereits bei den Hühnern und den Eiern und hatte für einen
Moment vergessen, was mit Fred passiert war. Die Wirklichkeit überfiel sie, bevor sie den Gedanken ganz ausge-
dacht hatte. Ihre Schultern sackten unter der Erinnerung
wie unter einer schweren Last zusammen.

Während sie den hellen Schotterweg zu Steffis Hühnerfarm
hinauffuhr, wünschte sie sich nichts sehnlicher, als in einem
Ei verschwinden zu können. Eine weiße, schützende Schale
um sich zu haben. Nichts sehen und nichts denken müssen.
Und dann eines Tages unbelastet, ohne Erinnerung an eine
Vergangenheit, die Schale aufzubrechen und aus dem Ei in
einer anderen Welt ans Licht zu schlüpfen.

Sie würde Fred ins Eierlager bringen. Dort war es kühl. Er
konnte nicht in der Sonne im heißen Auto liegen bleiben.

Irgendwann würde Walter zu erreichen sein und ihr sagen, was sie tun sollte.

Brigitte fuhr mit dem Auto dicht an das Gebäude heran, ohne zu bemerken, dass die Tür etwas offen stand. Sie nahm die Wolldecke, mit der sie Fred zugedeckt hatte, und breitete sie vor der rückwärtigen Beifahrertüre aus. Ihre Bewegungen waren wie die einer aufgezogenen Marionette. Fred hing eingeklemmt zwischen Vorder- und Rücksitz. Zuerst musste sie ihn auf die Bank zurücklegen. Er war schwer, gleichzeitig schlaff und weich und kaum festzuhalten.

Zitternd und schweißgebadet stand sie, mit schief über ihrem Gesicht hängender Sonnenbrille, an das Auto gelehnt. Freds nackte Füße sahen so fremd aus. Er war morgens, nachdem er aus der Dusche kam und die Sonne bereits schien, barfuß in seine Schuhe geschlüpft. Sie mochte die Füße nicht berühren. Brigitte griff nach Freds Hosenbeinen. Sie stemmte sich gegen den gepflasterten Hofboden, während sie ruckartig an der Jeans zog. Plötzlich schlug sie mit dem Steißbein auf dem harten Steinboden auf. Sie lag da, hatte Freds Hose in den Händen, und er lag in seinen verrutschten Boxershorts mit nackten Beinen, die jetzt weiß aus dem Auto hingen, immer noch auf dem Rücksitz. Sie hatte vergessen, wie dünn er war. Fahl und stumpf war seine Haut. Ächzend stand sie auf und versuchte ihm seine Hose wieder anzuziehen. Es gelang ihr nicht. Ihre Hände berührten dabei die nackte, mit dunklen Haaren bewachsene, leblose Haut seiner Waden. Sie zuckte zurück. Es fühlte sich so fremd an. Sie beschloss, Fred zuerst aus dem Auto zu holen und danach wieder anzuziehen. Sie glättete die in der Zwischenzeit verrutschte Wolldecke am Boden. Sie schloss ihre Hände fest um seine Fußgelenke. So gelang es ihr, ihn aus dem Wagen zu zerren. Bei dem Geräusch, mit dem sein Kopf zuerst auf dem Rahmen des Autos und dann gedämpfter durch die Decke auf dem Hofboden aufschlug, spürte sie einen Schmerz in ihrem eigenen Kopf. Freds weißes T-Shirt war durch sein Gewicht, als er über den rauen Bezug der Sitzbank geschleift wurde, hoch gerutscht und verdeckte nun sein Gesicht und hielt seine nach oben angewinkelten Arme neben seinem Kopf fest. Brigitte zog ihm das T-Shirt über Brust und Bauch ordentlich glatt und legte seine schlaffen Arme neben seinen Körper. Sie setzte sich zu ihm auf die Decke. Sie bettete seinen Kopf auf ihren Schoß. Sein Gesicht, das am Morgen noch unter einer gesunden Bräune geglänzt hatte, schien nun klein und blass. Sie streichelte seine Wangen. Sie versuchte, sein Haar, das seine geschlossenen Augen verdeckte, mit ihren Fingern zu bändigen und es hinter seine Ohren zu schieben. Sie sprach mit Fred. Sie flüsterte. Sie sagte immer wieder die gleichen Worte: »Fred, verzeih mir!«

In der Ferne, unten im Deggenhausertal, Tal der Liebe wurde es auch genannt, fuhren Autos durch die sonntägliche Ruhe. Wie Käfer krochen sie die Straße entlang. Brigitte sah ihnen verloren hinterher. Sie summte leise vor sich hin und wiegte dabei ihren halb nackten, toten Fred. Er schlief doch nur und würde gleich wieder aufwachen. Ihr Blick war leer. Ein leichter Wind strich über die Blumenwiese, die sich den Hang herauf zog. Die Blüten und Gräser wogten in sanften Wellen. Grillen zirpten, Bienen summten. Es waren die Geräusche eines weichen, samtenen Sommertages. Die Zeit schien sich aufzulösen. Es roch nach Wärme und Heu. Fred hatte diesen Geruch geliebt. Brigitte war damit aufgewachsen. In ihrem ersten Sommer mit Fred hatten sie manchmal im Heu geschlafen. Am Abend waren sie mit Taschenlampen und Decken bewaffnet auf den Heuboden gezogen. Fred hatte auch mal mit der Idee gespielt, ein Heu-Hotel aufzumachen. Aber das war ihrem Vater dann doch zu viel gewesen. Er konnte Fred diese Idee letztendlich ausreden.

Als sich dicke Fliegen auf Freds Gesicht und auf seiner am Morgen zugezogenen Schnittwunde am Unterarm niederließen, scheuchte Brigitte sie mit müden Handbewegungen weg. Brigitte wachte aus der Vergangenheit auf. Stöhnend stand sie auf. Sie zog die Decke mit Fred bis vor die Türe des Lagerhauses. Sie wollte Fred aufsetzen. Ihre Sonnenbrille, ihr Weltfilter, verrutschte. Mit einem Arm hielt sie Fred fest, und bevor er ihr entgleiten konnte, schob sie schnell wieder die Brille vor ihre Augen. Von hinten umschlang sie ihn, und mit ihren vor seiner Brust verschränkten Armen schleppte sie ihn rückwärts über die Schwelle in das Eierlager. Mit einem Ellbogen hatte sie die Tür aufgedrückt. Sie machte ein paar Schritte in den Raum hinein und rutschte auf den Resten der Eierorgie von Mike und Felix, die sie in der vergangenen Nacht veranstaltet hatten, aus. Sie fiel auf den Rücken, genau auf die bereits geprellte Stelle am Steiß. Sie schrie laut auf, hielt aber Fred fest vor ihrer Brust im Arm. Er lag auf ihr. Um sich aufrichten zu können, musste sie ihn sanft neben sich, in die schmierige, bereits teilweise eingetrocknete Rühreimasse gleiten lassen. Brigitte setzte sich. Ihre Hände suchten Halt. Sie griff in Eierschalen und Glibber. Sie schaute verstört um sich. Sie wimmerte: »Nein, nein, nein, nicht auch das noch!« Sie stierte wirr und verstört auf das Chaos rings um sich. Sie nahm ihre Brille ab, nur um sie sofort, verschmiert von ihren Fingern wieder aufzusetzen. Fliegen umsummten sie und setzten sich auf sie, krochen über ihr Gesicht und ihre Arme. Sie schlug hysterisch mit beiden Händen wie eine Windmühle um sich. Sie blickte auf den halb nackten Fred neben sich. Sie nahm seinen Kopf und zupfte ihm vorsichtig

Eierschalen aus seinen Locken. Sie stand auf und rutschte sofort wieder aus. Sie kroch auf allen vieren zur Tür. Sie umfasste Freds Fersen und zog ihn hinter sich her ins Freie. Sie wälzte ihn auf die Wolldecke zurück. Ihr Blick fiel auf die in der Ferne vorbeiführende Landstraße. Ein Auto bog auf den Schotterweg zur Farm ein.

Steffi war in Neapel gelandet. Bruno erwartete sie hinter der Absperrung mit einem strahlenden Lächeln, das jeder Zahnpastareklame Ehre gemacht hätte. Er sah sehr attraktiv aus. Als sie durch die automatische Tür trat, stürmte er auf sie zu, umarmte sie und drückte ihr drei Küsse auf die Wangen.

»Benvenuto in Italia, Chefin!«, rief er theatralisch. Steffi konnte das erste Mal an diesem Tag lachen.

»Salute Bruno, aber sag jetzt nicht Chefin!« Brunos Strahlen wurde noch etwas breiter. »O.K., Steffichefin!« Steffi schüttelte lächelnd mit dem Kopf. Bruno griff nach ihrem Koffer und fragte: »Und was machen wir oder was möchtest du machen, bis heute Abend, bis Fred kommt?«

Steffis Lächeln verschwand: »Ich hoffe er kommt! Fast wär ich nicht gekommen. Das habe ich Brigitte zu verdanken, dass es doch noch geklappt hat. Aber ich erzähl dir alles nachher irgendwo in Ruhe.«

In Brunos Augen glomm ein kleiner Hoffnungsschimmer. Er schlug eine Stadtrundfahrt vor. Zuerst aber lud er sie in ein Fischrestaurant am alten Hafen zum Essen ein. Das Restaurant gehörte einem seiner zahlreichen Cousins. Steffi war mit allem einverstanden. Nur vorher musste sie unbedingt telefonieren. Sie hoffte, dass Fred endlich sein

Handy eingeschaltet hätte. Es war ihr unbegreiflich, warum er sich nicht bei ihr meldete. Dreimal hatte sie bereits eine Nachricht hinterlassen. Sie hielt Ausschau nach einer ruhigen Ecke. Soweit sie sehen konnte, standen und liefen laut sprechende und gestikulierende Menschen durcheinander. Ruhig war es in dieser Halle nirgends. Sie presste ihr Handy gegen das linke Ohr und steckte sich den Zeigefinger in das rechte und hoffte, trotz des Lärmpegels, etwas zu verstehen. Wie schon zuvor kam nur die Frauenstimme aus der Mailbox. Steffi schrie, um den Krach zu übertönen: »Warum rufst du nicht zurück? Ich bin jetzt in Neapel. Bruno macht eine Stadtrundfahrt mit mir. Bitte melde dich. Ich warte auf deinen Anruf.« Mit Nachdruck fügte sie noch hinzu: »Bis heute Abend!«

In Chiasso wurde der Zug Paris-Zürich-Milano von italienischen Zöllnern kontrolliert. Sie warfen nur einen flüchtigen Blick in das Abteil, in dem Carlos saß. Ein Mann mit einer Frau und vier Kindern war unverdächtig.
In Mailand war Endstation für den Zug aus Paris. Alle Passagiere mussten ihn verlassen. Carlos wartete ungeduldig, bis die vier Kinder und ihre Mutter sich endlich aus dem Abteil gedrängelt hatten. Erst danach nahm er Freds Koffer an sich. Er warf einen kurzen Blick in den Rucksack und stellte fest, dass nur ein Pullover, Bücher, Essen und Trinken, also nichts von Bedeutung, darin war. Er schob ihn auf die Ablage zurück. Aus der Leinenjacke nahm er die Brieftasche und das Handy. Er steckte beides ein und verließ mit seinem eigenen Gepäck und Freds Koffer den Zug. Auf dem Bahnsteig warf er einen kurzen Blick in Freds Brieftasche. Es hatte sich gelohnt. Mit zufriedenem Gesichtsausdruck beobachtete er, wie Piet stolperte und hinfiel. Ein Mann und eine Frau versuchten, ihm aufzuhelfen. Steven

rempelte sie an. Danach eilten seine Komplizen in verschiedene Richtungen aus dem Bahnhof. Da der Zug nicht weiterfuhr, war es auf diesem Bahnsteig nach kurzer Zeit ruhig. Carlos nahm sein Handy, wählte und sprach: »Ich habe gehört, dass du für einen serbischen Offizier einen sauberen Ausweis suchst. Ich kann dir was anbieten, habe gerade frische, erstklassige, wirklich einwandfreie Ware bekommen. Mach mir ein Angebot. Du weißt, wo du mich erreichst, ciao!«

Brigitte schleifte Fred so schnell sie konnte zur direkt neben der Lagerhalle gelegenen Hühnerhalle. Sie wollte außer Sichtweite sein, bevor das Auto den Hof erreichte. An dieser Stelle gab es eine kleine Seitentüre. Sie war unverschlossen. Sie zog Fred in den Stall hinein. Halbdunkel umfing sie. Die Tür fiel hinter ihr ins Schloss. Die Hühner waren unruhig, laut und aufgeregt. Sie rannten auf Brigitte zu und umringten sie. Abwechselnd schob sie vor jedem Schritt mit einer kreisenden Bewegung des Fußes die aufdringlichen Tiere zur Seite. Die Vordersten flatterten gackernd über die sofort Nachdrängenden zurück. Der ganze Stall schien in Bewegung. Die Hühner hatten seit Stunden nichts mehr zu fressen und kein Wasser gehabt. Sie erwarteten das jetzt von Brigitte. Aber sie hatte nur Augen für Fred. Sie musste ihn dringend anziehen. Sie beschloss, nach Hause zu fahren und seinen Jogginganzug zu holen. Er war elastisch und weit. Sie würde ihn ihm leichter als die Jeans überziehen können. Fred sollte ordentlich aussehen und nicht halb nackt daliegen, wenn Walter kam. Sie versuchte, ihn gegen die Wand zu lehnen. Fred wollte nicht sitzen. Entweder kippte er auf die Seite oder er klappte zusammen und fiel ihr entgegen. Nach einigen Versuchen legte sie ihn auf die Decke zurück und schlug die Ränder über seine nackten Beine. Er lag still und hilflos da. Mit weit ausholenden Bewegungen scheuchte sie die erschrocken auffliegenden, neugierigen Hühner von Fred weg. Der Stall war erfüllt vom Geräusch schlagender Flügel und empörtem Gegacker. Zu Fred sagte sie in einem Ton, so wie man mit einem kleinen Kind spricht, das sich fürchtet allein gelassen zu werden: »Ich fahr nach Hause und hol dir was zum Anziehen.« Zu den Hühnern gewandt, aber mehr zu sich selbst: »Ich komme wieder, dann seid ihr dran, dann kümmere ich mich um euch.« Sie klammerte sich an unsinnige Worte, um die schreckliche Wirklichkeit zu verkleinern, sie nur auf den Wert der Laute zu beschränken.

Brigitte verließ den Stall, fuhr durch das Tor. Sie ließ es offen und fuhr den Hügel hinunter. Das Auto, das sie vorher von der Straße hatte abbiegen sehen, stand im Schatten einer Baumgruppe und ein Pärchen lag daneben im Gras. Sie schienen Brigitte nicht zu bemerken.

Brigitte setzte sich an den Esstisch. Sie stützte den Kopf in die Hände und ihre Ellbogen auf die dicke Holzplatte. Freds Kaffeetasse stand noch, halb ausgetrunken, an seinem Platz. Ihre schmutzige Sonnenbrille verrutschte. Sie schob sie zurecht. Sie nahm sie nicht ab. Das Rührei an ihren Armen fing an zu trocknen und die Haut spannte. Sie zog das Telefon zu sich und wählte Walters Nummer. Es war wieder nur der Anrufbeantworter, den sie erreichte. Sie knallte den Hörer auf und schrie verzweifelt in die Stille des Hauses: »Walter, wo bist du nur? Ich brauche dich ganz dringend!«

Brigitte rannte zum Apparat im Kinderzimmer. An diesem Gerät gab es immer eine Ansprechpartnerin für sie. Dort konnte sie ihre Gedanken laut aussprechen. Sie konnte sie weiterdenken, oder verschwinden lassen und einfach durch den Hörer abschicken. Sie sprach mit Andrea und erzählte ihr, wie es bei Steffi auf der Farm im Eierlager aussah. Am Ende des Gesprächs sagte sie: »Ich darf nicht vergessen, Papa seinen Jogginganzug zu bringen und Strümpfe, seine Füße sehen so kalt aus!«, dann legte sie auf.

Sie suchte frische Socken für Fred. Sie stand vor dem offenen Schubkasten und konnte sich nicht entscheiden. Sollte sie warme oder nur ganz dünne nehmen? Wäre blau oder grau besser? Sie nahm dünne blaue Socken zu seiner dunkelblauen Jogginghose und legte sie auf das Bett, bevor sie selbst ins Badezimmer ging, um sich die trockenen Eierreste abzuwaschen. Sie stand lange mit geschlossenen Augen unter der Dusche. Wie von einem Schutzmantel ließ sie sich von dem warmen Wasserstrahl einhüllen. Sie fing Wasser mit weit geöffnetem Mund auf und trank wie eine Verdurstende. Die Duschkabine gab ihr die Illusion, sich in einem Schutzraum zu befinden. Hinter dem Vorhang aus Wasser hatte sie sich immer geborgen gefühlt. An diesem Tag gelang es ihr nicht. Sie fühlte sich nicht sicher. Ihr Geist war außerhalb. Er war nicht in ihrer Haut. Es war alles unbenennbar furchtbar und bedrückend. Es war so schlimm und unwirklich, dass es nur ein Albtraum sein konnte. Sie rubbelte sich so lange, bis ihre Haut rot und heiß war und sie in sich zurückkehrte. Sie zog sich irgendetwas, das ihr gerade in die Hände kam an und ging mit tropfenden Haaren über den Hof. Das Schaukelei war ihre Zuflucht. Sie starrte auf die Farbwand. Sie entdeckte neue Bilder und Geschichten. Sie vertiefte sich in eine andere Welt. Sie stand auf und griff zu Farbflaschen und dicken Pinseln. Sie quetschte hemmungslos bunte Würste auf einen Plastikteller. Sie malte und verbesserte. Sie vergaß. Sie lebte durch ihre Hände und das, was sie in ihren Fingern fühlte. Es war kein Wollen, keine Überlegung dahinter. Ihre Hände bewegten sich und handelten. Sie leiteten ihre Not aus ihrem Bauch, aus ihrer Seele heraus.

Sie formte aus Draht und Papier ein stabiles Gerüst für den Unterbau einer Skulptur. Sie schlug Tonerde geschmeidig und überzog das Drahtgerüst damit. Sie arbeitete wie aufgezogen. Sie hielt ihren Kopf unter fließendes Wasser. Sie trank. Sie knetete und modellierte. Sie setzte sich erschöpft auf ihr Ei, so, als ob ihr von dort neue Kraft zufließen würde. Sie schaukelte und betrachtete ihre Werke, bevor sie fortfuhr, ihre Gedanken und Gefühle dreidimensional in das Draußen zu entlassen.

Der Hauptbahnhof von Neapel war nicht nur am Abend ein quirliger, großer, lauter Treffpunkt. Menschen reisten an und reisten ab. Schienen aus der ganzen Welt schienen sich hier wie Fäden zu verknüpfen.

Bruno und eine nervöse, aufgedrehte Steffi standen auf dem Bahnsteig, an dem der Zug aus Milano via Roma in Kürze eintreffen würde. »Bitte, nicht mit den Hufen scharren«, versuchte Bruno noch zu scherzen. Steffi hatte keinen Sinn dafür. Sie war dabei zu schrumpfen. Ihr roter Lockenberg kringelte sich im Nacken und nicht mehr wie sonst auf ihrem Kopf. Es war ein langer Tag gewesen. Bruno hatte ihr einen Teil von Neapel gezeigt. Danach waren sie ein Stück am Meer entlang die Küstenstraße nach Norden gefahren. Steffi wollte unbedingt das Meer sehen, fühlen und riechen. Sie trug den ganzen Tag ihr Handy eingeschaltet mit sich. Es kam kein Anruf von Fred. Rings um sie klingelten die Telefone. Ganz Neapel schien sich zu unterhalten oder wichtige Botschaften auszutauschen. Nur an sie dachte niemand. Am Nachmittag gab sie es auf und rief nicht mehr bei Fred an. Der Akku war fast leer. Sie hoffte, dass Fred mit dem vorgesehenen Zug ankommen würde und eine einfache Erklärung für sein Schweigen hatte.

Als der Zug Milano – Roma endlich einfuhr, warteten sie am Anfang des Bahnsteiges. Fred würde sicher so schlau sein und dort nach ihnen Ausschau halten. Steffi wollte ihn, völlig neu und elegant eingekleidet, überraschen. Sie reckte sich auf ihren hohen, mit Glitzersteinen verzierten Sandaletten. Am Nachmittag hatte sie sich zwei Paar Schuhe in einem Schuhgeschäft am Meer gekauft und dabei Italien als Einkaufsparadies für sich entdeckt. Es war kein Problem in ihrer Größe etwas zu finden. In jedem Modegeschäft passten ihr viele schöne Kleider und in ihrer Schuhgröße konnte sie fast unbeschränkt auswählen. Steffi war klein, schlank und hatte trotzdem üppige Rundungen an den richtigen Stellen. Bruno war geduldig mit ihr in dem Ausflugsort der Neapolitaner die Boulevards entlanggebummelt und durch die kleinen Boutiquen gezogen, die auch am Sonntag geöffnet waren. Er hatte sie bei der Auswahl eines Kleides beraten. Es war grün, von demselben Grün wie ihre Augen. Es war auf Figur gearbeitet und hatte einen Ausschnitt, der gerade ihren Brustansatz freiließ. Zu Hause wäre es ein Kleid zum Ausgehen gewesen. Hier in Italien schlenderten viele Italienerinnen schick angezogen durch die Geschäfte an der Küstenstraße und an den Stränden. Steffi erntete bewundernde Blicke und Pfiffe. Bruno versetzte sie in Erstaunen. Er war sichtlich stolz und gelassen, einfach souverän. Sie sah ihn plötzlich mit ganz anderen Augen. Es entging ihr nicht, dass ihn schöne Frauen mit unverhohlener Bewunderung musterten. Steffi bemerkte zum ersten Mal in all den Jahren, die sie Bruno nun kannte, dass in seiner engen, weißen Jeans ein knackiger Po steckte.

Er hatte es geschafft, sie abzulenken und zu beruhigen. Sie hatte nicht nur wegen Fred gejammert. Auch um Werner im Krankenhaus machte sie sich Sorgen. Warum nur rief Fred nicht an? Und Brigitte kam sie mit allem klar? Hatte sie ihr nicht zu viel zugemutet? Und ihre Hühner und der Hof? War dort oben über dem Tal alles in Ordnung? Sie wollte bei Brigitte oder Walter anrufen, aber Bruno riet ihr ab. Niemand wusste, dass sie in Neapel war. Alle glaubten sie bei ihrer Mutter in Wien. Er legte sacht seine Hand auf ihr Telefon und sagte: »Steffichefin, du hast Ferien. Du sollst dich nicht sorgen. Vielleicht is Freds Handy kaputt. Einmal auf die Erde gefallen und schon is es vorbei.« Steffi gebrauchte ihr Lieblingswort: »Bruno, du bist köstlich!« Sie wollte auch gerne an das kaputte Handy von Fred glauben. Er verbuchte ihr Lachen als Pluspunkt für sich. Er hoffte, dass Fred seinen Zug verpasst hatte. Was er sich aber wirklich wünschte, war, dass Fred es sich anders überlegt hatte und nie in Neapel ankommen würde. Dann hätte er eine Chance bei Steffi, die er ganz bestimmt nutzen würde. Vielleicht meinte das Schicksal es ja gut mit ihm und hielt ihm Fred vom Hals. Er hatte für diesen Wunsch in einer Kirche eine Kerze angezündet. Steffi hatte drei Kerzen angezündet. Er konnte sich vorstellen, dass sie für Fred und seine gute Ankunft in Neapel waren. Welcher Wunsch würde erhört werden?

Der Bahnsteig leerte sich. Fred war nirgends zu sehen. Bruno dankte den Heiligen und versprach ihnen, demnächst wieder eine Kerze anzuzünden. Die größte, die er finden konnte, aber nur wenn Fred nicht in Neapel auftauchen würde.

Steffi war müde. Sie fragte sich: Was tue ich hier eigentlich? Der Tag war aufregend und lang gewesen. Alles, was seit dem frühen Morgen in Wien und bis zum Abend auf dem Bahnsteig in Neapel auf sie eingestürmt war, hätte zu

Hause im Tal für ein ganzes Jahr Abwechslung gereicht. Den nächsten Zug aus Milano eine Stunde später wollte sie noch abwarten. Bruno überredete sie zu einem Café in der Nähe. Er wollte nicht die ganze Zeit an den Geleisen stehen. Aber Steffi hatte keine Ruhe. Sie stürzte den Espresso hinunter und stöckelte auf ihren neuen Schuhen sofort wieder los. Eine Stunde kann eine Ewigkeit dauern, wenn man auf etwas wartete. Nachdem der letzte Zug, mit dem Fred an diesem Tag noch hätte kommen können, eingelaufen war und er nicht unter den Passagieren war, verschärften sich die kleinen Falten um Steffis Mundwinkel. Sie widersprach nicht, als Bruno sie zum Auto führte, um mit ihr nach Hause zu seinen Eltern zu fahren. Sie trottete mit hängenden Schultern und eingezogenem Kopf wie ein Lamm hinter ihm her. Ihr war zum Heulen zumute. Auf der Fahrt, die über eine Stunde dauerte, schaltete Bruno das Radio ein. Er wusste nicht, über was er jetzt mit Steffi sprechen sollte. Italienische Liebeslieder füllten den roten Fiat. Als Bruno auch noch anfing mitzusummen, verlor Steffi die Beherrschung und weinte still vor sich hin. Bruno schwieg sofort. Er fasste im Dunkeln nach ihrer Hand. Wenn er nicht gerade schalten musste, ergriff er sie immer wieder, so lange, bis ihr Schluchzen verstummte. Steffi hatte ihre Hand nicht weggezogen, sondern ruhig, wie vergessen, neben der Gangschaltung liegen gelassen. Als ob sie auf die Berührung und den Trost wartete.

Es war Mitternacht als sie am Rande von Balane, Brunos Heimatort, ankamen. Seine Mutter war noch wach. Sie schien nicht überrascht, Steffi zu sehen. Freundlich lächelnd führte sie Steffi zu einem Zimmer. Dabei redete sie pausenlos. Bruno übersetzte nur teilweise und dann mit rollenden Augen. Vor allem die vielen Fragen seiner Mutter schienen ihm peinlich zu sein.

Das Zimmer hatte den Charme einer alten Bahnhofspizzeria. Von der Decke hing eine Korbleuchte, die ihr spärliches Licht als Schattengitter über eine spartanische Einrichtung warf. Sie bestand aus einem schmalen Doppelbett, dem man bereits ansah, dass man unter dem roten Überwurf unweigerlich in einer Kuhle versinken würde. Neben dem Bett stand ein Resopalschrank, ein ebensolcher Tisch und zwei Stühle mit Metallfüßen und auf Nussbaum getrimmten Kunststoffsitzen und Lehnen. Auf dem Nachttisch prangten eine Gipsmadonna und eine Vase mit vergilbten Seidenblumen. Der Fußboden war glatter, kühler Terrazzostein. An der Wand hing eine in kräftigen Farben kolorierte, kitschige Fotomontage von Capri. Steffi war kurz davor wieder in Tränen auszubrechen. Sie hatte sich ihre heiß ersehnten, kostbaren Ferientage anders vorgestellt. Brunos Mama war lieb, freundlich und herzlich, aber sie war nicht Fred. Und es roch unwillkommen, muffig, nach Kampfer und alter, dicker Luft. Das änderte sich sofort als Bruno eine Glastür, die in den Garten führte, öffnete. Ein Hauch von Zitrone breitete sich wie ein fliegender Teppich in dem kleinen Raum aus und vertrieb die abgestandene Luft. Steffi trat in den Garten hinaus. Sie war umgeben von Zitronenbäumen. Bruno zündete eine Kerze an und holte eine Flasche Wein und Gläser. Seine Mama empfahl sich und verschwand irgendwo in der Dunkelheit. Steffi war im Süden angekommen. Sie saß in einem Zitronenhain. Das helle Gelbgrün der halb reifen Früchte leuchtete in der Dunkelheit aus dem fast schwarzen, satten Grün der Blätter. Aber am beeindruckendsten war dieser Duft. Bruno drückte ihr ein Glas Rotwein in die Hand, und als sie es ausgetrunken hatte und etwas Brot, Salami, Käse und Oliven gegessen hatte, war die Welt nicht mehr grau. Bruno hatte ihr Handy an eine Steckdose gehängt und ihren Koffer ins Zimmer gebracht. Steffi sagte etwas verlegen: »Bruno, was würde ich ohne dich machen. Du bist einfach köstlich.« Bruno wurde verlegen. »Steffichefin, du würdest Sekt trinken und nur große Kartoffeln essen.« Steffi lächelte: »O.K. Brunochef, vielleicht hast du recht.« Bruno antwortete sehr überzeugend: »Ich habe recht. Hier in Italien bin ich der Boss und der hat immer recht. Das musst du dir merken.«

Am nächsten Morgen wachte Steffi spät auf. Sie besaß die Gabe, überall wo sie sich hinlegte, augenblicklich einschlafen zu können. Die Flasche Rotwein am Abend hatte ebenfalls dazu beigetragen. Die Tür zum Garten stand noch offen, als sie auf das Bett gefallen und augenblicklich eingeschlafen war. Sie hatte das Gefühl, in derselben Stellung aufgewacht zu sein. Sie wusste zuerst nicht, wo sie war. Sie schaute um sich, und die Erinnerung an den gestrigen Tag traf sie wie der Schlag mit einer Keule. Sie sprang aus dem Bett, so als ob sie etwas nachzuholen hätte. Sie lief in den Garten und beim Anblick des Panoramas, das sich ihr bot, blieb ihr fast die Luft weg. Über dem Zitronenhain, der sich vor ihr in der Sonne erstreckte, ragte im Hintergrund der Vesuv empor. Sprachlos, überwältigt nahm sie das fast unwirkliche Bild in sich auf. Sie fühlte die Sonne warm auf ihrer Haut. Ein Glücksgefühl durchströmte sie. Sie schloss die Augen. Sie hob ihr Gesicht zum Himmel. Sie streckte die Arme aus. Es war Sommer und sie war in Italien. Sie hätte gerne jemand umarmt. Fred, den sie für einen Moment vergessen hatte, kam zurück. Sie nahm ihr Handy vom Ladegerät und stellte fest, dass es keine Nachricht für sie hatte. Im Schatten der Hauswand setzte sie sich auf einen Plastikstuhl und überlegte, ob sie nochmals versuchen sollte, bei Fred anzurufen, als Brunos Mutter mit einem Tablett aus einer der anderen Türen trat. Der Duft von frischem Kaffee war vor ihr hergezogen und hatte sie bereits angekündigt. Die Mama hielt ihr eine Tasse einladend entgegen. Steffi nahm sie dankend an. Sie konnte nur ein paar Worte Italienisch und die Signora kein Deutsch. Aber freundliche Gesten waren auch eine Art sich zu verständigen. Steffi fragte nach Bruno. Wortreich machte die Mama ihr klar, dass er bereits unterwegs war. »Auto« und »macchina«, war alles, was Steffi verstand.

Sie ging in das kleine Badezimmer und stellte sich unter die kalte Dusche. Das Wasser floss bereits am Morgen lauwarm und nur spärlich aus der Leitung. Danach hatte sie die Qual der Wahl. Sie wusste nicht, was sie anziehen sollte. Sie entschied sich für weiße Shorts und ein rotes Top, schließlich war sie in Süditalien, es war Sommer und es war heiß. Ihre neuen Sandaletten gaben dem Ganzen einen zusätzlichen Schick. Als sie in den Garten trat, saß Bruno Beifall klatschend da. Auf dem Tisch war ein Frühstück gerichtet. Er schob ihr einen Stuhl zurecht. »Du musst jetzt das beste Zitronengelee der Welt probieren. Und du musst zeigen, dass es wirklich das beste ist. Mia Mama wird dich dafür lieben.« Steffi brauchte nicht vorzutäuschen, dass sie es »köstlich« fand. Sie hatte Hunger und zusammen mit frischem Weißbrot, Butter und Milchkaffee war es für sie wirklich das köstlichste Zitronengelee, das sie in ihrem ganzen Leben bisher gegessen hatte.

Bruno nahm ihr das Handy aus der Hand. »Wenn Nachricht kommt, dann kommt sie. Vergiss Fred, vergiss Werner und denk nicht an Hof und Hühner. Du hast Freunde, sie werden sich kümmern. Du hast nur wenig Zeit und du brauchst Ferien. Das hast du doch so sehr gewünscht.

Schau, du bist in bella Italia. Du hast Sonne und heute bekommst du auch noch Meer. Ich habe Cabrio von Freund
bekommen. Wir fahren nach Capri.«

Steffi schaute ihn mit großen Augen an. Ihr Protest: »Aber
ich muss doch, aber ich brauch doch«, klang sehr zaghaft
und überhaupt nicht energisch.

»Ich bin Chef und ich sage heute sind Ferien und für Sorgen is morgen Zeit. Basta!« Steffi lächelte: »O.K., Chef,
basta!«

Nach dem Frühstück musste Steffi einen Rundgang durch
Brunos zukünftiges Haus machen. Das Haus war nicht
weit von dem seiner Eltern entfernt. Es schmiegte sich an
einen Hang und es schien als wachse es mitten aus den Zitronenbäumen. Der Rohbau war bereits fertig und Bruno
wollte in diesen Ferien mit dem Innenausbau beginnen, bei
dem ihm Fred helfen sollte. Er zeigte Steffi voller Stolz die
bereits gekauften Kacheln und den vorgesehenen Platz für
einen Pool. Steffi bewunderte seinen guten Geschmack,
und Bruno freute sich, dass es ihr gefiel.

Steffi packte Badesachen ein. Die Sonne strahlte von einem
knallblauen Himmel. Es wurde zusehends heißer. Die Luft
flimmerte. Vor dem Haus stand ein kleines rotes Cabrio.
Bruno hielt ihr galant die Tür auf und sagte: »Capri wartet
auf dich!«, bevor er mit quietschenden Reifen, Steinchen
und Erde hinter sich schleudernd, aus dem Hof fuhr.

Auf der Fahrt nach Sorrento am Meer redete und lachte
Bruno ununterbrochen. Seine weißen Zähne blitzten mit
seinen Augen um die Wette. Er machte Steffi auf alle Se-
henswürdigkeiten aufmerksam. Der Blick auf den Vesuv
begleitete sie. Steffi war beeindruckt. Bruno erzählte ihr
Geschichten aus seiner Kindheit, die mit den Orten verbunden waren, durch die sie fuhren. Steffi kam nicht zum
Nachdenken. Sie genoss den warmen Fahrtwind, und dass

Bruno so besorgt um sie war. Sie musste sich um nichts kümmern. Gedanken an Fred schob sie weit von sich.

Während der fünfundvierzigminütigen Überfahrt mit dem Schiff zur Insel standen sie dicht beieinander an der Reling. Steffi war begeistert. Sie wollte sich nicht setzen. Bruno zeigte ihr etwas. Dabei legte er ganz zufällig seine Hand auf ihre Schulter. Sie lehnte sich entspannt gegen ihn.

Das Auto hatten sie auf einem bewachten Parkplatz abgestellt. Bruno hatte auf Capri eine Vespa gemietet, die er am Hafen in Empfang nehmen konnte. Es war nicht das erste Mal, dass er auf der Insel war. Er kannte sich gut aus. Er zeigte ihr Winkel und Ecken, an denen sie keinen Touristen begegneten. Während der Fahrt auf den schmalen Straßen schlang Steffi ihre Arme um Bruno und lehnte ihren Kopf gegen seinen Rücken. Bruno war glücklich und lief zur Höchstform auf. Steffi wunderte sich über die schwere Tasche, die er mitschleppte, aber nur solange, bis sie an einem traumhaften Punkt hoch über dem Meer angekommen waren, und er ein Picknick für sie zauberte.

Steffi seufzte: »Es ist zu köstlich und zu kitschig, um wahr zu sein. Ich glaub, ich bin in einem Film. Hier möchte ich bleiben.« Bruno hörte das, was er hören wollte. »Kannst du doch. Ich erfülle deinen Wunsch. Ich bin Chef und bestimme. Wir bleiben!«

Am Abend saßen sie im Garten des kleinen Hotel-Restaurants »Bella Vista« bei Anacapri. »Es gehört einem Freund«, versicherte ihr Bruno. Steffi nahm ihr Weinglas und schaute verzückt aufs Meer in den schönsten, unwirklichsten Sonnenuntergang, den sie je gesehen hatte. Er war genau wie auf dem Bild in ihrem Zimmer, das sie als kitschig bezeichnet hatte. »Bruno, kneif mich! Ich glaub, ich träume. Es ist so zauberhaft. Ich will hier nicht weg!« Bruno hakte sofort ein. »Is kein Problem. Wir können bleiben. Du träumst nicht. Ich bin Chef und großer Zauberer.« Er fasste nach Steffis Hand. »Is ein Geschenk für dich. Schau, ich habe extra für dich Sonnenuntergang gezaubert…, jetzt lass Glück in dein Herz und in dein Kopf und sonst nix.« Er ließ ihre Hand nicht mehr los.

Brigitte hatte den Bezug zur Wirklichkeit verloren. Sie war völlig aus der Realität ausgestiegen. Ihr Leben bestand nur aus diesem Raum und nur aus dem augenblicklichen Moment. Sie arbeitete Stunde um Stunde. Sie aß nichts, außer einem Stück alter Schokolade und Traubenzuckerbonbons, die auf einem der Regale gelegen hatten und die sie sich unbewusst, beiläufig in den Mund schob. Ihr Selbsterhaltungstrieb existierte ohne ihren Verstand. Es wurde Nacht, es wurde Tag und es wurde wieder Nacht. Sie schlief vor Erschöpfung auf ihrem Ei sitzend, nur gegen die Wand gelehnt, für kurze Zeit ein. Als ihr Kopf nach vorne fiel, wachte sie auf. Sie trank Wasser. Sie hielt ihr Gesicht unter den Wasserstrahl und arbeitete weiter. Ihre Skulptur war fast fertig. Es war eine schwangere Frau. Mit dicken runden Brüsten aber ohne Gesicht. Alles an ihr strahlte Trauer aus und in ihren Armen hielt sie einen kleinen Mann. Es war kein Kind, es war ein Mann.

In der Zwischenzeit war es Dienstagnachmittag geworden. Mit Ausnahme von gelegentlichem Einnicken hatte Brigitte seit der Nacht von Samstag auf Sonntag nicht mehr geschlafen. Sie schwankte. Sie konnte sich nicht mehr auf den Beinen halten. Ihre Augen brannten und tränten. Die Farben und Formen verschwammen. Sie zitterte vor Erschöpfung. Aus einer Holztruhe nahm sie zwei alte Wolldecken, legte sie auf den Steinboden und rollte sich wie ein Kind darauf ein. Sie schlief, von wilden Träumen verfolgt, fast zehn Stunden.

Obwohl es in der Nacht kaum abgekühlt hatte, fror sie, als sie aufwachte und sie konnte ihre steifen und gefühllosen Glieder nur langsam bewegen. Sie setzte sich vorsichtig, wie betrunken, auf. Sie registrierte ihre Umgebung. Sie sah auf ihre farbverschmierten Hände. Sie sah ihre Wand und sie sah ihre neue Skulptur und sie erinnerte sich. Die Erinnerung traf sie hart und messerscharf. Sie wusste wieder, was geschehen war. Sie kam in der Realität an. Brigitte überquerte gebeugt und humpelnd den Hof. Mit den Händen versuchte sie, ihren bei jedem Schritt schmerzenden Rücken zu stützen. Es war kurz nach vier Uhr und die Dämmerung ließ sich bereits erahnen. Zwischen dem noch dunklen Nachthimmel und der noch dunkleren Silhouette der Berge hatte sich im Osten ein Streifen leuchtendes, gelboranges Licht geschoben. Amseln flöteten dem neuen Tag entgegen und bald würde ein vielstimmiges Konzert folgen.

Im Schlafzimmer fiel ihr Blick auf Freds Jogginghose. Brigitte nahm Schlaftabletten aus ihrem Nachttisch und brachte sie ins Badezimmer. In der Küche hatte sie in einem Schubkasten gehortete Tabletten versteckt. Sie warf sie alle in eine große transparente Plastikschüssel. Sie stieg in den Vorratskeller hinunter und kam mit einer Flasche Weißwein herauf. Sie öffnete sie ungeschickt. Der Korken zerbröselte. Mit dem Finger versuchte sie, Teilchen des Korkens aus der Flasche zu fischen. Sie gab auf. Es spielte keine Rolle, ob sie ein paar Krümel mitschluckte oder nicht. Sie trank den Wein nicht aus Lust am Geschmack, sondern hoffte auf eine betäubende Wirkung. Sie ließ Wasser in die Badewanne laufen und stellte die Flasche auf den Rand. Sie setzte sich ihre Sonnenbrille auf, die immer noch in der Dusche lag und dann fing sie an alle Tabletten, die sie im Haus noch gefunden hatte, aus ihren Verpackungen zu befreien. Sie fielen klappernd gegen den Rand der Plastikschüssel. Als sie damit fertig war, war auch die Badewanne vollgelaufen. Sie zog sich nicht aus. Sie wollte nicht nackt gefunden werden. Sie legte sich angezogen in hellen, mit Lehm verschmierten Leinenhosen und schmutzigem T-Shirt, ohne Schuhe ins Wasser. Sie wusste, dass es richtig war, was sie tat. Sie sah keinen Sinn mehr in ihrem Leben. Es gab nun niemand mehr, den sie liebte, oder der sie geliebt hätte. Sie sehnte sich danach, tot zu sein. Der Tod hatte keinen Schrecken für sie. Sie hatte so oft darüber nachgedacht und ihn sich gewünscht. Sie wusste, was auf sie zukommen würde, wenn sie Walter zu Fred führen musste. Er würde sie rücksichtsvoll behandeln. Er würde ihr glauben, dass sie Fred nicht mit Absicht getötet hatte, aber irgendwann würde Walter keinen Einfluss mehr haben und andere Menschen würden über sie richten. Sie war schuldig. Sie hatte Freds Tod verursacht. Der Verantwortung wollte sie sich nicht entziehen. Sie konnte sich nicht vorstellen, nochmals eingesperrt zu sein. Es war ganz einfach: Sie wollte nicht mehr weiterleben.

Sie nahm einen Schluck Wein aus der Flasche. Die Schüssel mit den Tabletten schwamm wie ein sich drehendes Boot vor ihr im Wasser. Sie stopfte sich die Tabletten in den Mund und spülte sie mit dem Wein hinunter. Es kostete sie Überwindung, die bunten Kügelchen, Püppchen und weißen Scheibchen hinunterzuwürgen. Ihre Speiseröhre schien sich zu weigern. Sie brauchte viel Flüssigkeit, bis sie alle in ihrem Magen hatte. Der Geschmack des Weines ekelte sie an. Sie schloss die Augen und wartete auf Wirkung und das Hinüberdämmern. Ihr Körper rebellierte. Sie hatte seit Tagen kaum etwas gegessen und außer Wasser nichts getrunken. Plötzlich schoss in hohem Bogen Wein sowie der größte Teil der Medikamente wieder aus ihr heraus und versank plätschernd im Wasser. Sie versuchte, einen Teil der noch vollständigen Tabletten aufzufischen. Ihr war übel und ihr Magen würgte immer mehr des geschluckten Mixes aus ihr heraus. Sie war bereits völlig leer, aber ihr Inneres hörte nicht auf, sich zusammenzukrampfen. Wütend über ihre eigene Unfähigkeit schlug sie mit der flachen Hand mehrere Male auf die Wasseroberfläche. Sie zog den Stöpsel und gurgelnd begann die Wanne sich zu leeren, bis der Abfluss mit halb aufgelösten Tabletten verstopft war und das Wasser nur noch langsam abfloss. Am Ende lag sie wie das Püppchen im Puppenhaus, in der leeren Badewanne. Brigitte ließ sich über den Wannenrand fallen. Ihre nassen, schweren Kleider zogen an ihr wie eine Hand, die sie in der Wanne zurückhalten wollte. Sie lag gekrümmt in einer Wasserlache am Boden. Ihre Sonnenbrille, die sie immer noch aufhatte, fiel dabei auf die braunen Kacheln und das rechte Glas brach in drei Teilen aus der Fassung. Sie stöhnte: »Ich bin zu dumm, um mich umzubringen. Ich kann nur andere töten. Fred du hattest doch recht. Ich bin unfähig. Ich mach einfach nichts richtig.«

Alle waren gegangen und sie, der das Leben nichts mehr bedeutete, war immer noch da. Der Tod war nicht bereit, in ihren Kreis einzutreten. Er erntete nur in ihrer Umgebung, dort wo ihre Liebsten waren.

Mit zitternden Knien stand sie auf. Sie musste sich am Wannenrand hochziehen und festhalten. Sie spülte sich den Mund und trank Wasser. Torkelnd betrat sie das Schlafzimmer. Sie nahm Freds Jogginghose und die Socken. Sie suchte ihre Ersatzsonnenbrille. Eine dunkle, nasse Spur hinter sich herziehend, wankte sie aus dem Haus. Mit ihrem Rover machte sie sich auf den Weg zur Hühnerfarm und zu ihrem toten Mann.

Brigitte fuhr langsam den hellen Schotterweg vom Deggenhauser Tal den Berg hinauf. Die Nacht hatte keine Abkühlung gebracht. Das Wetter war ideal um Heu zu machen. Das Gras würde schnell trocknen. Es hatte seit Tagen nicht geregnet. Als Brigitte durch das Hoftor fuhr, hörte sie schon lautes Hühnergackern. Es hörte sich nicht an wie sonst. Es war nicht das gleichmäßige Gurren und Gackern, das zusammen das gewöhnliche, friedliche Hintergrundgeräusch abgab. Der Lärm war lauter, aufgeregter, bedrohlich. Sie öffnete die Seitentüre des Hühnerstalls und eine Welle unbeschreiblichen Gestankes schlug ihr entgegen. Sie prallte zurück. Sie hielt sich die Nase zu. Hühner kamen ihr entgegengerannt und geflogen. Ein Huhn schlug ihr mit den Flügeln die Sonnenbrille aus dem Gesicht. Sie konnte sie auffangen und stolperte dabei ein paar Schritte rückwärts. Wie gelähmt starrte sie auf das sich ihr dargebotene Schauspiel. Verletzte und blutende Hühner quollen unter und übereinander aus der kleinen Tür. Brigitte hob schützend die Arme vor ihr Gesicht. Die Hühner rannten und flogen an ihr vorbei. Es war ein Strom aus Lärm und Federn, der nicht aufhören wollte. Tiere drängten nach draußen und fielen um, blieben am Boden liegen. Andere suchten wirr gackernd das Weite und begannen sofort den Boden aufzuscharren und zu picken, wobei sie Laute ausstießen, die wie Beschimpfungen klangen. Brigitte wich immer weiter zurück. Fassungslos sah sie dem Geschehen zu.

Als die ins Freie drängende Hühnerflut abebbte, wagte sie sich vorsichtig durch die Tür, immer auf ihre Schritte achtend, um nicht auf eines der verletzten Tiere, die sich auf den Boden duckten, zu treten. An der Stelle, an der sie Fred zurückgelassen hatte, waren nur Hühner zu sehen. Sie machte einen Schritt näher. Sie klatschte in die Hände. Mit müden Bewegungen jagte sie die Tiere beiseite. Ihre Augen wei-

teten sich vor Entsetzen. Sie merkte, wie ihre Knie weich wurden und schleppte sich aus dem Stall. Sie brach zusammen. Sie lag würgend am Boden. In ihrem Magen gab es nichts mehr, was er hätte herauswürgen können. Ihr Kopf schien auf doppelte Größe angeschwollen zu sein und jeden Moment zu platzen. Sie wusste nicht, ob ihr Magen oder ihr Kopf sich entleeren wollten. Sie schlug mit der Stirn auf den Boden und das immer wieder, bis Schmerzwellen sie zu sich kommen ließen. Sie kroch auf Händen und Knien, gleichzeitig angezogen und abgestoßen, auf die Stalltüre zu. Ihre Beine weigerten sich, sie zu tragen. Über die Tiere, die vor dem Eingang lagen, wollte sie nicht hinwegkriechen. Sie lagen da wie eine unüberwindbare Barriere. Brigitte setzte sich neben die Tür und lehnte sich gegen die Hallenwand. Sie fing an, mit leerem Blick vor und zurück zu schaukeln. Sie hatte ihre Brille immer noch in der Hand. Sie setzte sie mechanisch auf. Sie fing zu summen an. Sie sang leise den alten Kinderreim vor sich hin: »Eins, zwei, drei, vier Eckstein, alles muss versteckt sein. Hinter mir und vor mir gilt es nicht. Eins, zwei, drei, ich komme jetzt.« Brigitte war still. In ihrem gequälten Kopf hörte sie plötzlich Brunos Stimme: »Da kannst du ganze Leiche verschwinden lassen. Da kannst du ganze Leicheverschwindenlassendakannstdu-ganzeleiche verschwinden …!«
Brigitte stemmte sich in die Höhe. Sie schleppte sich zum Auto und steuerte, soweit es möglich war, ohne über eines der Hühner zu fahren, neben die Hallentür. Ihr Überlebenswille und ihr Verstand setzten ein. Irgendwo hatte sie eine große Plastikfolie gesehen. Wo war das? Im Eierlager war der Gestank in der Zwischenzeit genauso schlimm. Die Rühreimasse fing bereits an zu faulen. Die Folie, die sie brauchte, lag neben der Tür auf einer Sackkarre. Sie nahm beides mit hinüber in den Stall. Bevor sie hineinging,

räumte sie im Eingangsbereich tote Tiere beiseite. Ihre Hände sträubten sich, die Hühner anzufassen. Sie stanken. Ihre Federn fühlten sich wie die Füße, hart und stumpf an. Als Brigitte nach einer Weile wieder aus dem Stall kam, zog sie ein großes Bündel eingeknotet in Folie hinter sich her. Sie öffnete die Hecktüre des Rovers und lehnte die Sackkarre mit dem Bügel gegen das Auto. Sie kletterte auf die Ladefläche und zog das Bündel wie über Schienen, ins Auto. Sie zog die Karre hinterher. Sie schloss die Tür und lehnte sich erschöpft dagegen. Schweiß tropfte von ihrer Stirn und brannte in ihren Augen. Sie fragte sich: Warum passiert mir das alles? Warum kann ich nicht einfach an Erschöpfung oder gebrochenem Herzen sterben. Sie glaubte, die letzten fünfzehn Jahre in finsterer Nacht gelebt zu haben und nun stellte sie fest, dass diese Zeit nur ein grauer Tag war. Die wirkliche Nacht war erst jetzt angebrochen.

Sie zog sich hinter das Steuer, fuhr los und hielt erst wieder zu Hause vor der Tür mit dem Zutritt-verboten-Schild. Sie hob die Sackkarre aus dem Wagen und ließ das Bündel über die Bügel hinuntergleiten. Sie rollte es durch ihr Atelier zum Brennofen. Sie entfernte die Folie. Das große, schwere, blaue, verdreckte, stinkende Wolldeckenbündel schob sie so, wie es war in den Ofen, und schloss die Tür. Sie drehte die Gaszufuhr auf. Zischend schoss das Gas aus der Leitung und entzündete sich mit einem kleinen Knall.

Brigitte legte die schmutzige, stinkende Folie sorgfältig zusammen und ließ sie mit der Sackkarre im Verschlag neben dem Brennofen stehen.

Im Hinausgehen sah sie sich ihre Wand und ihre Skulptur an. Sie war noch nicht fertig. Es gab noch einiges zu tun. Sie wickelte feuchte Tücher um die Figur. Sie würde später weiterarbeiten. Sie ging ins Haus hinüber und stellte sich für eine Ewigkeit unter die Dusche. Sie versuchte, nachzudenken. Ein Sog hatte sie ergriffen und sie in diesen Strudel der Ereignisse gerissen. Mit ein paar Worten hatte es in Zürich in der Tiefgarage angefangen. Oder war es doch schon viel früher? Hatte es mit dem Bild angefangen, das immer wieder in ihren Träumen auftauchte? Das Bild, das verschwand, sobald sie ihm näher kommen wollte? Eine Handlung zog die Nächste nach sich. Sie konnte nur noch vorwärtsgehen. Es gab kein Zurück mehr. Sie konnte nichts ändern. Sie konnte Fred nicht mehr lebendig machen. Sie hätte sich selbst gerne ausgelöscht, aber es schien, dass ihre Zeit noch nicht abgelaufen war. Ihr Körper war völlig erschöpft. Ihr Kopf sehnte sich nach Leere und irgendwo war trotz allem Energie in ihr. Sie wickelte sich in ein Handtuch, stieg über ihre schmutzigen, stinkenden Kleider und ging in die Küche. Sie trank abgestandenes, altes Cola und nagte an einem Stück trockenem, harten Brot.

Im Kinderzimmer setzte sie sich zu dem immer noch am Boden stehenden Telefon. Sie nahm den Hörer ab und wählte die Zahlen, die das Geburtsdatum ihres Kindes waren.

In Mailand trafen sich Carlos, Piet und Steven zu einer Lagebesprechung und um die Beute zu verteilen. Mit Freds Kreditkarte hatten sie Einkäufe und Barabhebungen an verschiedenen Automaten für insgesamt fast 5000 Euro getätigt. In Freds kleinem Notizbuch war seine Geheimnummer vermerkt. Sie kannten die kleinen Tricks, mit denen man eine Geheimnummer tarnte. Sie hatten sie entdeckt. Danach gab die Karte nichts mehr her.

Der Ausweis hatte Carlos eine hübsche Summe eingebracht, die er seinen Mitarbeitern allerdings verschwieg. Wozu war er der Boss. Dafür hatte er großzügig auf seinen Anteil am Inhalt des Koffers verzichtet. Aus dem Handy hatten sie die Chipkarte entfernt, angezündet und zugesehen, wie sie schmolz. Das Gerät war ein neues Modell und würde sicher noch ein paar Euro bringen.

Freds helle Leinenjacke, seinen Rucksack mit seinem Reiseproviant und den Büchern fanden die Frauen einer Zugreinigungskolonne. Sie gaben es bei der dafür eingerichteten Fundstelle ab und dort verschwanden sie in einem Regal zwischen anderen Gepäck- und Kleidungsstücken. Wenn niemand danach fragte und sie nicht abgeholt würden, kamen sie zu einer zweimal im Jahr stattfindenden Versteigerung.

Mit dem alten Telefon in der einen Hand, mit der anderen den Hörer ans Ohr gepresst, ging Brigitte im Kinderzimmer vor dem Fenster zum Hof auf und ab. Mit dem Blick auf die Tür mit dem Zutritt-verboten-Schild sprach sie: »Dafür werde ich für den Rest meines Lebens eingesperrt. Aber nur, wenn es entdeckt wird. Wenn Papa nicht gefunden wird, können sie mich auch nicht einsperren. Ich will nicht im Gefängnis oder in der Psychiatrie weiterleben. Ich wünschte, ich wäre tot.« Ihr Blick fiel auf das Puppenhaus und das Püppchen in der Badewanne. Sie klemmte sich den Hörer zwischen Ohr und Schulter und nahm es aus seiner trockenen Wanne. Sie legte es in eines der Bettchen und deckte es zu.

»Für mich scheint Sterben verboten zu sein, oder ich mach es nicht richtig. Warum seid ihr alle gegangen? Warum habt ihr mich zurückgelassen?« Brigitte sah auf die Wand des alten Kuhstalls, hinter der Freds Körper sich in Asche verwandelte. Sie stellte das Telefon beiseite, schlüpfte in ihren Arbeitsoverall und ging zur alten Scheune hinüber. Sie verschwand hinter der von wildem Geißblatt fast zugewucherten, seitlichen Scheunenwand. Sie musste die Tür aufreißen, um sich den Durchgang durch die duftende Blütenpracht zu erkämpfen. Brigitte sah nicht die Fülle und Schönheit, und der fast schon betäubende Duft wurde von ihr nicht wahrgenommen. Kurz darauf kam sie mit einer Leiter wieder heraus. Sie lehnte sie gegen die Stallwand. Sie reichte bis unter das vorspringende Dach. Sie ging nochmals in die Scheune. Die Katze kam mit ihr zusammen heraus. Sie miaute und strich ihr bettelnd um die Beine. Sie wäre mit ihrem schweren Farbeimer fast über sie gestolpert. Aus ihrer Werkstatt holte sie die Futterschüssel. Das Trockenfutter knackte zwischen den Katzenzähnen, während Brigitte mit dem Eimer in der Hand die Leiter hinaufkletterte. Sie fing an, die Wand über der Zutritt-verboten-Tür mit schwarzer Farbe anzustreichen. Die schwarze Rabenkrähe kam mit einigen kräftigen Flügelschlägen angeflattert. Sie setzte sich in den Gipfel des Nussbaums und schien mit schräg gelegtem Kopf das Treiben zu beobachten. In einer wilden Orgie schlug Brigitte mit einem großen Bürstenpinsel auf das Mauerwerk ein, bis die ganze Hofseite pechschwarz war. Dabei schrie und zeterte sie. Unverständliche Worte und Laute brachen wie Eiter aus einer Beule. Danach waren ihre Kräfte erschöpft und sie von unten bis oben mit schwarzen Farbspritzern übersät. Sie brachte die Leiter und den Farbkübel zurück, bevor sie mit müden Schritten zum Brennofen schlurfte, um die Temperaturanzeige zu kontrollieren. Aus einem Abzugsrohr des Brennofens, das aus der rückwärtigen Wand ragte, drang bereits beißender und stinkender Qualm.

Später, sie hatte sich gewaschen, frische Kleider angezogen und eine Waschmaschine mit den verdreckten Kleidungsstücken in Gang gesetzt, ließ sie sich auf Freds Platz am großen Tisch fallen. Sie zog das an das öffentliche Netz angeschlossene Telefon zu sich heran. Sie wählte Walters Telefonnummer und endlich nahm jemand den Hörer ab. Es war Anne. Brigitte bestürmte sie fast hysterisch mit Fragen: »Wo seid ihr gewesen? Ich versuche seit Tagen, euch zu erreichen!« Anne wollte von ihrem Kurzurlaub in Berlin erzählen aber Brigitte fiel ihr ins Wort: »Wo ist Walter? Ich brauch ihn ganz dringend! Bitte gib ihn mir. Auf Steffis Hof ist was passiert!« Als Walter sich meldete, schrie sie nur mit verzweifelter, sich überschlagender Stimme: »Bei Steffi draußen ist was Furchtbares geschehen, du musst sofort raus kommen!« Danach warf sie den Hörer auf das Gerät. Sie nahm Freds Kombi. Ihr Rover war ihr zu schmutzig und es stank in ihm. Sie musste ihn zuerst putzen. Sie ließ zum Lüften die Türen auf und fuhr mit dem Opel zur Farm. Fetzen von getrocknetem Ei hingen auch auf diesem Fahrersitz.

Inzwischen hatten die Hühner das Terrain auch außerhalb der Hofumzäunung erobert. Die Wiesen, durch die sich die schmale Straße den Hang hinaufzog, waren mit hellen, beweglichen Klecksen besprenkelt. Als Brigitte auf den Hof einbog, das Tor stand immer noch weit offen, entdeckte sie einen von Freds Schuhen. Walter kam bereits angefahren. Sie hob den Schuh schnell auf und warf in durch das Fenster in ihr Auto. Walter schien es nicht bemerkt zu haben. Er parkte neben ihr. Durch die geöffnete Scheibe sah er sie an. In seinen Augen lag kaum verhohlenes Erschrecken. Steffi ertrug seinen Blick nicht und schaute auf seine Füße, die in Laufschuhen Größe 47 aus dem grauen Volvo-Kombi stiegen. Nachdem Walter seinen Oberkörper und Kopf aus dem Auto gezwängt hatte, klappte er seine fast zwei Meter zur vollen Größe auseinander. Er sah sich um.

Sein geschulter Blick schweifte über den Hof und die überall herumlaufenden, scharrenden, gackernden und pickenden Hühner. Mit Mittel- und Zeigefinger krabbelte er in seinem Schnauzer auf der Oberlippe und darunter kam ein: »Oh Gott, Brigitte, was für eine Hühnerkacke ist denn hier am Dampfen?«, hervor. Und wie siehst du denn aus? Wo ist denn Werner? Er sollte doch Steffi vertreten?« Brigitte zog ihn am Ärmel seines Sportshirts in Richtung Eierlager. Er schien gerade vom Joggen gekommen zu sein, oder er hatte vorgehabt loszulaufen. Er legte seinen Arm um ihre Schulter, was wie eine unausgesprochene Begrüßung wirkte. Sie musste bei jedem seiner Schritte zwei machen, um ihm folgen zu können.

»Werner ist verunglückt. Er ist im Krankenhaus. Ich habe Steffi versprochen seine Arbeit zu machen, bis sie zurückkommt. Ich hab's vermasselt. Ich war sterbenskrank. Ich konnte nicht raus fahren. Ich hab versucht, dich zu erreichen. Ich hätte dich so notwendig gebraucht. Wo bist du denn gewesen?« Walter antwortete ihr nicht. Kopfschüttelnd betrat er neben ihr das Eierlager. Er schaute wortlos, ungläubig. Er sah die von Mike zurückgelassene Brechstange und den Bolzenschneider. »War in Berlin. Erzähl ich dir ein anderes Mal. Aber warum hast du mich nicht auf dem Handy angerufen?«, fragte er abwesend und strich seinen durcheinandergebrachten Schnauzbart wieder glatt. »Ich glaube, diese Sauerei ist etwas für meine Kollegen vom Einbruchsdezernat.« Er rief die Polizeidirektion in Friedrichshafen an, erklärte die vorgefundene Situation und wie seine Kollegen herfanden.

Walter stieg vorsichtig über die toten Hühner und warf einen Blick in den Hühnerstall. »Oh Gott, hier sieht es ja genauso aus. Ich frag mich, wer hat da so gehaust und gewütet?« Er machte mit Brigitte zusammen eine Runde um das Wohnhaus, aber dort waren alle Fenster und Türen verschlossen. Nichts wies auf einen Einbruch hin. Brigitte und Walter hatten beide einen Schlüssel zum Haus, aber beide hatten nicht daran gedacht, ihn mitzunehmen. Brigitte war bis jetzt nicht auf die Idee gekommen, dass im Haus ebenfalls etwas nicht in Ordnung sein könnte. Sie setzten sich auf die Eingangstreppe und warteten auf die Polizei. Walter stellte fest, dass Brigitte sehr schmal, sehr blass und krank aussah. Sie nestelte mit ihren Händen unaufhörlich an irgendetwas herum. Sie zupfte mit einer Hand an ihrer Kleidung und mit der anderen wischte sie, zuerst Steinchen, und als es keine mehr gab, Sandkörner von der Treppe. Walter versprach, dass er sie sobald wie möglich nach Hause bringen würde. Er wollte wissen, ob sie Steffi bereits benachrichtigt hatte. Brigitte schüttelte nur schuldbewusst mit dem Kopf. »Ich kann nicht. Ich weiß nicht, wie ich es ihr sagen soll. Ich hatte doch die Verantwortung übernommen.« Walter legte ihr mit leichtem Druck die Hand auf den Arm und versuchte so, sie zu beruhigen: »Lass nur, ich mach es. Ich warte nur noch ab, was die Kollegen dazu sagen.«

Kurz darauf traf die Spurensicherung ein. Sie fotografierten alles, die aufgebrochene Tür und den zerstörten Sicherungskasten. Sie sammelten die Sektflaschen ein und steckten sie in Plastiktüten. Fingerabdrücke wurden sichergestellt. Die mit Parolen besprühten Laken und die Streichhölzer wurden eingepackt und mitgenommen. In der Zwischenzeit war es Nacht geworden und die von den ermittelnden Beamten aufgestellten Scheinwerfer schälten die ganze Szenerie aus der Dunkelheit und schufen eine unwirkliche Welt, die gerade so groß war wie das Licht es zuließ.

Walter stellte fest, dass durch die Zerstörung des Sicherungskastens die Fütterungsanlage außer Betrieb gesetzt worden war. Er besprach sich mit seinen Kollegen. Die toten Hühner sollten so schnell wie möglich beseitigt und die noch lebenden versorgt werden. Der Hof wurde abgesperrt und am nächsten Morgen die Untersuchung und Spurensicherung fortgesetzt werden. Walter kümmerte sich darum, dass der Hauselektriker gleich am nächsten Tag in der Frühe kam, den Sicherungskasten in Ordnung brachte und die Stromversorgung wiederherstellte. Walter fühlte sich verpflichtet, sich auch um den Rest zu kümmern. Er wollte auch die Tierkadaversammelstelle benachrichtigen. Brigitte blieb auf der Haustreppe sitzen. Wenn sie aufgestanden wäre, wäre sie sicher umgefallen. Ihr Magen lag wie ein schmerzender, zusammengepresster Klumpen in ihrem Bauch. Man sah ihr an, dass sie sich kaum noch auf den Beinen halten konnte. Als sie gefragt wurde, warum sie erst heute, am Mittwoch, nach den Hühnern geschaut hatte, wo sie doch bereits am Sonntag die Verantwortung übernommen hatte, konnte sie nur stammeln, dass es ihr nicht gut ging und sie dazu nicht in der Lage gewesen war. Brigitte konnte nicht glauben, dass der Mittwoch bereits vergangen war. Wo war die Zeit seit Sonntag geblieben? Das mit der Krankheit wurde ihr geglaubt. Sie sah wirklich zum Erbarmen aus. Walter wollte sie nach Hause bringen. Sie lehnte das unvermutet bestimmt und energisch ab. Sie musste ihm allerdings versprechen, gleich am nächsten Morgen zum Arzt zu gehen.

Walters Kollege, Hauptkommissar Beckmann, fragte sie, ob sie in der Lage wäre, am nächsten Tag in Friedrichshafen, bei der Polizeidirektion ein Protokoll aufzunehmen, oder ob es ihr lieber wäre, er würde sie zu Hause besuchen? Eilig versprach sie, nach Friedrichshafen in sein Büro zu kommen.

Die Polizei ordnete den Fall unter Einbruch mit Vandalismus ein. Walter hatte mit den Ermittlungen nichts zu tun. Es war der Fall seines Kollegen Peter Beckmann. Brigitte hatte Mühe, ihn davon abzuhalten, hinter ihr herzufahren und zu kontrollieren, ob sie gut nach Hause gekommen war. Er wollte noch den überall herumhockenden und bereits schlafenden Hühnern etwas Getreide für den kommenden Morgen ausstreuen. Den Anruf bei Steffi hatte er auch noch zu erledigen. Er zog es vor, in Ruhe und von zu Hause aus mit ihr zu sprechen. Während Walter sich noch mit Kommissar Beckmann unterhielt, nutzte Brigitte die Situation. Sie stieg in ihr Auto, winkte kurz und fuhr nach Hause. Sie stellte den Kombi neben dem Rover auf dem Hof ab. Sie schloss die immer noch offenen Türen und ging schnell ins Haus, um dem aufdringlichen Geruch zu entkommen. Ihre Beine fühlten sich butterweich an und sie fror trotz der lauen Sommernacht. Sie kochte sich Kamillentee. Im Kühlschrank entdeckte sie neben vergammeltem Gemüse eine fast schwarze Banane. Sie war noch essbar und sie zerdrückte sie mit einer Gabel und mischte etwas Joghurt und Haferflocken darunter. Sie zwang sich, den Tee und den schlabbrigen Brei zu schlucken.

Beim Anblick der nebeneinanderstehenden Betten im Schlafzimmer konnte sie sich nicht vorstellen, in ihrem Bett mit Freds leerem Bett daneben zu schlafen. Sie nahm eine Decke und legte sich im Wohnzimmer auf das Sofa. Sobald sie die Augen schloss, stiegen Bilder des Grauens und der unbeschreibliche Gestank aus ihrer Erinnerung auf. Schuld, Angst und eine kaum zu ertragende Last, schienen ihr die Luft zum Atmen zu nehmen. Sie hatte Fenster und Türen geschlossen. Aber die Abgase, die aus ihrem Brennofen hinter der Werkstatt kamen, zogen über den Hof, sie drang durch alle Ritzen des Hauses. Sie schienen selbst durch

Gebälk und Mauerwerk zu dringen. Sie hatten sich wie eine Glocke, über das ganze Anwesen gestülpt und machten sich aufdringlich breit.

Wie weit zog dieser Geruch? Sie wohnte abseits. Aber in den letzten zwanzig Jahren war Markdorf immer näher den Berg hinauf, an das Gehöft herangewachsen. Es war eine klare und windstille Nacht. Über Brigittes Welt, weit und hoch über dem See, lag stinkende und drückende Hitze. Weit unten in einer anderen Welt glitzerte das Schweizer Ufer wie eine kostbare Perlenkette.

Wenn sie gelegentlich die Holzaufbauten ihrer Skulpturen nicht entfernen konnte, und gezwungen war sie mitzuverbrennen, lag immer für einige Stunden Brandgeruch in der Luft. Aber nie so dick und zäh und scharf wie in dieser Nacht.

Brigitte hätte gerne ein starkes Schlafmittel genommen, um dem, was sie mit jedem Atemzug in sich aufnahm, zu entgehen. Aber solange sie auch suchte, sie hatte gründliche Arbeit geleistet, sie fand nicht eine einzige Tablette. Sie beschloss am nächsten Tag, wie sie Walter versprochen hatte, zu ihrem Hausarzt zu gehen und ihn um ein neues Rezept zu bitten. In letzter Zeit war er nicht mehr so großzügig mit dem Verschreiben von Schlafmitteln gewesen. Zu jedem Rezept gehörte ein längeres Gespräch über ihre Abhängigkeit. Er empfahl ihr regelmäßig, sie sollte neue Wege suchen, um wieder ein halbwegs normales Schlafverhalten zu lernen. Sie versuchte es. Ab und zu legte sie sich ohne ein Medikament ins Bett, um dann die halbe Nacht vor den schwarzen Panthern ihrer Erinnerung auf der Flucht zu sein.

Brigitte schaltete das Fernsehgerät ein und versuchte, sich auf einen Film zu konzentrieren, aber ihre Gedanken glitten immer wieder zurück zu den entsetzlichen Bildern, die kein Film und kein Albtraum waren, sondern Wirklichkeit.

Wie würde es weitergehen? Wann würden Fragen nach Fred auftauchen? Walter wusste, dass er zu Bruno nach Neapel fahren wollte. Wie viel Zeit blieb ihr, bis sie ihn als vermisst melden musste? Wie würde es danach weiter gehen? Was für Fragen würden ihr gestellt werden? Sie war noch nie eine gute Lügnerin gewesen. Sie würde aber lügen müssen, wenn sie nicht den Rest ihres Lebens eingesperrt verbringen wollte.

Die Nacht war fast vorbei, als sie nach langem durch das Programm zappen in einen bleiernen Schlaf fiel. Das Donnern des heftigen Gewitters, das in den frühen Morgenstunden losbrach, passte in ihre wirren Träume. Der auffrischende Wind, der aus Südosten vom Rheintal und Untersee die Gewitterwolken vor sich hertrieb, blies die stinkende Glocke, die über ihrem Hof lag, in Richtung Apfelwiese und Wald hinauf. Wie mit einem Kamm teilten die Wipfel der Bäume, die nach verbranntem Fleisch riechenden Schwaden und lösten sie auf.

Bruno konnte Steffi ohne große Schwierigkeiten zu einer zweiten Nacht auf Capri überreden. Er war glücklich. Er versuchte, den Namen Fred aus ihrer Unterhaltung herauszuhalten. Wenn Steffi an Fred dachte, schlug mit der Zeit ihre Enttäuschung in Wut um. Sie fühlte sich lächerlich gemacht. Sie konnte nicht verstehen, warum er ihr nichts gesagt hatte, wenn er sich nicht mit ihr treffen wollte. Es war doch wirklich das Letzte, sie nach Neapel fliegen zu lassen und dann nicht zu kommen. Dann plagten sie wieder Zweifel. Es war nicht Freds Art, sie hereinzulegen. Dafür gab es einfach keinen Grund. Schön, es war sie gewesen, die um ein paar gemeinsame Ferientage gebettelt hatte. Aber er hatte sie in dem Glauben gelassen, dass auch er es sich wünschte. Ob mit Brigitte etwas passiert war? Aber es gab doch Telefone, und falls sein Handy kaputt war, gab es doch genügend andere Möglichkeiten, zu telefonieren und das im In- und Ausland. Steffi wusste einfach nicht, was sie von der Situation halten sollte. Am Ende kam sie zu der Überzeugung, dass es sowieso nicht richtig gewesen war, die Geschichte mit Fred anzufangen. Sie hatte schon seit einiger Zeit das Gefühl, dass sie die Rechnung eines Tages präsentiert bekommen würde. Vielleicht war jetzt dieser Zeitpunkt. Egal, aus welchem Grund Fred sie so schmählich versetzt hatte, für sie war die Beziehung beendet. Das, was er mit ihr gemacht hatte, würde sie ihm nur verzeihen, wenn er tot oder schwer verunglückt wäre.

Steffi hatte versucht, bei Brigitte anzurufen. Sie wollte sich erkundigen, ob alles in Ordnung war. Aber auch Brigitte ging nicht ans Telefon. Steffi hatte bei Walter angerufen und dort nur den Anrufbeantworter erreicht. Sie hatte nichts darauf gesprochen, weil sie nicht wusste, welche Nachricht sie ihm hinterlassen sollte. »Ich probier's später noch mal«, sagte sie zu Bruno und verschob es von Stunde zu Stunde. Sie fürchtete sich vor einer schlechten Nachricht. Bruno sagte: »Keine Nachricht is gute Nachricht. Schlechte Nachricht kommt immer ganz schnell.« Steffi war glücklich und gleichzeitig beunruhigt. Sie war hin und her gerissen von ihren eigenen Gefühlen. Bruno sprühte vor Charme und zog sie einfach mit. Er ließ ihr nicht viel Zeit zum Grübeln. Es war fast so wie damals mit Otto. Nur dass Bruno viel jünger war. Und Bruno war attraktiv. Er sah gut aus und er war immer fröhlich. In Deutschland auf dem Hof war er der alles könnende, alles machende, immer bereitwillige Kumpel Bruno. Ohne ihn wäre sie verloren gewesen. Es war ihr bewusst, aber sie hatte seine Anwesenheit als selbstverständlich hingenommen. Sie hatte sich nie gefragt, warum er gerade bei ihr blieb und für sie arbeitete. Er hätte sicher einen besseren Arbeitsplatz gefunden, wenn er nur gewollt hätte.

Es war in der Nacht, nachdem sie von Capri zurückgekommen waren. Steffi und Bruno lagen im Schlaf aneinander geschmiegt. Die Schwerkraft hatte sie in der Kuhle des schmalen Doppelbetts mit der weichen Matratze zusammengezogen. Die Tür zum Garten mit den Zitronenbäumen stand weit offen, als Steffis Telefon klingelte. Sie machte Licht und starrte fast ungläubig auf den Apparat. So lange schon wartete sie auf einen Anruf. Sie hatte bereits Zweifel an der Funktionalität ihres Gerätes gehabt und sich von Bruno aus dem Festnetz anrufen lassen, um Gewissheit zu haben, dass ihr Handy in Ordnung war. Brunos verschlafene Stimme murmelte in ihrem Rücken: »Willst du nicht wissen, wer dran is?«

Der Anrufer war Walter. Er fragte freundlich: »Hallo Steffi wie geht's dir?« So, als ob er mitten in der Nacht nur etwas plaudern wollte. Steffi schrie erleichtert, ohne nachzudenken: »Mir geht's gut, ich hatte einen traumhaften Tag am Meer.« Als ihr einfiel, dass sie ja in Wien zu sein hatte und Wien nicht am Meer lag, war es bereits zu spät. Danach sprudelte sie los: »Endlich meldet sich mal jemand. Ich dachte schon, bei euch ist die Welt untergegangen und ich habe es verpasst. Ich ruf ständig überall an und erreiche niemand. Wo steckt ihr denn alle?« Vorsichtig fragte sie: »Ist was mit Fred?« Walter antwortet erstaunt: »Wieso Fred? Der ist bei Bruno in Italien? Brigitte hat ihn doch am Sonntag zum Zug nach Zürich gebracht. Ich dachte du bist in Wien. Wo bist du denn jetzt? Meines Wissens liegt Wien an der Donau und nicht am Meer. Klär mich mal auf!« Steffi schrie wieder: »Er ist hier nicht angekommen. Ich bin bei Bruno in Italien. Fred wollte auch kommen.«

Bruno stützte sich im Bett auf und hielt sein Ohr dicht an

das Handy an Steffis Ohr. Er hörte, wie Walter sagte: »Ich verstehe im Moment gar nichts mehr. Darüber müssen wir noch reden. Aber warum ich dich anrufe, Steffi, komm sobald wie möglich nach Hause. Ich habe keine gute Nachricht für dich. Bei dir ist eingebrochen worden. Nicht im Haus, dort scheint alles in Ordnung zu sein. Aber dein Eierlager ist verwüstet und eine Menge Hühner sind verletzt oder sogar tot. Wir nehmen an, dass es jugendliche, chaotische Tierschützer waren. Brigitte hat es entdeckt. Sie ist ganz fertig.«

Steffi fragte wieder: »Und was ist mit Fred?«

Walter antwortete. Seine Stimme wirkte gereizt: »Ich weiß nicht, was mit Fred ist! Du solltest dir im Moment über andere Dinge Gedanken machen. Also schau zu, dass du sobald wie möglich nach Hause kommst. Hier gibt es eine Menge zu tun und zu entscheiden. Brigitte ist krank und völlig überfordert und ich hab auch nicht die Zeit, die Verantwortung zu übernehmen. Ruf mich morgen an und sag mir, wann du zurück sein wirst. Es tut mir leid, dass ich nur schlechte Nachrichten für dich habe. Also bis bald.« Und bevor sie noch etwas sagen konnte, hatte Walter aufgelegt.

Steffi saß wie gelähmt im Bett. Bruno zog sie zu sich herunter und nahm sie in seine Arme. »Ich habe gehört, aber nicht alles, komm erzähl mir und dann überlegen wir, was wir tun.« Steffi versuchte, was sie von Walter gehört hatte wiederzugeben. Dazwischen sagte sie immer wieder: »Ich muss zurück. Ich muss sofort zurück! Ich hätte gar nie hierher kommen dürfen.« Sie machte dabei Anstalten, aus dem Bett zu springen. Bruno hielt sie fest. »Komm wir versuchen noch zwei Stunden zu schlafen und dann stehen wir auf und fahren.« In Steffis Kopf überschlugen sich die Gedanken. Aber sie registrierte, dass Bruno »wir« gesagt hatte. Sie würde die Fahrt nicht alleine antreten müssen. Sie versuchte nur, noch eine Weile ruhig zu liegen und schlief trotz der Aufregung und ihrer sich überschlagenden Gedanken noch einmal ein. Als sie aufwachte, war der Himmel gerade dabei, sich von der Nacht in den Tag zu verwandeln. Hinter den Zitronenbäumen war der Vesuv bereits als graue Masse auszumachen. Brunos Seite war leer. Sie ging ins Bad und packte danach ihre am Abend vorher überall verstreuten Kleidungsstücke zusammen. Bruno lud bereits sein Auto. Als er bemerkte, dass sie aufgewacht und am Zusammen-räumen war, brachte er ihr eine Tasse Kaffee mit viel ge-schäumter Milch, so wie sie es liebte. Seine Mutter und sein Vater hatten es sich nicht nehmen lassen, ihnen für die Reise einen Proviantkorb zu packen. Sein Vater hatte Zitronen gepflückt, die er zwischen Wurst, Käse, Brot und eine Fla-sche Wein legte und ein Glas Gelee war auch dabei. Eine anstrengende, lange Fahrt lag vor Steffi und Bruno.

Brigitte hatte nur kurz geschlafen. Als sie aufgewacht war, hatte sich das Gewitter bereits verzogen. Die Pflaster-steine im Hof glänzten in frischer Sauberkeit. Es tröpfelten noch die letzten Reste aus den Wolken und von den Blät-tern des Nussbaumes. Die Katzenschüssel stand mit Re-genwasser gefüllt an dem Platz vor der schwarzen Wand. Sie schüttete das Wasser aus und ging durch die Tür mit dem Zutritt-verboten-Schild. Der Gestank nach Verbrann-tem hing noch schwer in der Werkstatt. Im Freien hatte er sich bereits verflüchtigt. Sie ließ die Tür hinter sich offen. Die Katze war nicht in ihrem Korb unter dem Tisch. Sie füllte die Schale mit Trockenfutter. Brigitte stand mitten im Raum und hatte Hemmungen, zum Brennofen hinüberzugehen. Er hatte seine Höchsttemperatur erreicht und sie sollte ihn abschalten. Sie atmete flach und es war ihr bewusst, dass dieser Geruch, den sie einsog, Teil ihres Freds war. Sie öffnete die Fenster und wechselte die feuchten Tücher auf ihrer Skulptur. Sie setzte sich auf ihr Schaukel-Ei und starrte auf die Tür, die zum Brennofen führte. Das sonst so beruhigende Geräusch kam ihr plötzlich unangenehm vor. Als sie sich endlich überwunden hatte und neben der Steuerungsanlage stand, stellte sie fest, dass die Temperaturanzeige auf 1400 Grad stand. Trotz der guten Isolierung herrschte eine kaum erträgliche Hitze in der Nähe des Ofens. Sie stellte die Gaszufuhr ab. Stille stellte sich augenblicklich ein. Brigitte rannte hinaus auf den Hof. Sie atmete tief ein und dann drang der Morgengesang der Vögel, ihr vielfältiges Gezwitscher in ihr Bewusstsein. Sie stand mit dem Rücken zu der schwarzen Wand. Der große schwarze Vogel tauchte von irgendwoher auf. Sie hörte zuerst nur das Rauschen seines Flügelschlages. Fliegen schien so leicht zu sein. Er segelte auf das Dach des Stalls. Wie zur Bestätigung ihrer Gedanken, schlug er noch einige Male mit den Flügeln und schickte sein aufdringliches krraah, krraah zu ihr hinunter. Sie warf ihren Kopf in den Nacken und schaute zum Himmel empor. Sie breitete die Arme aus und schrie in den Morgen: »Ich will leben!«

Es waren Worte, die sie vorher nicht gedacht hatte. Sie waren nicht aus ihrem Kopf gekommen, in ihrem Bauch hatten sie sich unkontrolliert gebildet und waren durch ihre Kehle aus ihr herausgebrochen. Wie eine Antwort auf das krraah-krraah des Vogels.

Die Polizei schloss am nächsten Tag ihre Ermittlungen auf Steffis Hof ab. Um die Täter zu überführen, hatten sie jede Menge Beweismaterial sichergestellt. Das Gewitter hatte für Abkühlung gesorgt. Aber ein undefinierbarer Gestank hielt sich hartnäckig in der Luft. Tausende von grün schillernden, dicken, träge umherschwirrenden Fliegen mischten ihr Summen mit dem friedlichen Gackern der überall scharrenden Hühner. Es musste schnellstens aufgeräumt und gesäubert werden. Walter, der noch Urlaub hatte, kümmerte sich, soweit er konnte darum. Ein Elektriker reparierte den Sicherungskasten. Die aufgebrochene Türe wurde in Ordnung gebracht. Von der Tierkadaver-Entsorgungsstelle kamen zwei Männer, um die toten Hühner einzusammeln und zu entsorgten. Die verletzten Hühner, die zusammen mit den gesunden auf dem Grundstück frei herumliefen, wurden vorerst ihrem Schicksal überlassen. Ein Glück, dass das ganze Gelände eingezäunt war. Die Füchse, die ringsumher in den weitläufigen Waldgebieten lebten, hatten so keine Chance noch zusätzlichen Schaden anzurichten. Die meisten Hühner, die das offene Tor für einen Ausflug in die weite Welt genutzt hatten, waren reumütig zurückstolziert. Ein Hühnerhabicht, der seinen Horst in dem Wäldchen am Anfang der Schotterstraße hatte, versorgte sich und seine Jungen mit Hühnerfleisch. Die meisten Hühner flüchteten, sobald der große Vogel am Himmel auftauchte, in die schützende Nähe eines Gebäudes. Ein kleines Sportflugzeug überflog das Gelände und die Hühner versuchten, sich davor genauso in Sicherheit zu bringen wie zuvor vor dem Raubvogel. Sie konnten zwischen Kunstvogel und echtem Raubvogel nicht unterscheiden. Es musste ein angeborener Trieb sein, der sie dazu brachte, sich vor Dingen aus der Luft zu fürchten. Zum Üben hatten sie in ihrem bisherigen Leben noch keine Möglichkeit gehabt.

Walter organisierte ein paar Leute, die ans große Aufräumen und Saubermachen gingen. Donnerstag war Sylvies Arbeitstag und pünktlich stand sie da. Sie war ebenso entsetzt wie Frau Maier, die von Walter benachrichtigt worden war. Das Geschehen sprach sich das Deggenhausertal hinauf und hinunter wie ein Lauffeuer um.

Die noch im Stall abgelegten Eier wurden eingesammelt und für die Nudelfabrik Müller in Kartons verpackt. Donnerstagnachmittag war Abholtag. Sie wurden gerade noch rechtzeitig fertig, bevor der Laster mit der Aufschrift »Müllers Festtagsnudeln nach alter Tradition, mit 7 frischen Eiern an jedem Kilo Mehl«, auf den Hof fuhr.

Die Lieferung, die wöchentlich am Donnerstagvormittag an eine große Lebensmittelhandelskette ging, sagte Walter ab. Der Geschäftsführer war verärgert, als ihm Walter aber die Situation schilderte und versprach, dass spätestens am Montag nachgeliefert würde, zeigte er Verständnis.

Der Hühnerstallhalle wurde desinfiziert. Die Hühner mussten weiterhin die Nacht im Freien verbringen. Sie suchten dicht gedrängt unter den Vordächern der verschiedenen Gebäude und Schuppen Schutz. Sie saßen auf der Eingangstreppe des Wohnhauses und einige hatten sich auf den Simsen der unteren Fenster zusammengedrängt und verdreckten alles.

Steffis Blumenbeete waren völlig verwüstet. Die Blumen lagen verstreut und verwelkt daneben. Es schien so, als ob die Hühner ihre Freiheit genutzt, sich gerächt und einmal in ihrem Leben ausgiebig gescharrt hätten.

Bruno steuerte gerade auf der Autobahn an einer der Romabfahrten vorbei, als Walter anrief. Er wollte mit Steffi die notwendigsten Maßnahmen für diesen Tag besprechen. Am Abend würde sie hoffentlich zurück sein und alles Weitere selbst übernehmen. Am Ende des Gesprächs, er hatte sich schon verabschiedet, fragte er dann nach Fred. Steffi wiederholte, dass sie mit ihm in Neapel verabredet war, er aber nie angekommen sei. Walter sagte: »Ich versteh euch nicht. Wie konntet ihr Brigitte das antun? Sie hat doch wirklich genug gelitten. Aber das ist eure Sache. Ich möchte nur wissen, wo Fred jetzt ist?«

Steffi konnte ihm nicht weiterhelfen. Sie hatte sich in den letzten Tagen schon oft genug diese Frage gestellt.

Bruno und Steffi wollten sich beim Fahren abwechseln. Am Ende fuhr Bruno die ganze Strecke allein. Steffi war viel zu unkonzentriert und nervös. Aber Bruno schaffte es, dass Steffi der ganzen Situation gefasst entgegensah. Er sagte ihr immer wieder: »Was willst du? Du bist gesund. Dein Hof steht. Ein paar Hühner, ein paar Eier mehr oder weniger, was macht das? Wir können zusammen alles in Ordnung bringen. Was willst du? Hast du dich und hast du mich. Also, wo is Problem? Problem is da, wo du Problem siehst. Siehst du kein Problem is auch kein Problem da!«

Steffi konnte jedes Mal nur gezwungen lächeln und nicken. Bruno hatte wirklich recht. Probleme sind so groß, wie man sie macht. Ottos Tod war eine Katastrophe. Dass Fred sie versetzt hatte, hatte sie tief verletzt und verunsichert. Was für sie schlimm war, war für Bruno gut, wie er ihr gestanden hatte. Solange sie nur Augen für Fred gehabt hatte, waren seine Chancen gleich null gewesen. Steffi war keine Illusionistin. Wie es zu Hause mit ihr und Bruno weitergehen würde, war ihr noch nicht klar. Sie hatte sich in ihn verliebt, das stimmte. Nur, das war in Italien. Es war auf Capri. In einer zauberhaften Kulisse, in einer unwirklichen Welt. Es war nicht die Realität. Diese würde am Abend in ihrer gewohnten Umgebung noch früh genug auf sie zukommen. Steffi schloss die Augen und fünf Minuten später war sie eingeschlafen.

Brigitte bereitete sich seit Tagen das erste Mal wieder ein Frühstück zu. Sie hatte sich ein Brötchen aus der Gefriertruhe aufgebacken, aber der Gedanke an ihr sonst geliebtes Frühstücksei ließ sie schaudern. Sie fragte sich, ob sie jemals wieder ein Ei oder Hühnerfleisch würde essen können? Allein bei dem Gedanken schüttelte es sie. Nach dem Frühstück reinigte sie ihren Rover. Sie putzte das alte Auto innen und außen so lang, bis aus allen Ritzen Wasser tropfte. Sie beschloss, mit Freds Opel den Gehrenberg hinunter nach Markdorf zu fahren. Der einzelne Schuh lag noch immer zwischen den Sitzen. Sie trug ihn ins Haus und stellte ihn ordentlich in den Schuhschrank, obwohl sie wusste, dass es eine unsinnige Handlung war. Dieser Schuh würde nie mehr getragen werden. Sie brachte es nicht fertig, ihn einfach in die Mülltonne zu werfen. Das wäre auch sicher keine gute Idee gewesen. Für die Entsorgung dieses Schuhs musste sie sich etwas einfallen lassen.

Auf dem Weg zu ihrem Hausarzt steuerte sie ihr Auto ohne Sonnenbrille. Ihre alte zerbrochene Brille, die fast ein Teil ihrer selbst geworden war, konnte sie nicht mehr tragen, und ihre kleine Ersatzbrille empfand sie als Störfaktor. Sie war ein Fremdkörper. Ohne die großen verspiegelten Gläser erschien ihr die Welt schmerzhaft hell und fast unerträglich bunt. Sie konnte sich nicht mehr daran erinnern, ohne Sonnenbrille Auto gefahren zu sein und sie zwinkerte unablässig mit den Augen.

Ihr Arzt reagierte auf ihre Bitte nach einem neuen Rezept für ein Schlafmittel so, wie er es in letzter Zeit immer getan hatte. Er bat sie, doch endlich einen Kurs mit autogenem Training wenigstens einmal in Angriff zu nehmen. Psychologische Beratung lehnte Brigitte seit Jahren ab. Sie versprach glaubhaft, dass sie sich gleich nächste Woche darum kümmern würde. Er stellte ihre schlechte körperliche

Verfassung fest und gab ihr aus seinem Proben-Schrank ein Aufbaumittel zur Stärkung. Er hatte auch, als sie zur Tür hereingekommen war, bemerkt, dass sie keine Sonnenbrille trug. Brigitte sah zu, dass sie so schnell wie möglich das Sprechzimmer wieder verlassen konnte. Vor ihr lag noch das Protokoll bei Beckmann in der Polizeidirektion. Sie wusste, dass Walter noch Urlaub hatte und sich um Steffis Farm kümmerte. Er würde also nicht in seinem Büro sein.

Sie fuhr am See entlang und nicht wie sonst über Schnetzenhausen, nach Friedrichshafen. Sie parkte im Graf-Zeppelin-Haus. Während der Abfahrt zur Tiefgarage überfiel sie die Erinnerung an die Garage in Zürich beim Bahnhof. Wenn sie gekonnt hätte, wäre sie umgekehrt. Sie zwang sich, nicht hysterisch zu werden. Sie sprach auf sich selbst beruhigend ein und war froh, als sie aus dem Gebäude ans Licht heraustreten konnte.

Sie schlenderte die Promenade am See entlang und ließ ihre Augen über das Wasser wandern. Es war Föhnstimmung und sie konnte einzelne Häuser auf der Schweizer Seite ausmachen. Der Säntis ragte in fast greifbarer Nähe majestätisch vor ihr auf. Ihre lauten, verwirrten Gedanken wurden leise.

Mit weichen Knien fragte sie am Eingang der Polizei nach dem Büro von Hauptkommissar Beckmann. Sie stellte unangenehm berührt fest, dass der Geruch in den Fluren noch der gleiche, wie damals vor fünfzehn Jahren war. Es roch eigenartig. Für sie war es eine Mischung aus Angst und Putzmittel. Beklemmende Erinnerungen waren für Brigitte damit verbunden. Der Weg durch die Flure schien endlos. Der sie begleitende Beamte sprach mit ihr. Seine Worte rauschten an ihr vorbei. Sie konzentrierte sich auf den Boden unter ihren Füßen und zählte ihre Schritte. Ablenken, nicht erinnern und nicht denken war in diesem

Moment wichtig, um nicht in Panik zu geraten. Sie hatte schon wieder den Wunsch, schreiend wegzulaufen: vierundsechzig, fünfundsechzig, wie weit war es denn noch? Walters Büro war ein Stockwerk höher, wenn er nicht umgezogen war.

Hauptkommissar Beckmann war freundlich und Brigitte erzählte nur, was sie am Mittwoch draußen auf Steffis Farm gesehen hatte, ohne natürlich Freds Leiche und das, was die Hühner mit ihr gemacht hatten, zu erwähnen. Dass sie bereits am Sonntagnachmittag dort gewesen war, verschwieg sie ebenfalls. Ihren Schwächeanfall und dass sie von Sonntag bis Mittwoch einfach nicht in der Lage war, etwas zu tun, schien er ihr abzunehmen. Trotzdem verstand er nicht, dass sie zwar bei ihrem Freund Walter angerufen hatte und ihn um Hilfe bitten wollte, aber sich sonst an niemanden gewendet hatte.

Brigitte sah immer noch so aus, als würde sie jeden Moment umkippen. Sie saß auf der äußersten Kante des ihr angebotenen Stuhles. Ihre krampfhaft verschränkten, kalten und feuchten Hände lagen auf ihrem Schoß. Sie gaben sich gegenseitig Halt und verbargen ihr nervöses Zittern. Der Kommissar kannte Brigittes Schicksal. Er wollte sie nicht unnötig belasten und drang nicht weiter in sie. Für die Polizei es ein klarer Fall von Vandalismus. Beweise hatten sie genügend sichergestellt. Vordergründig schien es auch so, als ob nichts gestohlen worden war. Genaueres konnte allerdings nur Steffi feststellen. Sie wurde am Abend erwartet und sollte sich morgen dazu äußern.

Brigitte war froh, als sie das Gebäude verlassen konnte. Sie wusste, dass diese Befragung nicht mit dem zu vergleichen war, was auf sie zukommen würde, wenn Freds Verschwinden amtlich würde. Dann hätte sie es vermutlich mit Walter und seiner Abteilung zu tun und sie war sicher, Walter würde suchen und nachhaken und zwar so lange, bis er eine befriedigende Antwort bekommen hatte. Bei der Befragung durch Kommissar Beckmann hatte sie bemerkt, dass sie nur Dinge sagen durfte, die nachweisbar waren und sie musste es selbst glauben. Sie musste glauben, dass Fred in Zürich in den Zug nach Mailand eingestiegen war. Nur, wo hatte er seine ganzen Sachen gelassen? Er war ihr bestimmt nicht hinterhergerannt, während sein Gepäck unbeaufsichtigt auf dem Bahnsteig stand. Was danach geschehen war, war allein ihr Geheimnis. Sie konnte es nicht aus ihrem Gedächtnis löschen, aber sie wollte es zudecken. Sie wollte die Erinnerung daran in eine dicke Decke hüllen und diese auf dem Dachboden unter dem alten Schaukelsessel ihrer Kindheit verstecken. Sie wollte sofort nach Hause fahren und ihre Hände in weicher Tonerde vergraben und ihren Kopf ausschalten. Sie zwang sich, in die Apotheke zu gehen und anschließend zu Steffis Farm ins Deggenhausertal hinauszufahren.

Das Tor war geschlossen und mehrere Autos parkten davor. Pickende und scharrende Hühner liefen überall herum. Brigitte dachte an die Enge, in der diese Tiere ihr bisheriges Leben verbracht hatten. Sie waren von ihrer Geburt an, vom Schlüpfen im Brutkasten bis zu ihrem Tod, immer eingesperrt gewesen. Danach lagen sie als Suppenhühner übereinandergestapelt in einer Gefriertruhe im Supermarkt. Oder sie lagen als Geflügelwurst im Kühlregal und der Rest, in kleinen Stücken, in eine Dose gepresst, als Tierfutter in einem Regal nicht weit davon.
Sie ließ ihren Wagen ebenfalls vor der Einfahrt stehen. Wal-

ter kam ihr entgegen. Er trug einen weißen, angeschmuddelten, an den Beinen und Armen zu kurzen Papier-Overall, Handschuhe hingen aus einer Brusttasche und ein Mundschutz um seinen Hals. Alle Leute, die mit einer Arbeit beschäftigt waren, trugen die gleiche Kleidung. Brigitte entschuldigte sich, weil sie erst jetzt zum Helfen gekommen war. Anne kam auf sie zu und drückte sie kurz an sich. »Oh Brigitte, das muss ja ein Schock für dich gewesen sein, als du diese Sauerei oder besser, diese Hühnerkacke entdeckt hast. Du siehst immer noch grün um die Nase aus.« Brigitte lächelte zaghaft und sagte nur: »Was kann ich machen, wobei kann ich helfen?« Walter fiel ihr sofort energisch ins Wort. »Du wirst hier gar nichts machen. Du gehst schön brav nach Hause und legst dich hin. Warst du beim Arzt, wie du es mir versprochen hast?« Brigitte nickte. »Ja, ja, Herr Kommissar! Ich war, und er hat mir etwas verschrieben und etwas gegeben. Bei deinem Kollegen Beckmann war ich auch und habe ein Protokoll unterschrieben. Bist du jetzt mit mir zufrieden?« Anne sagte daraufhin etwas ungehalten zu Walter gewandt: »Lass sie doch in Ruhe. Du bist hier nicht im Dienst.«
Brigitte antwortete überzeugend unglücklich und zerknirscht: »Ich fühl mich schuldig. Ich war verantwortlich. Steffi wollte sofort zurückkommen, als sie hörte, dass Werner verunglückt ist. Ich habe sie überredet zu bleiben. Ich habe ihr versprochen, mich um alles zu kümmern. Und was habe ich gemacht? Alles, was ich anfasse, geht schief!«
»Das darfst du nicht sagen«, warf Walter ein. »Aber noch etwas! Hat sich Fred bei dir gemeldet?« Brigitte sog hörbar die Luft ein. Dabei glitt ihr Blick an Walters rechtem Ohr vorbei in die Ferne und dann langsam an seinem Schutzanzug entlang zu seinen alten Sportschuhen hinunter. »Nein, ich habe seit Sonntag nichts mehr von ihm gehört.« Walter

sagte eindringlich: »Bitte, ruf ihn an und sag ihm, dass er sich möglichst bald bei mir melden soll.« Brigitte nickte. »Ich werde es heute Abend versuchen.« Sofort dachte sie, warum hast du »versuchen« gesagt? Wie hat sich das nur angehört. Walter legte Brigitte die Hand auf die Schulter. »Ich komm morgen mal bei dir vorbei. Ich muss etwas mit dir besprechen.« Brigitte dachte an den Brandgeruch, der immer noch, wenn auch schwächer als am Tag zuvor in der Luft hing. »Ich bin morgen in Friedrichshafen und könnte zu dir ins Büro kommen. Wenn du dort bist und wenn es dir recht ist.« Walter runzelte die Stirn und strich sich über seinen Schnauzbart. »Es ist eigentlich nichts Offizielles, aber wenn es dir so besser passt. Ich hab zwar noch Urlaub, aber am Nachmittag werde ich im Büro sein.« Brigitte drehte sich um. »Wenn ihr mich nicht wollt, dann geh ich nach Hause und leg mich hin. Dabei mach ich hoffentlich nichts falsch. Also bis morgen!« Walter wandte sich um, hob die Hand zum Abschied und schob die weiße Fließmaske über Mund und Nase.

Anne wies auf Eier in einem Korb, die sie im Hof aufgesammelt hatte: »Willst du keine mitnehmen? Es sind so viele, die nicht verkauft werden dürfen.« Brigitte schüttelte sich. Sie musste schlucken und machte nur eine abwehrende Handbewegung.

»Ich habe noch irgendwo ein altes Rezept für Eierlikör von meiner Mutter«, sagte Anne. »Ich erinnere mich, es war früher absolut schick, Eierlikör zu trinken. Eierlikör auf Vanilleeis ist doch köstlich. Wie Steffi sagen würde«, fügte sie noch hinzu. »Ich fahr heut Abend nach Hagnau zu Heiner Renn auf den Burgunderhof und kauf ein paar Flaschen von seinen Schnäpsen. Nur mit guten Zutaten lässt sich ein gutes Ergebnis erzielen.« Anne lachte und Brigitte zwang sich ein mühsames Lächeln ab. Sie fuhr nach Hause, und als sie sich dem Hof näherte, kam ihr die schwarze Rabenkrähe vom Wald her entgegengeflogen. Der Vogel setzte sich auf den Giebel des Hausdaches. Er schien auf sie gewartet zu haben. Brigitte ertappte sich dabei, wie sie eine Hand wie zum Gruß erheben wollte und sie dachte, jetzt fehlt nur noch, dass du mit dem Vogel zu reden anfängst.

Sie beeilte sich, ins Haus zu kommen. Sie kochte sich Kartoffeln in der Schale, die sie mit wenig Butter aß. Sie musste sich zum Essen zwingen. Ihre ständige Übelkeit hing sicher mit ihrem leeren Magen und ihrem überreizten Zustand zusammen. Sie nahm eine Rolle Traubenzucker aus dem Vorratsschrank und ging in ihr Atelier hinüber. Wobei sie nach der Rabenkrähe Ausschau hielt. Sie setzte sich an ihre Töpferscheibe und drehte mehrere Gefäße in Eiform in verschiedenen Größen. Sie arbeitete bis in die Nacht hinein. Am Ende zerstörte sie alle bis auf drei. In das größte der Eier wollte sie Freds Asche füllen. Sie hatte keine Idee von der Menge, die dieses Ei aufnehmen musste. Sie konnte sich nicht vorstellen, was von Fred übrig bleiben würde. Sobald der Ofen abgekühlt war, musste sie ihn ausräumen und dann brauchte sie einen sicheren Platz. Die Asche im Garten zu verstreuen, konnte sie sich nicht vorstellen. In einem Ei wäre Fred vorerst gut aufgehoben, bis sie einen sicheren Ort für ihn gefunden hatte. Ein Ei würde Freds Versteck werden.

Spät in der Nacht ging sie ins Haus hinüber und fing an aufzuräumen und sauberzumachen. Das Badezimmer war noch so wie sie es am Tag zuvor verlassen hatte. In der Badewanne klebten eingetrocknete, halb aufgelöste Tablettenreste. Die Scherben ihrer alten Sonnenbrille lagen am Boden. Sie sammelte sie auf und legte sie sorgfältig in ein Körbchen. Brigitte putzte und scheuerte, bis alles glänzte.

Danach wusch und rubbelte sie sich selbst. Sie schluckte zwei von den neuen Schlaftabletten und legte sich im Wohnzimmer auf das Sofa vor den Fernsehapparat. Nur um sofort wieder aufzustehen und alle Fenster und Türen aufzureißen. Der Brandgeruch war nur noch schwach auszumachen, aber er hielt sich hartnäckig im ganzen Haus. Die Luft stand träge und selbst Durchzug brachte keine Besserung. War Fred nun in dieser Form zu ihr zurückgekommen? Sie erinnerte sich, dass sie irgendwo einmal Duftkerzen gehabt hatte. Sie machte sich auf die Suche. Aus jedem Schrank und jedem Schubkasten, den sie öffnete, kam ihr warme, verbrannt riechende Luft entgegen. Die Duftkerzen fand sie nicht. Dafür begegnete ihr eine Duftlampe und ein uralter Rest intensiv riechendes Zitronenöl. Sie stellte die Lampe in den Hausflur und hoffte, dass der Zitronenduft so stark war, dass er den anderen Geruch überlagerte. Brigitte schlief vier Stunden, dann war die Wirkung des Medikamentes vorbei. Den Rest der Nacht verbrachte sie damit, sich durch die Programme zu zappen. Länger als fünf Minuten ertrug sie keine Sendung. Sie wollte sich nicht einlassen, nur ablenken, nicht konzentrieren. Bilder sollten nicht in sie eintauchen, nur vorbeirauschen. Wie buntes Geschenkpapier sollten sie sich um ihre Gefühle legen und sie so vor ihnen schützen.

Es war noch hell, als Steffi und Bruno aus dem Deggenhausertal zum Hof hinauffuhren. Steffi plagten Gewissensbisse. Was dachte Walter nun von ihr? Solange niemand von ihrer Geschichte mit Fred wusste, hatte sie höchstens Brigitte gegenüber Schuldgefühle. Jetzt schämte sie sich plötzlich. Und was würde er erst von ihr denken, wenn er bemerkte, dass sie sich bereits mit Bruno getröstet hatte. Sie hätte es gerne noch eine Weile geheim gehalten, aber Bruno war nicht bereit dazu. Ihre angeborene Leichtigkeit siegte. Sie sagte sich: Ich bin, wie ich bin! Sollen die Leute doch denken, was sie wollen. Sie werden sowieso reden, also was soll's. Ein Spruch, den sie auf dem Markt gehört hatte, fiel ihr ein. »Und Morgen wird eine andere Sau über den Markt getrieben.« In ein paar Wochen werden sich die, die sie kennen, daran gewöhnt haben und wenn nicht, war es auch egal. Das Schlimmste, was ihr passieren konnte, war, dass ein paar Rentner weniger Eier essen. Die Heimlichkeiten mit Fred waren für sie sowieso nur am Anfang aufregend gewesen. Steffi atmete tief durch.

Walter kam ihr entgegen. Er war so freundlich wie immer. Er umarmte sie herzlich, wobei er ihr Gesicht zwischen seinen Magen und seine Brust drückte. Bei Steffi löste diese Geste einen Tränenstrom aus. Als Steffi sich wieder gefangen hatte, ging Walter mit ihr über den Hof und zeigte ihr, was passiert war, was er bereits veranlasst hatte und wie weit sie mit der Herstellung der Normalität gekommen waren. Das Schlimmste war schon beseitigt. Auf der Polizeidirektion würde sie am nächsten Tag noch Fotos zu sehen bekommen, die das ganze Ausmaß der Verwüstung dokumentierten.

Bevor er sich verabschiedete, nahm Walter Steffi beiseite und fragte: »Ohne mich allzu sehr in dein Liebesleben einzumischen, wo ist Fred?« Sie erzählte ihm zögernd, dass sie zuletzt vom Flugplatz in Wien mit ihm telefoniert hatte. »Er war zu dieser Zeit mit Brigitte auf dem Weg zum Bahnhof in Zürich. Nachdem ich ihm von Werners Unfall berichtet hatte, wollte er umkehren und nach dem Rechten sehen. Daraufhin hat sich Brigitte bereit erklärt, für eine Woche die Verantwortung für die Farm zu übernehmen. Da sie mit den ganzen Arbeiten und Abläufen vertraut war, sah Fred keinen Grund, nicht nach Neapel zu fahren. Ich war hin und her gerissen. Ich hatte nicht viel Zeit zum Überlegen, ich wurde bereits aufgerufen und so entschloss ich mich, wenn auch mit schlechtem Gewissen, wie geplant nach Neapel zu fliegen.« Steffi stockte und blickte entschuldigend zu Walter hoch. Walter fragte ungeduldig: »Und was dann?« Steffi sah zu Boden: »Fred hat mir noch zugeredet. Er war aber dann nicht wie versprochen in Neapel und er hat danach auch auf keine meiner Nachrichten auf seiner Mailbox mehr reagiert.«

Steffi machte ein ratloses Gesicht. »In der Zwischenzeit bekomme ich auch keine Verbindung mehr zu seinem Handy. Ich habe angenommen, dass er zu Hause geblieben war und mich einfach versetzt hat. Eine andere Erklärung konnte ich mir nicht vorstellen«, setzte sie schulterzuckend, mit großen Augen noch hinzu.

Walter fand die ganze Angelegenheit sehr mysteriös. Er konnte sich keinen Reim auf Freds Verhalten machen. Aber ein Verdacht wuchs in ihm: Andreas Mörder war zu fünfzehn Jahren Gefängnis verurteilt worden und diese Zeit war nun vorbei. Er wollte nicht darüber reden, solange er nicht einige Nachforschungen angestellt hatte. Er beschloss, gleich am nächsten Morgen von seinem Büro aus, einige Telefonate zu diesen Überlegungen zu führen.

Bruno hatte Steffis Gepäck ausgeladen und machte Anstalten, in seine eigene kleine Wohnung nach Untersiggingen zu fahren. Steffi bat ihn, sie jetzt nicht zu verlassen. Sie wollte auf keinen Fall die Nacht allein auf dem Hof verbringen. Sie war erleichtert, als er ihr gestand, dass er gehofft hatte, sie würde ihn darum bitten.

Nach der langen und anstrengenden Fahrt gingen sie früh schlafen. Gegen Mitternacht wurden sie von aufgeregtem Hühnergegacker aus dem Tiefschlaf gerissen. Sofort rannte Bruno, nur in Flip-Flops und mit Unterhose bekleidet, los.

Steffi folgte ihm bis zur Haustür und drückte ihm eine Taschenlampe in die Hand. In einem verwüsteten Blumenbeet neben der Haustreppe steckte ein Spaten. Im Vorbeilaufen riss er ihn an sich, und so bewaffnet, stürmte er mutig in die Dunkelheit. Die Bewegungsmelder der Außenbeleuchtung funktionierten wieder und bei seinem Spurt über den Hof schaltete sich die Beleuchtung ein. Seinen Spaten drohend erhoben, stand er plötzlich im Licht und wusste nicht, in welche Richtung er weiterlaufen sollte. Er drehte sich einmal um seine eigene Achse und schlich dann aus dem Lichtkreis. Der Strahl seiner Taschenlampe erfasste einen Fuchs, der mit einem Huhn im Maul das Weite suchte. Der Räuber rannte den Zaun entlang und Bruno mit dem geschulterten Spaten hinterher. Der Fuchs war schneller und fand sein Loch, das er sich unter dem Zaun hindurchgegraben hatte. Er verschwand auf der anderen Seite in der Dunkelheit. Steffi stand gekrümmt vor Lachen über das Schauspiel, das ihr geboten wurde, auf der Haustreppe. Bruno fand es nicht so lustig. Er verschloss fluchend die Lücke und legte zur Sicherheit einige große Steine darauf. Fünf tote Hühner fanden sie danach. »Wer weiß, wie viele er noch gekillt hätte, wenn du ihn nicht daran gehindert hättest?«, sagte Steffi wieder ernst. Sie entschuldigte sich für ihren Heiterkeitsausbruch und war froh, dass sie in dieser Situation nicht allein gewesen war.

Brigitte hatte wenig geschlafen und war schon lange wach, als die Vögel zu singen anfingen und es im Osten zu dämmern begann. Ihr Steißbein schmerzte noch immer und erinnerte sie an den Sturz in Steffis Hof. Sie machte sich einen

Becher heiße Schokolade und nahm ihn mit in das Kinderzimmer am Ende des Flurs. Sie holte den alten Telefonapparat aus dem Schrank und beschloss, ihn in Zukunft nicht mehr zu verstecken. Diese Tür musste sie nun nicht mehr verschließen. Sie konnte sie wie bei allen andern Räumen, weit offen stehen lassen. Fred konnte ihr nie mehr drohen, dieses Zimmer auszuräumen. Mit dem Telefon in einer Hand und dem Becher in der andern ging sie über den Hof. Vor der Tür in der schwarzen Wand blieb sie stehen. Sie blickte in Richtung Friedrichshafen und fühlte, wie ihr fast das Herz für einen Moment stillstand. Die Sonne kam golden den Horizont heraufgekrochen und hatte den Wolkenfetzen am Himmel einen leuchtenden rosa Rand verpasst. Aus dem Nichts segelte plötzlich lautlos, ohne mit den Flügeln zu schlagen, der schwarze Rabe durch das Bild. Er landete auf dem Giebel über der schwarzen Wand und stieß seinen krächzenden Ruf aus. Es klang bedrohlich, und mit einer Gänsehaut betrat Brigitte ihre Werkstatt. Obwohl die Fenster Tag und Nacht offen gestanden hatten, hing immer noch Brandgeruch in der Luft. Sie holte ihre Duftlampe und hoffte auch hier, ihn mit Zitronenöl vertreiben zu können. Sie prüfte die Festigkeit der drei Riesen-Eier, die sie am Tag zuvor gedreht hatte. Sie stellte sie beiseite und beschloss, zuerst die letzten Feinarbeiten an ihrer großen Skulptur zu machen, bevor die Oberfläche zu trocken und nicht mehr zu bearbeiten war. Anschließend zwang sie sich, zum Brennofen hinüberzugehen. Sie zögerte. Es kostete sie Überwindung. Sie schaute auf die Temperaturanzeige. Sie war überrascht, wie weit der Ofen bereits heruntergekühlt war.

Brigitte mochte sich nicht vorstellen, was sie im Ofen vorfinden würde. Sie beschloss, erst am nächsten Tag Freds Asche in das größte ihrer neuen Eier zu füllen. Wie viel

Platz ihr Fred, oder besser das, was jetzt noch von ihm übrig war, wohl benötigen würde? Würde das große Ei ausreichend sein? Sie drehte den Boden des lederharten Eies rund und schnitt einen Deckel in Wellenlinien ab. Um die Kante des Gefäßes legte sie Plastikfolie und packte den Deckel ebenfalls ein. Ei und Deckel bettete sie auf die alten Decken in der Holztruhe. Auf ihrem Sitz-Ei mit Blick auf die bunte Wand und dem Telefon auf dem Schoß redete sie mit ihrem Kind. Sie fürchtete sich vor dem unvermeidbaren Gespräch mit Walter am Nachmittag. Sie war sicher, dass er sie nach dem genauen Verlauf des Sonntages fragen würde. Sie stellte sich Walters Fragen vor und übte ihre Antworten. Sie sprach sie Andrea vor. Das Üben am Telefon gab ihr Sicherheit und Mut. Dieses Telefon war ihr Rettungsanker. Wie aus einer Batterie floss ihr daraus Energie zu. Sie wusste, dass sie bis zu dem Moment, an dem Fred in den Zug eingestiegen war, alles genau erzählen konnte. Auch dass sie die Kamera aus Versehen wieder mitgenommen hatte. Sie musste verschweigen, dass Fred ihr nachgelaufen war. Sie musste diesen Teil, der danach folgte, aus ihrem Gedächtnis streichen. Sie konnte sagen, dass sie an diesem Tag bereits krank war. Ihr ging es ja wirklich auf der Heimfahrt nicht gut. Sie könnte es auf eine schwere Magen-Darm-Infektion schieben. Damit wären auch die fehlenden Tage von Sonntag bis Mittwoch zu erklären. Sie nahm sich vor, nicht allzu viel zu reden und die Fragen von Walter abzuwarten. Sie konnte das Unglück nicht mehr rückgängig machen. Sie war in diesen Strudel hineingezogen worden. Es gab jetzt für sie nur noch den Kampf um ihr Überleben in Freiheit oder ihren Tod. Dazwischen gab es nichts. Sie wollte nur hier in dieser Umgebung leben. Es gab für sie keinen anderen Platz. Es war ihr Land, das sie bearbeitete und das sich im Laufe des Jahres veränderte. Sie lebte seit ihrer Geburt an diesem Ort mit dem Blick auf den Bodensee und auf die Berge dahinter. Sie war Teil der Natur und des Zusammenspiels von Sonne, Wind, Regen und Wachstum.

Wenn sie früher nichts Wichtiges zu tun hatte, war sie manchmal losgelaufen. Einfach weg vom Haus. Mit ihren Gedanken in der Straße unter ihren Füßen oder bei den Bäumen am Wegesrand. Einmal war sie erst als sie am Illmensee stand aufgewacht, und sie konnte sich nicht erinnern, wie sie dorthin gekommen war. Ihr Verstand war unterwegs in der Landschaft hängen geblieben. Dabei fühlte sie sich frei und gleichzeitig erschöpft. Glücklich war sie nicht. Sie wollte es auch nicht mehr sein. Wenn sie leer war, war sie zufrieden.

Als Walter unvermutet in seinem Büro in Friedrichshafen auftauchte, musste er zuerst einige spitze Bemerkungen seiner Kollegen über sich ergehen lassen. Sie konnten nicht verstehen, dass es ihn, obwohl er noch Urlaub hatte, an seinen Schreibtisch zog. »Gibt es heute Maultaschen in der Kantine?«, wurde er zur Begrüßung gefragt. »Ärger mit deiner Anne?«, oder, »sind wir dir so ans Herz gewachsen?«, waren noch die mildesten Kommentare.

Nachdem er einige Telefongespräche geführt hatte und sich nach dem Entlassungstermin von Andrea Gärtners Mörder erkundigt hatte, wurden sie hellhörig. Er aber wollte, solange er selbst noch nichts Genaueres wusste und es nur Vermutungen waren, die Fred und sein Verschwinden betrafen, noch nicht darüber sprechen. Walter zog in Betracht, dass Fred an diesem Mann Rache nehmen wollte. Fred hatte den Namen des Mannes, der früher jahrelang mit ihnen im Verein Musik gemacht hatte, den sie fast als Freund betrachtet hatten und dem niemand diese entsetzliche Tat zugetraut hätte, nie mehr ausgesprochen. Vielleicht hatte Fred sein Verschwinden nur inszeniert, weil er Brigitte nicht in seinen Rachefeldzug hineinziehen wollte. Walter war sicher, Brigitte würde es nicht ertragen, diesem Mann zu begegnen. War Fred aus diesem Grund verschwunden?

Walter versuchte immer wieder, ihn zu erreichen. Es erging ihm wie Steffi. Es gab keine Verbindung. Seine Erkundigungen, die den damaligen Täter betrafen, waren erfolgreich. Er war auf freiem Fuß. Er hatte seine Strafe abgesessen und war ein freier Mann. Er musste niemand Rechenschaft ablegen, wohin er ging und was er tat, solange er sich an das Gesetz hielt. Walter bekam auch das Gerücht bestätigt, dass er im Gefängnis ein Buch geschrieben hatte, das er im Selbstverlag hatte drucken lassen. Nun versuchte er Räume anzumieten, um dort daraus vorzulesen. Es war unglaublich. Nicht einmal zehn Kilometer vom Schauplatz seiner Gewalttat entfernt, bot er eine Lesung an. Walter telefonierte mit dem Besitzer des Gasthauses, in dem die Veranstaltung stattfinden sollte, und klärte ihn über die Identität seines *Kunden* auf. Das Ergebnis des Gespräches war, die Lesung wurde abgesagt. Walter überlegte. Würde er Fred finden, wenn er den Täter beobachten ließ? Nur, auf bloßen Verdacht hin, sah er keine Möglichkeit Leute für eine Observation abzustellen. Er hatte keine Idee, was er tun konnte, um vielleicht eine unüberlegte Tat von Fred zu verhindern.

»Ich möchte einfach nur wissen, wo Fred steckt?«, sagte Walter zu Anne, während sie nebeneinander auf den See hinausschwammen. Sie trainierten für den Bodensee-Marathon von Kressbronn und waren gerade zwanzig Kilometer gejoggt. Anne tauchte kurz unter und drehte um. »Mir reicht es für heute. Jetzt fühl ich mich wieder fit und hungrig. Lass uns im Seehof ein Felchen essen.« Walter folgte ihr und rief: »Weißt du, ob die Maultaschen haben?«

Anne kletterte über die Steine ans Ufer und schüttelte ihre nassen Locken wie ein Hund sein Fell und ignorierte die Maultaschen. »Hoffentlich findet ihr ihn nicht eines Tages im See als Wasserleiche!«

»Mal den Teufel nicht an die Wand! Seit Sonntag hat ihn niemand mehr gesehen und auch nichts mehr von ihm gehört. Ich hoffe, er ist nicht mit Andreas Mörder zusammengetroffen und hat dabei den Kürzeren gezogen. Er ist mein Freund und wir kennen uns seit 26 Jahren. Es passt nicht zu ihm, einfach nur mal für eine Woche zu verschwinden.« Walter hatte sich abgetrocknet und war dabei, sich anzuziehen. »Kannst du dir vorstellen, dass Fred vielleicht wegen einer Frau so mir nichts, dir nichts verschwunden ist?«

Anne war bereits fertig, packte die Handtücher ein und gab zu bedenken: »Obwohl, die Geschichte mit Steffi habe ich ihm auch nicht zugetraut.«

Wenn es dem aber doch so war? Und es gab noch eine weitere Möglichkeit, die Walter nicht ausschließen durfte, nämlich die, dass Fred etwas zugestoßen war.

Der Seehof in Immenstaad hatte natürlich frischen Bodenseefisch auf der Speisekarte, aber keine Maultaschen. Als die freundliche Bedienung Walters zwei Meter langes Unglück über diese Tatsache bemerkte, sagte sie: »Ich spreche mit der Küche, ob sich vielleicht was machen lässt!« Und es ließ sich etwas machen. Schwäbische Maultaschen konnte die Küche keine zaubern, aber kleine Maultaschen mit einer Füllung aus Bärlauch und Ziegenfrischkäse vom Moserhof in Ahausen wurden ihm wärmstens empfohlen. »Dann probier ich doch mal etwas Neues«, meinte Walter mutig und zu der jungen Frau gewandt: »Wie macht ihr das? Wenn ich mit meiner Küche spreche, bekomme ich weder Maultaschen mit Fleischfüllung noch welche mit Ziegenfrischkäse.«

Walter verstand nicht, warum Brigitte ihn nicht bei sich zu Hause treffen wollte, sondern es vorzog, in sein Büro zu kommen. Ihr Argument: »Ich bin sowieso in Friedrichshafen unterwegs«, klang fadenscheinig. Aber er musste mit ihr reden. Vielleicht erinnerte sie sich ja doch an irgendeine Andeutung, die Fred gemacht hatte, oder sie hatte eine Vermutung. Walter wünschte für Brigitte, dass sich alle seine aufkeimenden Befürchtungen und Vermutungen in Wohlgefallen auflösen würden. Brigitte hatte wirklich genug Leid in ihrem Leben erfahren.

»Es sieht hier fast noch so aus wie damals«, waren Brigittes erste Worte, nachdem sie sein Büro betreten hatte. Es war ihr anzumerken, dass sie sich nicht wohlfühlte.

»Ja, Vater Staat ist sparsam, aber moderne Computer haben wir wie du siehst, in der Zwischenzeit auch bekommen. Es ist nicht mehr wie früher mit den Autos, als wir versucht haben im Käfer hinter dem Porsche herzufahren.«

Brigitte lächelte und die Atmosphäre entspannte sich etwas. Walter bot ihr Kaffee an. Sie mochte zwar keinen, nahm aber sein Angebot dankend an. So hatte sie wenigstens etwas in den Händen. Aus dem Kaffeeautomaten, der im Flur stand, holte er zwei Becher. Als er die Plastikbecher auf seinem Schreibtisch absetzte, schwappten sie über und hinterließen eine braune Spur auf seiner Schreibunterlage. »Hühnerkacke«, fluchte er und Brigitte musste, ohne dass sie es wollte, grinsen.

Seine erste Frage war: »Hast du Fred erreicht?« Brigitte hatte sicherheitshalber nochmals Freds Handynummer gewählt, bevor sie das Haus verlassen hatte. Sie fragte sich

131

genau wie Walter: Wo war sein Telefon? Wer hatte es an sich genommen? In Betrieb war es nicht mehr. Wenn Freds Karte noch im Gerät stecken würde, wäre es zumindest möglich, eine Nachricht auf seiner Mailbox zu hinterlassen. Fred musste, als er ihr in Zürich hinterhergerannt war, seine Jacke mit Handy und seiner Brieftasche im Zug oder am Bahnsteig zurückgelassen haben. Hatte er jemand getroffen, den er kannte? Wusste jemand, dass er ihr nachgelaufen war? Wo waren seine Sachen jetzt? Würde sie von dieser Seite noch Probleme bekommen?

Walter hatte eine heikle Aufgabe vor sich. Er nahm nicht an, dass Steffi Brigitte von ihrer Verabredung mit Fred in Neapel erzählt hatte. Er konnte sich vorstellen, dass Steffi ihr in nächster Zeit aus dem Weg gehen würde und er wusste, dass Brigitte Schuldgefühle wegen des Chaos auf der Farm hatte. Er war gespannt, wie die zwei Frauen dieses Problem lösen würden. Aber jetzt ging es erst mal um Fred. Vorsichtig fragte er: »Hast du gewusst, dass Steffi in Neapel war?« Brigitte verlor sichtlich das Gleichgewicht. Sie fing sich aber schnell wieder. Sie senkte den Kopf und flüsterte »Nein«. Sie war unsicher, wie viel sie von ihren Vermutungen über Steffi und Fred preisgeben durfte. Wie viel war gut für sie? Was konnte ihr schaden? Dass die beiden sich in Neapel treffen wollten, hatte sie wirklich nicht gewusst. »Steffi ist mit Bruno zurückgekommen. Beide sagen, dass Fred nie in Neapel angekommen ist. Kannst du dir das erklären?« Sie sagte wiederum nur »Nein« und schaute auf den Inhalt ihres Kaffeebechers, den sie mit beiden Händen so fest hielt, dass er eindellte und die braune Flüssigkeit dabei war überzulaufen. Walters nächste Fragen betrafen den Samstag und Sonntag. Auf diese Fragen hatte sie sich vorbereitet. »Hast du gesehen, wie Fred in Zürich abgefahren ist?«, wollte Walter wissen.

»Ich bin gegangen, als der Zug einfuhr. Fred wollte nicht, dass ich warte, bis der Zug abfährt.«

Als er sie nach anderen möglichen Zielen von Fred fragte, konnte sie immer wieder nur sagen: »Ich habe keine Ahnung. Ich kann es mir nicht vorstellen.«

»Hast du dir denn keine Gedanken darüber gemacht, warum Fred sich bis heute noch nicht bei dir gemeldet hat?« Unverständnis klang in seiner Stimme. Sie entgegnete: »Ja schon, aber ich dachte er ist wütend auf mich, weil ich seine Kameratasche aus Versehen mit zurückgenommen habe.« Walter wollte Brigitte nicht unnötig beunruhigen, aber er bat sie, zur Sicherheit ihr gemeinsames Bankkonto zu überprüfen und eine Liste mit all den Dingen, die Fred in seinem Gepäck hatte, aufzustellen. »Vielleicht brauchen wir sie eines Tages und jetzt ist deine Erinnerung noch frisch. Und von seiner Kleidung ebenfalls, soweit dir das möglich ist«, fügte er noch hinzu. Walter versprach sie zu benachrichtigen, sobald er etwas in Erfahrung gebracht hatte. »Wenn Fred sich bis morgen nicht bei dir meldet, dann solltest du in Erwägung ziehen, ob du nicht eine Vermisstenanzeige aufgibst«, war sein Rat, bevor sie sich verabschiedeten.

Brigitte fühlte sich wirklich für die Verwüstungen und den Schaden auf der Hühnerfarm mitschuldig. Sie hatte vorgehabt, sich bei Steffi für ihre Unzuverlässigkeit zu entschuldigen. Nach dem Gespräch mit Walter, welches völlig privat und inoffiziell war, wie er ausdrücklich betonte, hatte sie dieses Bedürfnis nicht mehr.

Sie hatte jetzt die Bestätigung für das, was sie geahnt hatte. Steffi und ihr Fred hatten ein Verhältnis. Es war sonderbar, diese Vermutung hatte sie vorher nie berührt. Jetzt, nachdem Fred nicht mehr lebte, nagte Unbehagen an ihr. Sie beschloss, nicht weiter darüber nachzudenken.

Brigitte fuhr nach Hause. Als sie zur Tür hereinkam, klingelte das Telefon. Es war Anne. Sie fragte: »Wie geht es dir? Kann ich dir irgendwie helfen?«

Brigitte hatte nicht den Wunsch nach Besuch und Hilfe. Sie musste den Traktor in die Werkstatt bringen. An der Lichtmaschine war etwas nicht in Ordnung. Dabei konnte Anne ihr nicht helfen. Eigentlich hätte Fred noch danach schauen sollen. Er hatte ihr fest versprochen, es noch vor seiner Abreise zu tun. Vielleicht hatte er sich dabei die blutende Verletzung am Arm zugezogen und die Reparatur danach aufgegeben. Viele Dinge, die sie betrafen, hatte er in den letzten Jahren immer öfter vergessen. Brigitte könnte Bruno darum bitten, dann müsste sie allerdings mit Steffi Kontakt aufnehmen und das wollte sie im Moment auf keinen Fall. Sie würde ihr Fahrrad aufladen. Die Zugmaschine zur Reparatur bringen und mit dem Rad zurückfahren. Sie musste jetzt anfangen, auch den Teil der Arbeit und Verantwortung, den Fred bisher übernommen hatte, selbst zu erledigen.

Anne erzählte ihr von dem verlängerten Wochenende, das sie in Berlin verbracht hatten. Walters Bruder Stefan, den sie Jo nannten, niemand wusste warum, hatte in Berlin eine Galerie und am Samstag ein großes Galeriefest veranstaltet. Es ging bis in die frühen Morgenstunden. Anne schwärmte von Berlin und von den Ausstellungen und Veranstaltungen, die sie mit Walter und Jo besucht hatte. Außerdem war sie hemmungslos durch die Geschäfte gezogen und hatte sich völlig neu eingekleidet. Sie hatte sich fest vorgenommen, ab sofort jedes Jahr wenigstens zweimal für einige Tage in diese verrückte Stadt zu fliegen. Mit oder ohne Walter. »Sollen wir zwei nicht mal zusammen nach Berlin fliegen? Von Friedrichshafen aus ist es nur ein Katzensprung.«

Brigitte sagte zögernd: »Ach, ich weiß nicht« und Anne sagte, wobei sie sich mit der flachen Hand gegen die Stirn klatschte, was Brigitte nicht sehen, aber hören konnte: »Entschuldige, du hast im Moment sicher andere Sorgen, aber wenn ich was für dich tun kann, ruf mich an.«

Brigitte ging über den Hof in ihre Werkstatt. Sie fütterte die Katze, die in ihrem Korb lag und bei ihrem Eintreten miauend unter dem Tisch hervorkam. Eigentlich sollte sie den Ofen aufmachen und ausräumen. Sie lockerte den Verschluss der Tür, hatte dann aber nicht den Mut sie ganz zu öffnen. Sie schaute nach dem Ei in der Holzkiste. Sie befeuchtete nochmals Rand und Deckel, damit es später noch eine feste Verbindung gab. Sie packte die Teile wieder ein. Sie beschloss, erst am nächsten Tag den Ofen zu öffnen. Sie nahm das Telefon ohne Netzverbindung, das seit gestern auf ihrem Arbeitstisch stand, und drehte die Wählscheibe.

In der Nacht versuchte sie sich daran zu erinnern, was Fred in seinem Reisegepäck hatte. Es war noch gar nicht so lange her, dass der Koffer neben seinem Bett stand und er die verschiedenen Stapel, die überall im Raum verstreut herumlagen, eingepackt hatte. Ihr kam es vor, als wären seitdem Monate vergangen. Sie erstellte, so gut sie konnte, eine Liste. Sie fragte sich zum x-ten Mal, wo Freds Reisegepäck jetzt war? Hatte es jemand gestohlen? War es auf einem Fundbüro und würde es eines Tages wiederauftauchen?
Nach Mitternacht legte sich Brigitte ohne Schlafmittel auf das Sofa im Wohnzimmer. Gedanken stürmten auf sie ein.

Sie wollte sie nicht zu Ende denken. Dabei wusste sie, dass alle nicht ausgedachten Gedanken, eines Tages an anderer Stelle, mit noch größerer Wichtigkeit wieder auftauchen und sie zwingen würden, sich dann unaufschiebbar mit ihnen zu beschäftigen. Sie fiel in kurze Halbschlafphasen, in denen Träume die Realität verzerrten. Sie fuhr über Autobahnen und musste unter Lebensgefahr herumliegende Schuhe aufsammeln und kleinen Katzen ausweichen. Sie fragte sich: wie kommen all diese einzelnen Schuhe und die vielen toten Katzen auf die Fahrbahn? Eines Tages würde sie der Frage nachgehen. Gegen Morgen fiel ihr Freds einzelner Schuh ein, der im Schuhschrank stand. Wo war der Zweite? Auf der Autobahn konnte sie ihn nicht verloren haben. Fred war ihr sicher mit beiden Schuhen an den Füßen hinterhergelaufen. Also lag er jetzt in der Tiefgarage oder auf einem der Parkplätze, an denen sie auf der Rückfahrt gehalten hatte. Ob ihn jemand aufgehoben hatte und sich gefragt hatte, welche Geschichte hinter diesem Schuh steckte. Brigitte wusste, dass sie den Schuh aus ihrem Schuhschrank möglichst schnell verschwinden lassen musste.

Der Himmel war bewölkt. Die Schweizer Seite des Sees schien weit weg zu sein. Brigitte fuhr an der Birnau vorbei und auf der Umgehungstrasse von Überlingen bei Stockach auf die Autobahn. Vor der Abzweigung nach Singen fuhr gerade kein Auto in Sichtweite hinter ihr. Sie öffnete das Fenster und warf Freds Schuh hinaus. Sie bog nach Konstanz ab und fuhr in die Schweiz in ein Einkaufszentrum. Sie schlenderte durch die Geschäfte und Abteilungen. Sie kaufte sich einen neuen Handfeger und eine Kehrschaufel aus Edelstahl. Es waren Designerstücke. Für sich erstand sie ein Paar neue Sandalen und in der Lebensmittelabteilung lud sie ihren Einkaufswagen mit Emmi Fruchtjoghurt voll. Sie hatte plötzlich ein unbändiges Verlangen nach diesem Joghurt. Sie erinnerte sich, dass sie früher nur deswegen in die Schweiz zum Einkaufen gefahren war.

Sie brachte ihre Einkäufe zum Auto. Es war ihr plötzlich peinlich, die vielen Joghurtkartons einzuladen. Vielleicht war das Ganze ja nur geschehen, weil sie am Morgen nichts gegessen hatte. Anschließend ging sie zurück und frühstückte im Migros-Restaurant. Niemand kannte sie. In der Anonymität fühlte sie sich wohler als zu Hause, wo viele wussten, wer sie war und über sie tuschelten. Dort kam sie sich immer beobachtet vor. Brigitte zögerte die Rückfahrt hinaus. Sie musste ihren Brennofen öffnen und ausräumen. Sie konnte es nicht mehr länger hinausschieben.

Walter ließ Brigittes sichtbar schlechte körperliche Verfassung keine Ruhe. Er befürchtete, dass ihr die ganze Situation viel näher ging und sie mehr belastete als sie zugab. Außerdem verstand er nicht, warum sie ihn nicht bei sich zu Hause sprechen wollte. Warum zog sie es vor, ihn in seinem Büro zu treffen.

Ein leichter Wind hatte die Wolken auseinandergerissen und die Sonne fand immer wieder eine Lücke, um sich hindurchzuzwängen. Walter beschloss am Spätnachmittag, mit dem Rennrad den Gehrenberg hinaufzustrampeln und nach Brigitte zu sehen.

Mit ihrer großen transparenten Plastikschüssel und der neuen Schaufel und dem Besen bewaffnet, trödelte Brigitte sich an der schwarzen Wand vorbei und durch die Türe mit dem Zutritt-verboten-Schild. Die Rabenkrähe saß auf dem Dach. Sie hatte etwas im Schnabel und schlug damit gegen einen Ziegel auf dem Dachfirst. Im schrägen Licht des fortgeschrittenen Nachmittages schimmerte ihr schwarzes Gefieder blau-grün. Als der Vogel Brigitte bemerkte, flog er mit seiner Beute auf und verschwand damit hinter ihrem Atelier, dort wo der Brennofen stand.

Brigitte fütterte zuerst die Katze, dann nahm sie den Hörer von der Gabel des alten Telefons. Sie drehte nicht an der Wählscheibe. Sie hielt ihn sich nur eine Weile ans Ohr. Sie legte auf. Sie schlenderte zögernd und langsam zum Ofen hinüber. Sie öffnete die Tür und flüsterte: »Hallo Fred!« Wo sie das schwere, stinkende, schmutzige Bündel abgelegt hatte, lagen nun Asche und Knochenreste. Die Menge war mehr, als sie erwartet hatte. Die Urnen, die sie schon gesehen hatte, schienen ihr nie besonders groß. Sie füllte mit ihrer neuen Schaufel die lockere Asche in die mitgebrachte Schüssel und während des Vorgangs verringerte sich die Menge. Die Reste ihres Freds wurden weniger. Sie fielen zusammen. Sie bemühte sich, nur flach zu atmen, während sie den letzten Aschestaub zusammenfegte. Wie ein Gebet murmelte sie vor sich hin: »Das ist alles, was von dir übrig ist. Fred, wo ist jetzt deine Energie, dein Geist und deine Seele?«

Winzige Staubpartikel schwebten glitzernd im einfallenden Licht eines Sonnenstrahls. Sie stellte die Asche auf ihren Arbeitsplatz und ging zum Haus zurück. In ihrer Schmuckschatulle und in diversen Schubladen suchte sie nach einem ovalen, mit Iris verzierten, silbernen Jugendstilmedaillon, das an einer langen Kette hing. Fred hatte es ihr zwei Monate, nachdem sie sich kennengelernt hatten, zum 21. Geburtstag geschenkt. Es enthielt auf der einen Seite ein vergilbtes Foto von Fred und auf der anderen Seite ein Babyfoto von Andrea. Als sie das Schmuckstück endlich gefunden hatte, murmelte sie: »Vater du hast recht. Im Universum geht nichts verloren.« Sie nahm das Medaillon mit in ihr Atelier und füllte etwas von Freds Asche hinein.

Sie drückte es zusammen, bis sie den Verschluss einschnappen hörte, und legte es neben sich auf den Arbeitstisch. Sie nahm das bis auf die Ränder angetrocknete dicke, große Ei aus der Kiste und begann, die Asche aus der Schüssel hineinzufüllen. Sie fiel nochmals zusammen aber am Ende war das Ei randvoll und die Schüssel leer. Sie hielt das Ei auf ihrem Schoß und war gerade dabei, mit feuchtem Ton die Verbindung zwischen Ober- und Unterteil zu verstreichen, als ein Schatten das Licht, das durch das geöffnete Fenster vor ihr fiel, verdunkelte. Sie blickte auf und sah in Walters ungläubig aufgerissene Augen. Er stand in seinem gelbroten, badischen Radlertrikot direkt vor dem Fenster. Er schaute zu ihr, und er schaute auf die schwarze Wand neben sich und fragte entsetzt: »Seit wann ist die denn schwarz?« Brigitte war im Moment nicht fähig ihre Hände zu bewegen. Sie starrte Walter wie ein Gespenst an und stotterte: »Oh, oh, schon länger.«

Er fragte: »Kann ich reinkommen?« Brigitte sagte nichts. Er trat mit eingezogenem Kopf durch die Tür, dabei zog er hörbar Luft ein und fragte beiläufig:. »Riecht es hier nach Zitrone und Verbranntem?«

Brigitte schaute an seinem Gesicht vorbei auf die Wand hinter ihm und sagte: »Ich experimentiere mit Ascheglasuren«. Walter kam auf sie zu. Sie stand nicht auf. Sie hätte sonst das Ei ablegen müssen. Sie streckte ihm nur eine mit Lehm verschmierte Hand entgegen. Er ergriff sie am Handgelenk und legte ihr seine andere Hand auf die Schulter und drückte so Brigitte kurz an sich. Sie spürte seinen harten, durchtrainierten Waschbrettbauch an ihrem Rücken. »Ich habe an der Haustür geklingelt. Da mir niemand aufgemacht hat, ich aber beide Autos gesehen habe, dachte ich, ich schau mal nach, ob du vielleicht in deiner Werkstatt bist.« Brigitte gab wieder keine Antwort.

»Ich hoffe, ich störe dich nicht!« Es war mehr eine Feststellung denn eine Frage. Brigittes Finger begannen, sich mechanisch zu bewegen. Sie verstrichen weiter den Ton, um das Ei zu verschließen. Walter sah eine Weile wortlos zu. Sein ausgestreckter Zeigefinger kam unerwartet. Er schoss auf das Ei in ihrem Schoß zu. Bevor er darauf tippen konnte, drehte sie sich schnell von ihm weg, sodass das Ei von ihrem Körper und dem Tisch geschützt, unerreichbar für seinen Finger war. Walters Hand fiel herunter. Er sagte: »Ist es nicht zu groß zum Verstecken und bist du nicht etwas zu früh oder zu spät dran?« Brigitte erschrak. Sie erstarrte. Ihr Herz stand still. »Warum?«, war alles, was sie stotterte. In diesem Moment wäre sie am liebsten selbst in das Ei gekrochen. Wie konnte sie ihre Gedanken verstecken? Wo fand sie die Wörter, die jetzt die Richtigen waren? Die sie nicht verrieten? Hatte Walter alles erraten oder wusste er es sogar? Walter griff nach dem Medaillon, das immer noch vor ihr lag, und hielt es interessiert dicht vor die Augen. »Schöne Arbeit«, sagte er anerkennend und ließ es an der langen Kette um seinen Zeigefinger kreisen. Brigitte befürchtete, es könnte sich öffnen und die Asche wie schmutzige Flocken durch die Luft wirbeln. Er legte es zurück. Er wurde abgelenkt. Sein Blick war auf ihr buntes Wandgemälde gefallen. Im Umdrehen sagte er noch erklärend: »Ostern war doch schon dieses Jahr.«
Dann rutschte ein überraschtes und anerkennendes »Wow«, über seine Lippen, dazu schlug er sich vor Begeisterung mit der familienspezifischen Eigenschaft mit der rechten flachen Hand klatschend auf die Stirn: »Wenn das mein Bruder sehen könnte!«
Brigittes Herzschlag war immer noch kurz vor einer Katastrophe. Ihre Hände fuhren automatisch fort, den Ton zu verstreichen. Wie von einem magischen Band gezo-

gen, durchquerte Walter den Raum. Sein Blick hing an der Wand. Dicht davor blieb er stehen. Zögernd fuhren seine neugierigen Fingerspitzen über die reliefartige Oberfläche. Er bückte sich und kurz darauf streckte er sich, um mit weit zurückgelegtem Kopf ein Detail genau zu betrachten. Bis auf seine immer wieder stockenden Schritte, mit denen er sich der Wand entlang bewegte und das leise schabende Geräusch von Brigittes Daumen, der immer noch über die Verbindung zwischen Ei und Deckel strich, war es vollkommen ruhig im Raum. Durch das geöffnete Fenster drang das laute Tschilpen einer streitenden Spatzenschar. Das tiefe Brummen einer Hummel, die sich nicht entscheiden konnte, ob sie die Hürde des Fensterrahmens nehmen sollte, hereinfliegen oder draußen bleiben sollte, verstärkte noch die Stille im Raum. Die Gegenwart schien ihr wie ein Bild ohne Rahmen, das im falschen Raum aufgehängt worden war.

Walter löste sich, immer noch sprachlos, von der bunten Fläche. Er trat hinter Brigitte und schaute auf die Bewegungen ihrer Hände. Sie strich mechanisch über die bereits völlig glatte Fläche. »Ist es zu haben?«, unterbrach er die wortlose Stille. »Nein«, sagte sie viel zu laut, zu schnell und zu schroff. »Entschuldige«, antwortete er. »Ich wollte dir nicht zu nahetreten, aber du kannst deine Schätze doch nicht alle ewig behalten«, meinte er vorwurfsvoll, wobei er seinen Blick herumwandern ließ und gleichzeitig entschuldigend seine gespreizten Hände hob. Er machte drei Schritte zurück, nur, um sich gleich darauf auf einer Kante des Arbeitstisches niederzulassen. Brigitte schob ihn mit einer Handbewegung zur Seite und nahm das Medaillon, auf das er sich fast gesetzt hatte, an sich.

»Pass auf! Du machst dich schmutzig«, sagte sie und hängte sich die staubige Kette um den Hals, dann versöhnlicher: »Du bekommst ein Ei, aber was willst du denn damit?«

Er stand auf und klopfte sich den Tonstaub aus der Hose.

»Ich stell es mir schön vor. Ich hätte einfach gerne etwas von dir.«

Er nahm seinen Rundgang durch das Atelier wieder auf.

»Ich muss ja ewig nicht hier gewesen sein. Du hast eine tolle Entwicklung gemacht. Anne hat mir erzählt, dass sie dir oft Kunstbücher besorgt. Meinem Bruder würde das hier sicher auch gefallen. Kann ich ihn nicht mal mitbringen? Wenn er das nächste Mal hier ist?«

Brigitte zögerte: »Ich weiß nicht so recht?«

Walter hockte sich wieder mit seiner gepolsterten Radlerhose auf die Tischkante. »Wir können ja ein andermal darüber reden. Ich bin eigentlich gekommen, weil ich wegen Fred völlig ratlos bin. Ich habe gehofft, er hätte sich in der Zwischenzeit doch noch bei dir gemeldet? Für dich muss es doch schlimm sein, einfach nichts von ihm zu hören. Ich verstehe das alles nicht. Ich kann mir keinen Reim darauf machen. Du vielleicht?« Sie schüttelte wortlos den Kopf und ihr Daumen strich ohne Unterbrechung über die Nahtstelle von Ei und Deckel. »Ich wollte schauen, wie es dir geht und dich fragen, ob du auf der Bank warst.« Brigitte musste gestehen, dass sie ihr gemeinsames Konto noch nicht überprüft hatte. Sie hatte sich noch nie um die Finanzen gekümmert und hätte sich auch jetzt gerne davor gedrückt. Aber sie versprach, es gleich am nächsten Morgen zu erledigen und umgehend Bescheid zu geben. »Na, dann will ich mal wieder fahren, oder kann ich noch etwas für dich tun?« Obwohl er das sagte, machte er keine Anstalten aufzustehen. Brigitte schüttelte ihren immer noch über ihre Arbeit gesenkten Kopf. Walter versicherte sich nochmals: »Geht es dir wirklich gut?« Sie flüsterte kaum hörbar, ohne dabei aufzuschauen: »Ich danke dir. Du kannst im Moment wirklich nichts für mich tun, aber wenn ich Hilfe brauche,

werde ich mich melden. Du hörst auf alle Fälle von mir.«
Als Walter endlich zur Tür hinausging, rief sie noch: »Grüß
Anne von mir!« Sie atmete erleichtert auf. Er ging über den
Hof und sie konnte sehen, wie er mit dem Kopf schüttelte,
als er zurück auf die schwarze Wand blickte. Brigitte saß
einen Moment unbeweglich, erleichtert und gleichzeitig
zitternd. Als ihre Hand sich wieder beruhigt hatte, stach
sie mit einem Nagel ein Loch in die feuchte, frische Verbindung der Eischale. Es sollte auf keinen Fall beim Trocknen und Brennen platzen. Sie legte es zurück auf die weiche Decke in der alten Holzkiste. Sie schloss den Deckel
und stellte eine ihrer Skulpturen darauf. Sie rannte über den
Hof zum Haus hinüber und hinauf unter das Dach in Freds
Reich. Sie riss die oberste Schublade aus seinem Schreibtisch. Der Inhalt verstreute sich laut klappernd auf dem
Boden. Auf den Knien wühlte sie mit beiden Händen in
dem Kleinkram. Sie suchte einen Zweikomponentenkle-
ber. Sie war sicher, dass Fred so etwas dort gehabt hatte. Sie
schob die gesammelten Utensilien solange über die Dielen-
bretter, bis sie die beiden kleinen Tuben entdeckt hatte. Sie
rührte eine winzige Menge davon an und klebte das Medaillon damit für alle Ewigkeit zu.

Bruno blieb bei Steffi in dem großen alten Haus. Sie war
glücklich, dass sie nicht mehr allein war. Steffi war keine
Frau, die die Einsamkeit liebte. In den letzten zwei Jahren
nach Ottos Tod kam sie sich sehr verlassen vor. Das war
vermutlich auch der Grund, warum sie die Geschichte mit
Fred angefangen hatte. Fred lebte zwar mit Brigitte zusammen, war aber genauso unglücklich und einsam wie sie. Er

verstand den Schmerz und die Trauer über ihren Verlust. Steffi wusste, dass es für sie und Fred keine gemeinsame Zukunft gegeben hätte. Sie waren zwei verlorene Seelen, die sich der Illusion hingegeben hatten sich zu lieben. Was sie für Liebe hielten, war nur eine Flucht aus der Einsamkeit gewesen. Steffi fragte sich, was war jetzt so anders mit Bruno? Steffi liebte es, in den Armen eines Mannes aufzuwachen. Sie saß nicht gerne alleine am Frühstückstisch. Sie kochte nicht gerne nur für sich. Sie hasste die Abende, an denen der Fernsehapparat und ein- höchstens zwei Piccolos, mehr erlaubte sie sich nicht, ihr Gesellschaft leisteten. Was die Arbeit anbetraf, waren sie und Bruno bereits seit Jahren ein eingespieltes Team, und nach ihrer Rückkehr aus Italien, lief alles noch leichter. Sie hatten viel zu tun und nutzten die Gelegenheit für Renovierungsarbeiten und um einige Veränderungen auf den Weg zu bringen. Sie arbeiteten beide bis zur Erschöpfung, dabei lachten sie viel und Bruno brachte Steffi dazu, das Ganze als Chance und Anstoß für einen neuen Lebensabschnitt zu betrachten. Am Abend kochten sie zusammen, tranken Wein, sprachen von Capri und den zukünftigen Ferien in Brunos neuem Haus. Sie machten Arbeitspläne für den nächsten Tag. Bruno gab Steffi jede Menge Streicheleinheiten und Steffi hatte viel Nachholbedarf. Ihre gemeinsamen Nächte waren so glücklich und anstrengend wie ihre Tage. Die kleinen Falten rechts und links von Steffis Mundwinkeln verschwanden gänzlich und wurden durch die Vertiefung der kleinen Lachfalten um ihre Augen ersetzt. Steffi blühte trotz der vielen Arbeit auf.

An einem Sonntag fuhren Steffi und Bruno in die Klinik nach Tübingen, um Werner zu besuchen. Bruno wollte spazieren gehen, oder in der Cafeteria auf Steffi warten, aber sie bestand darauf, dass er mitkam. Werner sollte sehen, dass Bruno ihr wichtig war. Werners Gehirnerschütterung und der Haarriss in der Schädeldecke zwangen ihn noch für Wochen zur Bettruhe. Er war aber eindeutig auf dem Wege der Besserung. Monika, seine neue Freundin, betrat kurz nach ihnen das Krankenzimmer. Beim Abschied blinzelte Werner Steffi zu und sagte leise: »Also doch der Italiener. Ich hab's doch geahnt.«

Auf der Rückfahrt kam Bruno auf den immer noch verschwundenen Fred zu sprechen. Er erzählte Steffi von seinem Gespräch mit Fred, damals, als sie Arco begraben hatten. Wie er mit kaum verhaltener Wut sagte: »Ich habe Pläne« und dann noch, »er wird keine ruhige Minute mehr haben.« Steffi wurde nachdenklich. »Ich glaube, das solltest du Walter, dem Kommissar, sagen. Ich könnte mir vorstellen, dass ihn das interessiert. Erstens ist er bei der Kripo und zweitens ist er Freds bester Freund.« Bruno, der hinter dem Steuer saß, meinte nur: »Ich weiß nich so recht.«

Brigitte konnte jederzeit ihre Kontoauszüge vom Automaten bei der Bank ausdrucken lassen. Sie schob es jedoch noch um einen weiteren Tag hinaus. Sie wollte sich nicht mit eventuellen zusätzlichen Schwierigkeiten befassen. Ihr ganzes Denken war mit Fred und ihrer Situation ausgelastet. Sie sprach mit Fred, so als ob er ihr hinter seiner Zeitung gegenübersitzen würde. Sie saß am Tisch mit dem Rücken zum Fenster. Die Tageszeitung lag an Freds Platz. Sie schloss die Augen und redete. So wie sie früher gegen die Zeitung gedacht hatte, so sprach sie nun laut mit Fred. Indem sie ihre Gedanken hörte, bekamen sie Bedeutung und wurden verständlich. Brigitte hatte Freds Körper getötet und das was die Hühner von ihm übrig gelassen hatten verbrannt. Freds Geist, seine Seele oder seine Energie waren für sie immer noch vorhanden. Seit er sie nicht mehr verletzen konnte, sogar noch mehr und intensiver als zuvor. Sie hatte eine neue Zeiteinteilung: Die Zeit mit dem sichtbaren aber abwesenden Fred und jetzt die Zeit mit dem nicht sichtbaren dafür anwesenden Fred. Er war wie ein Schatten immer bei ihr. Es war der Fred aus den guten Zeiten ihrer Ehe. Es war der Fred aus der Zeit, bevor ihre Welt zerbrochen war, bevor ihre Gedanken und Erinnerungen verschiedene Wege gegangen waren. Der Fred, mit dem sie über alles sprechen konnte und den sie geliebt hatte. Dieser Fred würde nie zulassen, dass man sie einsperrte. Sie hoffte, er würde ihr helfen. Sie wünschte, er würde die Dinge für sie regeln. Sie hatte begriffen, dass Zeit keine feste Größe war. Zeit war, wenn sie stattfand, bereits Vergangenheit.

Brigitte raffte sich auf, fuhr nach Markdorf hinunter zur Sparkasse und holte ihre Kontoauszüge. Es fehlten fast 5000 Euro auf ihrem Konto. Sie hatte keine Erklärung dafür. Soweit sie es überblicken konnte, waren verschiedene Summen, meist zwischen fünfhundert und tausend Euro, für Einkäufe oder Barabhebungen in Italien abgebucht worden.

Wenn Fred sie früher gefragt hatte, ob sie mit dieser oder jener finanziellen Regelung einverstanden wäre, sagte sie meist: »Mach nur, du machst das schon richtig.« Sie vertraute ihm und wollte gar nicht genau Bescheid wissen. Noch früher hatte ihr Vater sich darum gekümmert und danach eben Fred. Wenn sie etwas brauchte, sie brauchte nie viel, war immer genügend Geld auf dem Konto. Sie hatte ihre Kreditkarte und konnte jederzeit über Bargeld verfügen und das reichte ihr. Mehr wollte sie nicht.

Brigitte fuhr weiter nach Friedrichshafen. Sie parkte im Parkhaus am See und ging zur Polizeidirektion. Walter war nicht in seinem Büro. Er war außer Haus und wann er zurück sein würde, konnte ihr niemand sagen. Brigitte ließ die Auszüge bei einem seiner Kollegen mit der Bitte, sie ihm zu geben, sobald er käme.

Auf ihrem Weg nach Hause, den Gehrenberg hinauf, fielen ihr die üppig blühenden Gärten auf. Wie oft war sie bereits daran vorbeigefahren und hatte die Farbenpracht nicht beachtet, einfach nicht gesehen? Sie mussten auch die Tage zuvor schon da gewesen sein. Als sie auf ihr Haus zufuhr, hielt sie nach der Rabenkrähe Ausschau. Sie entdeckte den Vogel mit schief gelegtem Kopf auf dem Gartenzaun. Er schien etwas zu beobachten. Brigitte wurde sich der ungepflegten Blumenwildnis vor ihrem Haus bewusst. Der Rasen sollte gemäht werden und das Unkraut gejätet. Morgen würde sie damit anfangen. Auf Freds Hilfe brauchte sie nicht mehr zu warten.

Sie holte ihren Traktor aus der alten Scheune, lud ihr Fahrrad auf und fuhr zur Werkstatt. Ein großer Teil der Strecke war Landwirtschaftsweg. Trotzdem musste sie einige Kilometer auf der öffentlichen Landstraße fahren. Brigitte hasste es, auf einer viel befahrenen Straße, eine Kolonne PKW hinter sich herziehend, entlangzutuckern. Bis jetzt hatte immer Fred diese Fahrten übernommen. Sie war mit dem Auto nachgekommen und hatte ihn zurückgebracht. Nachdem sie vom Werkstattmeister die Zusicherung bekommen hatte, den Traktor am nächsten Tag, repariert abholen zu können, machte sie sich mit dem Fahrrad auf den Rückweg. Sie stieg so kraftvoll in die Pedale, dass der Wegrand nur so an ihr vorbeiflog. Am Himmel türmten sich dunkle Wolkenberge auf. Es war schwül-warm. Ein Gewitter war im Anzug. Mit dem Fahrtwind um die Ohren war die Hitze erträglich, dabei bemerkte sie, dass es ihr Spaß machte. Sie nahm sich vor, diesen Sommer öfter mit dem Fahrrad unterwegs zu sein. Wenn nur nicht der Berg wäre.

Sie hatte keine Kondition. Ihre Knie zitterten, als sie völlig erschöpft abstieg und den weiten restlichen Weg zum Haus hinauf zu Fuß ging und das Rad dabei schob.

Brigitte verspürte Hunger. Seit Fred nicht mehr da war und sie nicht gezwungen war, am Nachmittag Waffeln zu backen, er nicht zum Abendessen kam und auch kein Frühstück mehr brauchte, vergaß sie oft zu essen. Sie war sehr dünn, fast durchsichtig geworden. Die Vorstellung, ein Ei anzufassen, verursachte bei ihr Brechreiz. Sie war sicher, dass sie nie mehr in ihrem Leben freiwillig Waffeln backen würde. Brigitte inspizierte ihren Kühl- und Gefrierschrank und entdeckte einen vorgekochten, tiefgefrorenen Gemüseeintopf. Sie schob ihn in die Mikrowelle. Während sie in der Küche Ordnung machte, klingelte das Telefon. Es war Walter, der sich ihre Kontoauszüge angesehen hatte und mit ihr darüber sprechen wollte. Er fragte, ob er am Abend noch bei ihr vorbeischauen könnte. Brigitte zog es vor, am nächsten Tag wieder in sein Büro zu kommen. Ihr Essen war in der Zwischenzeit aufgetaut und warm. Sie schlang es im Stehen hinunter.

Die Gewitterstimmung hatte angehalten. In der Nacht war in der Ferne ein Gewitter niedergegangen. Am Morgen wechselten dicke dunkle Wolken mit kurzen grellen Aufheiterungen.

Der Weg zur Polizeidirektion nach Friedrichshafen schien ein fester Bestandteil in Brigittes Leben zu werden. Aber solange sie für Freds Überreste keinen sicheren Platz hatte, wollte sie Walter so wenig wie möglich in ihrem Haus sehen.

Die erste Frage, die er ihr stellte, war: »Kannst du dir vorstellen, dass Fred dich verlassen hat, egal aus welchem Grund.«

Brigitte antwortete sicher und ohne zu zögern: »Nein, das kann ich mir nicht vorstellen!«

Walter sagte: »Ich weiß nicht, ob ich dir jetzt zu einer Vermisstenanzeige raten soll. So wie ich Fred kenne, würde ich sagen, es muss ihm etwas passiert sein. Oder denkst du, dass er am Ende seines Urlaubs, der immerhin noch ein paar Tage dauert, munter und fröhlich wieder auftauchen wird. Willst du wirklich abwarten, bis seine Ferien zu Ende sind?« Brigitte wusste nicht, was sie antworten sollte. »Ich kann mir sein Stillschweigen einfach nicht erklären«, fuhr Walter fort. »Nachforschungen kann ich offiziell nur betreiben, wenn du ihn als vermisst meldest. Es dürfte sowieso nicht so einfach werden, weil er vermutlich in der Schweiz in einen Zug gestiegen ist und nach Italien fahren wollte. Wir müssen also länderübergreifend suchen. Da in Italien Geld abgehoben wurde, von ihm oder von einer fremden Person, gehe ich davon aus, dass er die Grenze Schweiz-Italien passiert hat.«

Brigitte fragte unsicher: »Was soll ich denn machen? Ich habe keine Ahnung.« Walter sagte zögernd. »Ich würde sagen, lass uns jetzt eine Anzeige aufnehmen und wir nehmen das Risiko auf uns, dass Fred nächste Woche gesund auftaucht und für den Rest seines Lebens kein Wort mehr mit uns spricht. Mit der Anzeige gehst du zur Bank und lässt das Konto sperren. Wenn Fred sich nur abgesetzt hat, zwingt ihn das, sich zu melden und wenn ihm was passiert ist, kommt kein Fremder mehr an euer Geld.« Brigitte saß da mit gesenktem Kopf. Walter fühlte unendliches Mitleid mit ihr. Die Erinnerung an das Geschehen vor über fünfzehn Jahren schob sich über die Gegenwart. Er wollte nicht wahrhaben, dass es wieder Brigitte treffen sollte. Sie hatte sich bis heute nicht von dem Drama und seinen Folgen erholt. Ihr ganzes Leben war aus den Fugen. Er kam sich hilflos vor und das machte ihn wütend, wütend auf das Schicksal und sich, weil er keine Lösung und keinen Trost für sie hatte.

Ein Foto! Sie würden ein Foto von Fred brauchen. Brigitte versprach, ein möglichst neues herauszusuchen. Walter wollte bei seinen eigenen Bildern suchen. Die letzten Fotos, die Fred mit seiner Kamera gemacht hatte, waren von der Reise nach Dresden. Aber Fred hatte sich sicher nicht selbst fotografiert. Walter wollte bei der nächsten Musikprobe die Freunde fragen, wer ein gutes Foto von Fred geschossen hatte.

Als Brigitte das Präsidium verließ, war es fast dunkel geworden. Schwarze Wolkenberge zogen zum Greifen nahe über den Himmel. Über dem See gingen Schlag auf Schlag die Blitze nieder. Donner grollte ohne Unterbrechung. Sie fuhr gerade aus der Tiefgarage, als gefolgt von einem Windstoß, die ersten Hagelkörner auf das Auto knallten. Sie überlegte, ob sie umkehren und in den Schutz der Tiefgarage zurückfahren sollte. Setzte dann aber ihre Fahrt fort. Aus den einzelnen noch kleinen Eis-Körnern wurden schnell immer mehr und immer größere Kugeln. Sie bog zum Bahnhof ab und parkte vor der Post. Am Ende waren die Hagelkörner so groß wie Taubeneier. Sie saß mit eingezogenem Kopf und wartete darauf, dass sie jeden Augenblick die Windschutzscheibe durchschlagen könnten. Der Lärm, den der auf das Blechdach prasselnde Hagel verursachte, ließ sie immer mehr in sich zusammensinken. Nach nicht einmal fünf Minuten, die ihr wie eine Ewigkeit vorkamen, war der ganze Spuk vorbei. Auf der Straße und unter den Bäumen lagen überall zerfetzte Blätter. In den Blumenkübeln und Beeten staken kahle Gerippe umgeben von einer Schicht Eiskörner. Die Luft hatte sich in kurzer Zeit so abgekühlt, dass Brigitte ihren Atem dampfen sehen konnte.

Sie beeilte sich, auf die Bank zu kommen. Schlingernd kämpfte sie sich vorsichtig durch die Zentimeter hohe weiße Hagelschicht, die fast die ganze Fahrbahn bedeckte. Das Eis wurde immer weniger, je näher sie Markdorf kam.

Das Konto wurde gesperrt und sie war froh in ihre gewohnte Umgebung zurückzukommen. Im Haus war es kalt geworden. Sie hatte die Fenster offen gelassen. Brigitte fror. Sie zitterte vor Kälte. Solange Fred da war, vermied sie seine Nähe und Gesellschaft. Jetzt schlang sie sich selbst ihre Arme um die Schultern und versuchte sich vorzustellen, dass er es war, der sie warm rieb. Sie fühlte sich einsam. Sie dachte an Steffi. Hatte sie sich die letzten zwei Jahre auch so gefühlt. Und Fred? Sie hatte sich nie gefragt, wie es in ihm aussah. Vielleicht war seine verletzende Art, Ausdruck seiner Suche nach Zuwendung? Seit Fred nicht mehr lebte, sprach sie mehr mit ihm und beschäftigte sich mehr mit seinen Gefühlen, als in der Zeit in der er jeden Tag zum Greifen nah neben ihr war.

Brigitte ging durchs Haus und schloss alle Fenster. Es hatte in Markdorf kaum gehagelt. Auf der Wetterseite hatte es allerdings durch die weit geöffneten Fenster hineingeregnet. Sie wischte die Böden trocken und stieg danach hinauf in Freds Reich. Dort stand schon seit Tagen das Fenster offen. In dem Moment, in dem sie die Tür aufmachte, schoss ein schwarzes Gespenst wie aus einem Gruselfilm, zum Fenster hinaus. Im Freien breitete der Vogel seine Schwingen aus und nach ein paar kraftvollen Flügelschlägen war er nicht mehr zu sehen. Brigitte erschrak so sehr, dass ihr der Putzeimer polternd aus der Hand fiel. Die Rabenkrähe hatte an einem der Chile-Reiseführer den Einband zerhackt.

Brigitte wusste nicht, was sie von der plötzlichen Anwesenheit des Vogels halten sollte. War er freundlich? War er eine Bedrohung oder ein schlechtes Omen. Er war ihr zum ersten Mal aufgefallen, als sie das, was die Hühner von Fred übrig gelassen hatten, verbrannte. Es war sicher alles nur ein Zufall, beruhigte sie ihre gereizten Nerven.

Sie zog sich immer noch zitternd eine dicke Strickjacke über und ging in ihre Werkstatt. Unter dem Nussbaum waren die Pflastersteine mit Blättern und kleinen Ästen übersät. Die Zutritt-verboten-Tür war wie immer unverschlossen. Die Verwüstungen auf Steffis Hof fielen ihr ein. Sie stellte sich vor, so etwas würde hier passieren. Was würden Einbrecher mit Freds Asche-Ei machen? Sie beschloss, in den nächsten Tagen ein Schloss anzubringen.

Sie holte das Ei aus der Holztruhe. Mit einem glatten Stück Ebenholz polierte sie die Oberfläche Millimeter für Millimeter, bis es glänzte und sich glatt wie Seide anfühlte. Fast zwei Stunden hielt sie das Ei auf ihrem Schoß und strich immer wieder darüber. Anschließend trug sie es wie ein Baby auf ihren Armen ins Haus hinüber. Sie wusste nicht, wo sie es aufbewahren sollte, bis der Ton ganz getrocknet war und sie es brennen konnte. Mit dem vorsichtig an ihre Brust gedrückten Ei wanderte sie durch die Zimmer. Sie legte es auf Freds Bett. Sie stand davor und schaute auf das einsame, mitten auf der Bettdecke liegende Ei. Es lag so verloren auf dem großen Bett und genauso fühlte sie sich. Sie dachte an ihre Schuld, was sie getan hatte und sie wünschte sich nichts mehr, als dass der Boden unter ihren Füßen sich auftäte. Oder ihr Flügel wüchsen wie in ihren Träumen, um damit so einfach wie der schwarze Vogel in eine andere Welt zu fliegen.

Sie brachte das Ei in das Kinderzimmer und legte es in den weiten Korb mit den getrockneten, leise raschelnden Blütenblättern. Es wurde dunkel. Sie zündete in allen Räumen Kerzen an, so als ob sie Gäste erwartete. Sie schlenderte ziellos von einem Zimmer ins andere. Sie stieg die Treppen nach oben und ging durch die verstaubten, ungelüfteten Räume, in denen ihre Eltern früher gelebt hatten. Es war noch alles so wie es war, als man ihren toten Vater hinausgetragen hatte. Auf dem Herd stand ein hellblauer Milchtopf und auf dem Nachttisch ein umgestülptes Wasserglas.

Nachdem Andrea geboren war, hatten ihre Eltern die Wohnung im Erdgeschoss geräumt und waren in die etwas kleinere Wohnung darüber gezogen. Ihre Mutter war genau ein Jahr nach Andreas Tod an gebrochenem Herzen gestorben. Ihr Vater hatte noch zwei Jahre länger gelebt. Brigitte wanderte langsam bis hinauf unters Dach, wo Fred sich eingerichtet hatte. Sie ging wieder nach unten und holte die Tasche mit seiner Fotoausrüstung, die immer noch neben dem Eingang im Flur lag. Sie legte sie auf seinen Arbeitstisch. Direkt daneben stand sein Notenständer. Ohne es wirklich zu sehen, blätterte sie in einem Notenheft. Sacht strich sie mit den Fingern im Vorübergehen über seine Reisebücher, die den ganzen Schreibtisch bedeckten. Es war so, als ob ihre Hände, losgelöst von ihrem Kopf, Kontakt suchten. Das Buch über Chile, von dem die Rabenkrähe den Einband zerrupft hatte, erregte ihr Interesse. Sie begann zu lesen. Auf der ersten Seite stand, dass der Name Chile ein alter indianischer Name war und Ende der Welt bedeutete. Als sie später hinunterging, ließ sie überall die Lampen brennen. Der Hof lag im warmen Schein des Lichtes, das aus den Fenstern fiel. Nur die schwarze Wand verschluckte jede Helligkeit und Wärme. Als Brigitte ihre Werkstatt betrat, fühlte sie sich wie die dunkle Wand. In ihr war es ebenso dunkel und sie absorbierte Licht und Leben. Sie setzte sich an ihren Arbeitstisch, war aber nicht in der Lage etwas anzufangen. Sie schaute auf ihre bunte Wand und sah nichts. Die Katze, die im Korb geschlafen hatte, kam unterm Tisch hervor und verließ, ohne sich nach ihr umzusehen, durch die Katzenklappe den Raum. Brigitte griff nach einer ihrer kleinen Skulpturen. Sie betrachtete sie und fand sie stümperhaft. Sie wollte sie an die Wand werfen. Sie hatte den Arm bereits erhoben und ließ ihn wieder sinken, nur um von Neuem auszuholen und die Figur doch noch mit aller Kraft gegen die Wand zu schmettern. Farbteile und Putz spritzten mit den Tonscherben scheppernd über den Steinboden. In ihr kochte und brodelte es. Sie zwang sich, langsam zum Haus zurückzugehen. Sie schaltete den Fernsehapparat ein und suchte einen Kanal, auf dem nur der leere blaue Bildschirm flimmerte.

Am Donnerstag war Brigitte unentschlossen, ob sie zum Markt nach Markdorf hinunterfahren sollte oder nicht. Am Ende setzte sie ihre Ersatzsonnenbrille auf und fuhr mit dem Rover vom Hof. Es war bereits nach zehn Uhr und sie fand keinen freien Parkplatz bei der Stadthalle, wo sie für gewöhnlich parkte. Sie stellte ihr Auto in der Straße beim alten Krankenhaus ab. Ihr Weg führte am früheren Kindergarten ihres Kindes vorbei. Vor langer Zeit war sie fast täglich dort gewesen. Bis auf ein kleines Mädchen mit langen blonden Haaren war kein Kind zu sehen. Es stand mit den Händen vor dem Gesicht, gegen eine Wand gelehnt und leierte hastig den Spruch: »Ei, ei, ei, Versteck-Ei, alles muss versteckt sein. Hinter mir und vor mir gilt es nicht, eins, zwei, drei, ich komme jetzt!«, herunter. Das Kind drehte sich um, nahm seine Hände vom Gesicht und schaute

Brigitte mit großen blauen Augen an. Mit einer Geste, die Brigitte so vertraut war, strich es sich eine Haarsträhne aus dem Gesicht, die sofort wieder über die großen Augen zurückfiel. Brigitte stockte der Atem. Sie blieb einen Moment wie angewurzelt stehen, um gleich darauf mit klopfendem Herzen und schnellen Schritten weiterzugehen, ja fast zu rennen. Als sie am Marktplatz ankam, hatte sie ihr Gleichgewicht immer noch nicht gefunden.

Sie machte einen Bogen um Steffis Stand. Sie vermied es, in ihre Richtung zu schauen. Sie zwang sich ruhig und gelassen ihre Einkäufe zu machen. Zum Abschluss kaufte sie bei Paula einen Bund Rosen und bekam lächelnd eine extra schöne Blüte geschenkt.

Sie überlegte, ob sie, um zu ihrem Auto zu gelangen, nicht einen Umweg machen sollte, um so den Weg am Kindergarten vorbei zu vermeiden. Sie überwand sich und setzte ihren Weg fort. Im Hof jagten sich jetzt mehrere Kinder. Das kleine blonde Mädchen saß auf einer Schaukel. Es strich sich wieder eine Haarsträhne aus dem Gesicht und musterte Brigitte. Brigitte ertrug ihren Blick.

Steffi hatte Brigitte gesehen und sie ebenfalls aus den Augenwinkeln beobachtet. Sie bemerkte, dass sie vermieden hatte, in ihre Richtung zu sehen. Sie fühlte sich nicht wohl. Sie hätte die Situation gerne verändert, wusste aber nicht wie. Zu einer Begegnung fehlte ihr der Mut.

Bruno hatte sie am Morgen, bevor sie mit ihrem Marktwagen losfuhr, in den Arm genommen, geküsst und dann an ihrer Bluse herumgenestelt. Steffi glaubte, er wolle sie aufknöpfen und hatte lachend gesagt: »Aber doch nicht jetzt. Ich muss los!« Und Bruno sagte: »Ich weiß« und schloss zwei weitere Knöpfe.

Steffi verkaufte nun Freilandeier. Aus diesem Anlass hatte

sie sich selbst ein großes Schild gemalt. Bruno hatte mit einem zusätzlichen Zaun ein Freigehege für die Hühner geschaffen. Sie konnten nun tagsüber den Stall verlassen und auf einer Wiese scharren. Das Getreide, das der Ott-Hof von Brigitte geliefert bekam, wurde bereits biologisch angebaut. Wenn sie das restliche Hühnerfutter auch unter diesem Aspekt einkauften, so könnten sie demnächst für ihre Eier das Bio-Siegel beantragen.

Steffi sprach mit Bruno über ihre Scheu, die sie Brigitte gegenüber hatte. »Ich bin unsicher, und ich weiß nicht wie sie reagieren wird, wenn ich bei ihr vor der Tür stehe?«

Bruno gab ihr den Rat: »Is doch ganz einfach, muss du nur vorher anrufen.«

Steffi hatte schon sooft den Hörer in der Hand gehabt und immer wieder aufgelegt, ohne zu wählen. Bruno beschloss, die Sache in die Hand zu nehmen, bei Brigitte vorbeizufahren und vorzufühlen, wie sie zu einer Aussprache mit Steffi stand.

Zwei Tage später musste er in Bermatingen für einen Partyservice Eier abliefern. Anschließend fuhr er über Markdorf zurück und bei Brigitte vorbei. Sein Auto parkte er vor dem Haus. Auf sein Klingeln wurde nicht geöffnet. Er ging um das Haus herum und sah, dass der Rover und der Opel im Hof standen. Ungläubig starrte er auf die schwarze Wand. Auf der Suche nach Brigitte betrat er ihr Atelier. Die Zutritt-verboten-Tür ließ er weit offen stehen. Er hatte gerade Steffis Sackkarre neben dem Brennofen entdeckt, als er den Traktor auf den Hof fahren hörte. Brigitte hatte Feldränder und die Streuobstwiese hinter dem Anwesen gemäht und jetzt war sie wütend, weil so viele Hundebesitzer das Grasstück zwischen Acker und Weg wie auch die Wiese unter den alten Obstbäumen als Hundeklo benutzten. Sie war von ihrem Traktor abgestiegen und mitten in einen großen Hundehaufen getreten. Immer noch zornig fuhr sie auf ihren Hof und bemerkte die offene Tür. Sie gab noch einmal Gas und machte dann eine riskante Vollbremsung direkt davor, genau in dem Moment, als Bruno heraustrat. Brigitte bemerkte, wie das Gefühl von ungezügeltem Zorn und unkontrollierter Wut wieder in ihr hoch stieg. Sie sprang vom Traktor und hatte den Wunsch, Bruno zu packen und hin und her zu schütteln. Gleichzeitig mit der Wut sickerten auch Bilder aus der Tiefgarage in ihr Bewusstsein. Wie durch einen Nebelschleier erkannte sie ihre aufgestauten, unheilvollen, überwältigenden Emotionen. Sie rückte mit ihren bereits erhobenen Händen die Sonnenbrille zurecht und bremste ihren Schritt. »Kannst du nicht lesen?«, herrschte sie Bruno an und zeigte auf das Zutrittverboten-Schild. Er grinste zerknirscht. Ihm war nicht ganz wohl. Er hatte gespürt, dass, als sie auf ihn zukam, etwas Bedrohliches von ihr ausging. Er sagte schnell: »Scusi, habe auf dich gewartet, muss Wichtiges mit dir besprechen!« Brigitte wollte Bruno vom Eingang wegziehen. Er machte keine Anstalten, ihr zu folgen. Im Gegenteil, er zog Brigitte in ihr Atelier.

»Is unsere Sackkarre, die dort steht?«, fragte er. Dabei deutete er in Richtung Verschlag, in dem der Brennofen stand. »Hast du gebraucht? Polizei hat gefragt, ob Einbrecher was gestohlen haben. Steffi hat gesagt, aber nur zu mir. Es fehlt nur die Sackkarre. Brauchst du sie noch oder kann ich sie mitnehmen?«

Brigitte starrte auf das Gefährt, mit dessen Hilfe sie Freds Reste zum Brennofen gefahren hatte. »Ich wusste nicht, dass sie euch gehört.« Dabei betonte sie das euch. »Nein ich brauch sie nicht mehr.«

Bruno schaute sie fragend an. Er hätte gerne gewusst, wozu sie benötigt worden war. Brigitte legte schnell die schmutzige Plastikplane, die immer noch dort lag, zur Seite und zog die Karre hinter sich her auf den Hof. Bruno blieb unschlüssig stehen, folgte ihr dann aber. Er legte seine Hand auf ihre Hand, mit der sie die Karre hinter sich herzog.

»Is deine kaputt, soll ich reparieren?«, sagte er.

»Ist schon erledigt«, antwortete sie, drückte ihm den Haltebügel in die Hand und machte Anstalten zu gehen.

»Is noch was, is wegen Steffi. Denkst du schlecht von ihr?«, fragte er und versuchte dabei, durch die undurchsichtigen Gläser in ihre Augen zu schauen. Brigitte musterte angestrengt die Räder des Traktors. »Warum fragst du?«, war alles, was ihr einfiel. Bruno legte ihr die Hand auf die Schulter und fragte: »Hat Fred sich bei dir gemeldet? Weißt du, wo er ist?«

Brigitte wollte ihm eine schroffe Antwort geben, überlegte es sich dann nach einem Blick auf das Gefährt in Brunos Händen. Sie schüttelte nur seine Berührung ab. »Ich habe keine Nachricht, aber vielleicht hat Steffi ja etwas von ihm gehört!« Diese kleine Spitze konnte sie sich nicht verkneifen.

»Steffi hat nix von Fred gehört. Aber sie is unglücklich, weil sie denkt, du hasst sie.«

Bruno sagte das sehr ernst und schaute sie dabei mit seinen großen braunen Augen fast flehend an.

»Hat Steffi dich geschickt?«, wollte Brigitte wissen.

»Nein, sie weiß nicht, dass ich hier bin. Ich weiß nur, dass sie mit dir sprechen möchte und nicht viel Mut hat.«

Es klang ehrlich und Brigitte sagte: »Ich bin ihr nicht böse. Ich weiß nur im Moment nicht, was ich denken soll.«

Bruno zog mit seiner Karre ein paar Schritte Richtung Haus und meinte dann: »Denk nix! Ich sag Steffi, sie braucht keine Angst haben, du knallst ihr keine.«

Brigitte verzog ihren Mund zu einem Lächeln.

Freds Urlaub war endgültig vorbei. Er war nicht zurückgekommen, und wie nur Brigitte mit Bestimmtheit wusste, würde er auch nie mehr zurückkehren. Sie rief am Montagmorgen Freds Vorgesetzten, Dr. Reiser an und erklärte ihm die Situation. Dass Fred in seinem Urlaub nach Neapel gefahren sei, um einen Freund zu besuchen, ihm zu helfen und dort dann aber nie angekommen ist. »Ich habe Fred, auf Anraten der Polizei, als vermisst gemeldet. Ich kann Ihnen leider nichts anderes sagen. Die Polizei tappt im Dunkeln. Ich bin ratlos und es tut mir leid, dass ich keine andere Nachricht habe.«

Dr. Reiser bot ihr spontan seine Hilfe an und fragte nach dem Namen des Kommissars, der die Ermittlungen leitete. Er fragte Brigitte: »Wenn es Ihnen recht ist, werde ich mich mit ihm in Verbindung setzen, vielleicht kann ich ja irgendwie helfen.«

Bei der Polizei hatte außer Walter niemand bis jetzt so richtig an Freds Verschwinden geglaubt. Einer seiner Kollegen witzelte: »Dem sind seine zwei Frauen zu viel geworden. Der hat sich eine Auszeit genommen. Du wirst sehen, irgendwann steht er grinsend vor der Tür.«

Fred tauchte nach Ablauf seiner Ferien nirgends grinsend auf. Walter leitete die Vermisstenmeldung länderübergreifend weiter. Vorerst ohne Erfolg. Es gab keine unbekannte Leiche, auf die Freds Beschreibung gepasst hätte und es gab keinen unidentifizierten Schwerverletzten in einem Krankenhaus, weder in der Schweiz noch in Italien. Da von seinem Konto in Mailand Geld abgehoben worden war, ging die Polizei davon aus, dass Fred in Italien war. Der Bankomat in Mailand war mit einer Überwachungskamera ausgerüstet und von der italienischen Polizei erhielt Walter ein Foto der Person, die Freds Karte benutzt hatte. Es war eindeutig nicht Fred. Die Abhebung wurde am Montag nach seiner Abfahrt getätigt. Walter hegte die Vermutung, dass Fred bereits an diesem Tag etwas zugestoßen war. Er nahm nicht an, dass Fred seine Karte freiwillig hergegeben hatte. Walter war wütend. Er hatte wertvolle Zeit verstreichen lassen. Wenn er sofort mit den Ermittlungen hätte beginnen können, sähe jetzt vielleicht alles anders aus und sie wären schon einen Schritt weiter.

Er bat Brigitte, Freds Reich unter dem Dach durchsuchen zu dürfen und auch seinen Computer nach eventuellen Hinweisen unter die Lupe zu nehmen. Die Suche blieb ergebnislos, aber Walter entdeckte auf dem PC eine vollständig ausgearbeitete Reiseroute durch Chile bis hinunter nach Puerto Natales zum Perito Moreno Gletscher und wieder zurück. Fred hatte dazu einen Zeitplan von vier Wochen aufgestellt. Flüge, Hotels, sogar Busfahrten hatte er bereits eingeplant. Walter zeigte Brigitte diese Pläne. Er druckte sie ihr aus. Sie bat ihn, ihr den Umgang mit dem Computer zu zeigen. Er versprach ihr, dass er oder Anne es ihr beibringen würden.

Walter informierte Brigitte laufend über den Stand der Ermittlungen. Er befürchtete, sie würde eines Tages zusammenbrechen oder gar Selbstmord begehen. Wenn er mit ihr sprach, hatte er das Gefühl, mit einer funktionierenden Hülle zu sprechen. Anne versuchte, sich um sie zu kümmern. Der Computer war ein Grund, sie fast täglich zu besuchen und sie so unaufdringlich etwas zu umsorgen. Sie brachte ihr selbst gebackenen Kuchen und vor allem Bücher. Bücher schienen das Einzige außer ihrer Arbeit zu sein, das Brigitte interessierte.

Wenn Walter ihr vom Stand der Ermittlungen berichtete, schien es ihm manchmal, als ob ihre Aufmerksamkeit gespielt war. Sie selbst stellte kaum Fragen. Er konnte sich gelegentlich des Eindrucks nicht erwehren, dass ihr Freds

Schicksal gleichgültig war. Das waren Gedankenfetzen, die er nie zu Ende dachte. Brigitte verhielt sich so, als wüsste sie, dass mit Fred Schlimmes geschehen war. Oder resignierte sie ganz einfach? Anne hatte ihm erzählt, dass Brigitte auf Druck ihres Arztes mit autogenem Training begonnen hatte. Als Anne sie einmal fragte, wie sie sich fühle, sagte sie nur: »Ich bin leer und müde und das ist genau das, was ich sein möchte, und es ist das, was ich dort übe.«

Eines Tages klingelte es an der Haustür. Brigitte öffnete und blickte auf einen riesengroßen Blumenstrauß. Dahinter hatte sich Steffi versteckt. Die Frauen sahen sich einen Moment lang an, dann ließ Steffi ihre Blumen fallen und fiel Brigitte um den Hals. Dazu machte sie einen kleinen Sprung und schlang die Arme um sie. Brigitte stand zuerst wie üblich etwas steif, tätschelte ihr dann aber doch den Rücken. Der Duft von rosa Rosen hing in Steffis Haar. Sie konnte nicht sagen, warum sie gerade an rosa Rosen dachte. Brigitte machte sich sanft aus der Umarmung der um einiges kleineren Steffi frei. Sie hob den Strauß auf, steckte ihre Nase hinein und vermied so den direkten Blick in Steffis Augen. Sie fasste sie an der Hand und zog sie hinter sich ins Haus. Sie führte sie in ihre Wohnküche. Sie wollte nicht, dass sie ihr unaufgeräumtes Wohnzimmer sah. Sie sollte nicht das schnurlose alte Telefon sehen und nicht, dass sie dort auf dem Sofa nächtigte. Steffi setzte sich auf Freds Platz am Esstisch.

»Das ist Freds Platz«, sagte Brigitte. Steffi sprang auf und Brigitte drückte sie mit den Worten, »er ist ja nicht da« wieder auf den Stuhl zurück.

161

»Hast du immer noch kein Lebenszeichen von ihm?«, fragte Steffi. »Nein, aber reden wir von etwas anderem«, wich Brigitte aus. Steffi war sichtlich froh, ein neutrales Thema anschneiden zu können und fragte: »Kann ich auch dieses Jahr mit deinem Getreide und deinem Mais rechnen?«

Brigitte stellte zwei Gläser, dazu Apfelsaft und Mineralwasser auf den Tisch und sagte: »Entschuldige, ich habe nichts anderes.«

»Ist doch gut«, antwortete Steffi und sah sie erwartungsvoll an. Brigitte setzte sich.

»Natürlich, ist es mir recht, sonst müsste ich an die Genossenschaft verkaufen und die bezahlen immer etwas weniger als du.« Sie schaute Steffi an, ob sie zum Preis etwas sagen wollte. Steffi goss Mineralwasser in ihr Glas und Brigitte fuhr fort. »Die Wintergerste wird demnächst vom Lohndrescher gemäht. Ich habe schon mit ihm gesprochen. Ich sag dir Bescheid, sobald ich den genauen Termin habe. Es wird vom Wetter der nächsten Tage abhängen.«

»Wie schaffst du das alles ohne Fred?«, fragte Steffi.

»Warum sollte ich nicht? Du musstest nach Ottos Tod doch auch alleine zurechtkommen und außerdem habe ich das schon immer gemacht.«

»Wenn du Hilfe brauchst, melde dich, Bruno wird jederzeit kommen«, und dann griff sie über den Tisch nach Brigittes Hand, die neben dem Glas auf der Tischplatte lag. Sie schaute ihr in die Augen und fragte bittend: »Ich weiß nicht wie ich anfangen soll. Ich habe ein schlechtes Gewissen. Kannst du mir verzeihen?«

Brigitte erwiderte ihren Blick und drückte ihre Hand:

»Mir musst du nichts erklären. Mit seinem Gewissen muss jeder selbst leben. Ich kann dir nichts abnehmen. Ich will es dir aber auch auf keinen Fall schwer machen. Es passieren so viele Dinge zwischen Himmel und Erde, die wir nicht beabsichtigen, die niemand plant und die trotzdem geschehen. Was nutzt es zu fragen, wer daran Schuld hat. Sag mir, wer macht keine Fehler? Es passiert einfach.« Und zur Bestätigung sagte sie nochmals bestimmt: »Glaub mir, mir musst du nichts erklären.«

Steffi schluckte. »Brigitte, du bist so großzügig. Ich weiß gar nicht was ich sagen soll? Du bist ein Schatz. Wenn du Hilfe brauchst, auf mich und Bruno kannst du immer zählen.« Brigitte unterbrach sie: »Sag einfach, köstlich.«

Beim Abschied umarmte Steffi Brigitte. Brigitte nahm Steffi in den Arm und küsste sie auf die Wange. Steffi drehte sich in der Tür nochmals um und sagte: »Wir Powerfrauen müssen doch zusammenhalten!« Mit ihr entschwebte der Duft von rosa Rosen.

Das Ei im Blütenkorb war getrocknet und an einem blassblauen Morgen, der so frisch und zart roch wie er aussah, trug Brigitte es zurück über den Hof, legte es in den großen Brennofen und schaltete ihn ein. Das einströmende Gas entzündete sich mit einem kleinen Knall und bei 1350 Grad würde die Schale des Eies so hart wie Stein werden. Brigitte ging zurück in die Höhle ihrer Kissen und Decken vor dem Fernsehgerät. Sie nahm das alte Telefon auf ihre Knie und wählte die Telefonnummer, die aus Andreas Geburtstagsdaten bestand. Sie sprach über Stunden mit ihrer Tochter. Sie setzte ihr Leben Stück für Stück, Jahr für Jahr zusammen. Sie ließ die Vergangenheit zu. Sie erzählte ihr von Fred, ihrem Vater und von ihrem Großvater und der Großmutter. Sie erzählte von der Zeit, als sie noch nicht verloren gegangen war und ihre Welt bunt und fröhlich war. Sie erzählte ihr von den Nächten im Heu und den Ferien am Meer. Sie sprach von Freds Augen, die so lustig funkeln konnten und von den Jahren, als sie noch nicht geboren war und sie fast jedes Wochenende tanzen gingen. Brigitte schloss Schmerz und Leid bei ihrer Erinnerung aus. Es gab sie einfach nicht. Sie versetzte sich in eine Vergangenheit, in der sie jung und glücklich war. Als sie danach im Badezimmer am Spiegel vorbeiging und ihr Gesicht sah, dachte sie, diese graue Frau hat mit mir nichts zu tun.

Drei Tage später war sie bereit, das Asche-Ei aus dem Ofen zu nehmen. Sie wollte den Zeitpunkt noch hinausschieben und trödelte. Sie räumte ihren Tisch auf und platzierte ihre Skulpturen neu. Sie überlegte, was sie mit dem Urnen-Ei nun machen sollte. Wo konnte sie es aufbewahren? Im Atelier wollte sie es nicht lassen. Im Freien, in ihrem Garten, konnte sie es sich auch nicht vorstellen. Es war nicht nur eines ihrer Werke, es war Fred, ihr Fred, und sie wusste nicht wohin mit ihm. Sie öffnete den Ofen. Das Ei war ganz geblieben. Es war cremeweiß und ohne jeden Makel. Sie stand da und schaute es an. Sie nahm es hoch. Seine Oberfläche fühlte sich warm, glatt, seidig und doch sehr hart an. Sie stand vorgebeugt, das Ei lag auf ihren Händen wie auf einer Schale. In dieser Haltung trat sie einen Schritt zurück und war gerade dabei, sich an der halb geöffneten Türe vorbei vom Ofen abzuwenden, als sie mit ihrem Hinterteil gegen einen Körper stieß. Sie erstarrte. Sie wusste sofort, dass jemand hinter ihr stand. War es Realität oder Einbildung?
»Erschrick nicht. Ich habe geklopft, aber du scheinst mich mal wieder nicht gehört zu haben«, sagte Walters Stimme. Sie zitterte plötzlich so sehr, dass sie befürchtete, das Ei könnte ihr entgleiten. Sie umfasste es mit beiden Händen, presste es gegen ihre Brust und drehte sich langsam um. Walter schaute neugierig. »Ist das nun mein Ei?«, fragte er. »Nnnnein, du musst dich noch gedulden«, antwortete sie

ihm wieder einmal stotternd und zu laut. Sie ging zu ihrem Arbeitstisch. Walter folgte ihr. Sie legte das Ei, damit es nicht wegrollte, auf eine große, leere Schale. Sie musste Walter von dem Ei ablenken und bat ihn, ihr bei einer Arbeit behilflich zu sein.

Ihre große Skulptur war durchgetrocknet und sie wollte sie ebenfalls brennen. Brigitte war kräftig, aber die Figur war schwer und nicht einfach zu fassen. Im trockenen Zustand war sie sehr empfindlich und durch eine ungeschickte Bewegung konnte etwas von dem Werk beschädigt werden. Die Frau mit dem kleinen Mann auf ihren Knien stand auf einem dicken Holzbrett und sollte damit in den Ofen gehoben werden. Walter half gern. Während sie das Brett von einem Rollcontainer herunter in den Ofen balancierten, brachte er das Gespräch wieder auf seinen Bruder, den Galeristen aus Berlin. Er wollte demnächst ein Wochenende am See verbringen. »Können wir dann mal bei dir reinschauen? Deine Pieta wird ihm sicher gefallen«, fragte er bittend. Brigitte antwortete etwas vorwurfsvoll: »Aber ruf bitte vorher an. Ich hab's nicht gerne, wenn man plötzlich hinter mir steht und mich zu Tode erschreckt.«

Weil es Neuigkeiten gab, hatte Walter seine Joggingrunde abgeändert und war bei Brigitte vorbeigelaufen. Durch Zufall war ein italienischer Bahnangestellter auf Freds Rucksack bei der Bahnfundstelle gestoßen und hatte ihn bei der Polizei abgegeben. In dem Rucksack befand sich ein Buch, in dem Freds Namen und Adresse standen. Jetzt wurden alle Fundstücke, die aus diesem Zug stammten mit der Liste, die Brigitte damals zusammengestellt hatte, verglichen. Walter hoffte, dass es die Ermittlungen ein Stück weiterbringen würde. Vielleicht ergab sich die Notwendigkeit, dass sie zusammen nach Mailand fahren mussten, um die Gegenstände zu identifizieren.

Nachdem Walter gegangen war, trug Brigitte das Ei ins Haus hinüber. Wo konnte sie es ablegen? Sie wollte es nicht verstecken, aber es sollte auch kein ins Auge fallendes Dekorationsstück sein. Auf der Suche nach einem geeigneten Platz ging sie ins Kinderzimmer und setzte sich auf das Mädchenbett mit seinem bunten Blumenüberwurf. Sie saß im Schneidersitz und schaute suchend um sich. Ihr Blick blieb an dem von ihrem Kind gemalten Baum-Bild hängen, hinter dem sie früher den Schrankschlüssel versteckt hatte. Sie nahm das Bild von der Wand. Das Ei lag vor ihr. Sie löste die Rückwand des Wechselrahmens und Zeitungsausschnitte flatterten gefolgt von Fotografien auf das Bett. Brigitte saß inmitten der Fotos und hielt die Zeichnung in den Händen. Sie betrachtete sie so, als ob sie sie noch nie gesehen hätte. Sie strich mit der Hand sanft darüber. Sie legte das Bild über das Ei. Sie fing an, die Zeitungsausschnitte zu sortieren. Sie trugen Schlagzeilen wie: »Achtjähriges Mädchen vermisst«, »Andrea tot aufgefunden«, »Polizei tappt noch immer im Dunkeln«, »Mutmaßlicher Mörder verhaftet«, »Prozessbeginn im Fall Andrea«, »Fünfzehn Jahre für den Mörder«.

Sie nahm die Fotos zur Hand und überdeckte damit die Zeitungsausschnitte. Es waren Bilder einer glücklichen Familie. Bilder, auf denen sie selbst als lachende junge Mutter mit ihrem Kind im Arm zu sehen war. Fred, der Andrea auf seinen Schultern trug. Bilder von Ferien am Meer. Sie konnte sich gut an den Moment erinnern, in dem Fred dieses Foto geschossen hatte. Es war so, als ob sie gerade neben ihrem sechsjährigen Kind stand. Sie spürte die Sonne auf ihrem Rücken und das Wasser, das ihr aus ihrem nassen Badeanzug die Beine hinunter in den heißen Sand lief. Sie hatte sich zu Andrea hinuntergebeugt, die sich immer noch das Salzwasser aus den Augen rieb und die Haare nach hinten schob. Dabei rief sie ihrem Vater lachend, Wasser spuckend, aufgeregt, erstaunt und gleichzeitig stolz immer wieder entgegen: »Ich bin gegluggert. Hast du gesehen, wie ich gegluggert bin.« Brigitte war bei dem »gegluggert« fast das Herz stehen geblieben. Eine unvermutet hohe Welle hatte Andrea erwischt und sie unter sich begraben. Brigitte, die zum Glück nicht weit danebenstand, sah nur noch wirbelnde Arme und Beine und dann nichts mehr. Es dauerte eine Ewigkeit, bis sie endlich einen Fuß zu fassen bekam und ihr Kind an sich ziehen konnte. Andrea hatte das Ganze aufregend gefunden. Sie war ein mutiges Mädchen gewesen.

Brigitte legte ein Bild von Andrea an ihrem ersten Schultag, so vorsichtig, als wäre es ein Hauch, auf ihre Hand. Sie lachte, mit ihrer Schultüte im Arm und einer Strähne ihrer langen, blonden Haaren über einem Auge, stolz in die Kamera. Brigitte erwartete geradezu die Bewegung mit der sie, mit ihrer kleinen Hand, die Haare aus der Stirne geschoben hatte. Nur um ihren Kopf zu schütteln und die gleiche Bewegung nochmals auszuführen.

Brigitte nahm eines der letzten Bilder ihres Kindes zusammen mit Fred in die Hand. Das Bild wurde unscharf. Ein Tropfen fiel darauf. Mit dem Handrücken strich sie ihn weg. Langsam folgten immer mehr Tropfen. Das Bild verschwamm. Brigitte gab es auf, ihre Tränen vom Bild zu wischen. Mit ihren Armen umschlang sie ihre Knie und legte ihren Kopf darauf. Ein hoher, qualvoller Ton brach aus der tiefsten Tiefe ihrer Seele. Sie wurde wie von einem Erdbeben geschüttelt. Alle aufgestaute Verzweiflung und ihr über Jahre hinweg verdrängter Schmerz brachen aus ihr heraus. Sie schrie, schluchzte und wimmerte, bis sie völlig erschöpft war. Die Erinnerung an die Vergangenheit lag nackt und ungeschützt vor ihr.

Mit der Dämmerung, die sich im Zimmer ausbreitete, ließ sie sich umfallen. Sie schlang die Arme um das Ei und blieb in Embryohaltung auf dem Bett ihres Kindes liegen.

Brigitte saß an Freds Platz und schlug den Südkurier auf. Auf der Regionalseite sprang ihr die Überschrift eines Artikels entgegen: »Zwei Jugendliche als mutmaßliche Einbrecher auf Hühnerfarm gefasst.« Die Ermittlungen der Polizei in diesem Fall waren also erfolgreich gewesen. Sie faltete die Zeitung zusammen und steckte sie in ihre Tasche, bevor sie sich auf den Weg zum Wochenmarkt machte. Steffi und Bruno standen nebeneinander hinter ihrem Marktstand. Bruno war nur vorbeigekommen, weil Steffi ihr Wechselgeld vergessen hatte. Er grüßte Brigitte kurz und verschwand danach. »Ich habe ihn hoffentlich nicht vertrieben?«, meinte sie fragend zu Steffi. Sie gab ihr die Zeitung und wollte wissen, wer die zwei Jugendlichen waren, die soviel Chaos angerichtet hatten. Steffi hatte einen Bericht bereits am Morgen in der Schwäbischen Zeitung gelesen und außerdem war sie von Hauptkommissar Beckmann über den Stand der Ermittlungen informiert worden. Brigitte kannte Mike und Felix. Sie erinnerte sich auch an das unverschämte Verhalten der zwei Jugendlichen, damals an Steffis Marktstand. Sie hätte ihnen diese Tat nie zugetraut. Und sie fragte sich: Wer traut mir zu, dass ich meinen Mann getötet habe?

Sie besprach mit Steffi die nächste Getreidelieferung. Wenn es morgen nicht regnen würde, und es war gutes Wetter vorhergesagt, würde die Wintergerste gemäht und gedroschen werden. Bruno sollte mit ihr zusammen abwechselnd die Frucht zum Silo fahren.

Steffi bediente, während sie sprachen, ihre immer noch treuen Rentnerkunden. Ihre Bluse zeigte nicht mehr so viel von ihren Reizen. Einen kleinen Schwatz, ein Lachen und einen fröhlichen Spruch hatte sie nach wie vor für jeden ihrer Kunden und für ihre Kundinnen bereit. Brigitte sah das von Steffi einfach gemachte Werbeschild für ihre Freilandeier und bot an, ein schöneres Schild zu malen. Als sie sich verabschiedete, hielt Steffi ihr einen Karton mit der üblichen Bemerkung: »Schöne Modelle« entgegen. Brigitte lehnte die ihr angebotenen Eier dankend ab.

Bevor sie sich auf den Heimweg machte, kaufte sie bei Paula einen ganzen Arm Sommerblumen und beschloss, im nächsten Jahr ihren Garten neu anzulegen und besser zu pflegen.

Sie war bereits auf dem Weg, der zu ihrem Haus führte, als sie sah, wie ein Auto aus ihrem Hof kam. Es war Steffis schwarzer Rover mit Bruno am Steuer. Er war vorher mit diesem Auto auf dem Markt gewesen. Er musste sie gesehen haben. Er bog in die entgegengesetzte Richtung ab. Die Straße endete dort in einem Feldweg. Es gab nichts, was er dort hätte erledigen können. Er wollte ihr ganz offensichtlich aus dem Weg gehen. Brigitte verstand Brunos Reaktion nicht und fragte sich: Was hat er auf dem Hof, wenn ich nicht da bin, zu suchen? Er wusste doch, dass ich auf dem Markt war. Sie war beunruhigt. Sie wusste nicht, was sie davon halten sollte. Ihr fiel sein hintergründiger, neugieriger Blick ein, als er die Sackkarre bei ihr entdeckt hatte. Was konnte er gesucht haben? Die Karre hatte er doch mitgenommen. Brigitte wusste plötzlich, dass sie einen unverzeihlichen Fehler begangen hatte. Sie hatte die Sackkarre nicht gründlich genug gereinigt. Sie hatte sie nur abgespritzt. Um alle Spuren des toten Freds zu entfernen, hätte sie wenigstens den Hochdruckreiniger benutzen müssen.

169

Ihr Haus war verschlossen. Scheune und Geräteschuppen hatten Schlüssel. Bruno wusste allerdings, wo sie lagen. Es gab noch einen Holzschuppen und den ehemaligen Hühnerstall, die wie ihre Werkstatt, eine Tür hatten, aber nie abgeschlossen waren. Brigitte ärgerte sich, dass sie nicht wie sie sich vorgenommen hatte, endlich ein Schloss an der Zutritt-verboten-Tür angebracht hatte. Sie stellte das Auto ab und machte einen aufmerksamen Rundgang durch ihr Atelier. Sie vermisste nichts. Sie sah nach dem Brennofen. Er war am Abkühlen aber noch zu heiß um ihn zu öffnen. Sie hoffte, dass Bruno nicht auf die Idee gekommen war hineinzuschauen. Ihre große Skulptur hätte dann sicher Schaden genommen. Dann bemerkte sie, was fehlte, was er mitgenommen haben musste. Es war die schmutzige Folie, in der sie den toten Fred aus dem Stall gezerrt und hierher gebracht hatte. Die Folie lag gestern noch da. Sie hätte sie schon längst entsorgen müssen. Warum hatte sie es nur so lange hinausgezögert? Den Besitz der Folie hatte sie nicht als Gefahr betrachtet. Wie konnte sie nur so dumm sein! Sie war gedankenlos und naiv gewesen, und sie hatte Bruno unterschätzt. Was würde er damit anfangen? Wollte er sie als Druckmittel benutzen? Die Polizei würde sicher, auch noch nach all der Zeit, Spuren darauf entdecken. Wollte Bruno ihr schaden? Wollte er sie erpressen? Zugegeben, sie mochte ihn nicht allzu sehr. Er war zu distanzlos. Er lachte für ihre Begriffe zu viel. Er sprach zu viel, und er fasste sie zu oft an. Er konnte nicht mit ihr reden, ohne wenigstens seine Hand auf ihren Arm oder ihre Schulter gelegt zu haben, und deshalb mochte sie ihn nicht. Sonst hätte sie keinen Grund nennen können, warum er ihr unsympathisch war. Brigitte hatte keine Idee, was sie tun sollte. Es blieb ihr nichts anderes übrig als abzuwarten, was auf sie zukommen würde.

Der Mähdrescher kam wie geplant am nächsten Tag. Es war ein wolkenloser Morgen. Der Himmel hatte mal wieder die durchsichtige Farbe von zartblauem Gletschereis. In Freds Reich unter dem Dach hing das Poster vom Perito-Moreno-Gletscher in Argentinien oder Chile mit genau diesen Farben. Brigitte fragte sich beim Anblick des Himmels, ob Freds Geist nun die Reisen machte, von denen er geträumt hatte? In der Nacht war sie aus einem Traum aufgewacht, in dem sie zusammen mit Fred geflogen war. Ihre Träume verflüchtigten sich nicht mehr, wenn sie aufwachte. Sie blieben jetzt bei ihr. Sie hatten mit den Armen wie mit Flügeln geschlagen und hatten gemeinsam abgehoben. Sie flogen mühelos, dicht nebeneinander, hoch über der Erde. Brigitte hatte sich nicht gefürchtet, obwohl sie nicht schwindelfrei war. Leicht und unendlich frei hatte sie sich gefühlt. Ohne ein Schlafmittel war sie schlafen gegangen. Nur der blaue Bildschirm hatte sie in ihre Träume begleitet. Beim Aufwachen spürte sie immer noch diese Leichtigkeit. Sie hielt ihre Augen geschlossen. Fred schwebte neben ihr. Sie konnte sein Gesicht nicht sehen. Er schaute nicht in ihre Richtung und sie wusste plötzlich nicht mehr, wie er aussah. So viel sie sich auch bemühte, die Erinnerung an sein Gesicht kam nicht zurück. Sie öffnete die Augen und löschte das blaue Bild auf dem Bildschirm.

Brigitte und Bruno fuhren abwechselnd das Getreide zur Waage und anschließend auf Steffis Farm. Sie sprachen nur das Notwendigste zusammen. Bruno machte keinen Versuch sie anzufassen. Er erwähnte seinen Besuch auf ihrem Hof während ihrer Abwesenheit mit keinem Wort und auch Brigitte machte keine Andeutung. Aber es hing etwas Unausgesprochenes wie zäher Lehm an alten Schuhen zwischen ihnen.

Walter hatte angerufen und seinen Besuch zusammen mit seinem Bruder angekündigt.

»Ich bin in meiner Werkstatt. Ihr könnt gleich nach hinten kommen«, sagte Brigitte. Sie wollte Walter nicht in die Wohnung lassen. Bei ihm wusste man nie, welche Schlüsse er aus dem, was er sah, zog, und worüber seine klaren Augen wie zufällig schweiften.

Ihre große neue Skulptur war fertig gebrannt und stand nun auf einem rollbaren Sockel mitten im Raum. Bis auf einen kleinen Haarriss an unauffälliger Stelle war sie perfekt. Brigitte war gerade dabei, ihr mit Wachs und Umbra eine sanft glänzende Patina zu verleihen, als Anne, Walter und sein Bruder über den Hof auf ihre Werkstatt zukamen. Durch das geöffnete Fenster konnte sie sehen, wie Jo beim Anblick der schwarzen Wand kurz stockte und einen bedeutsamen Blick zu Walter hinüberwarf. Brigitte war sicher, sie hatten vorher über sie und die Wand gesprochen.

Es gab wohl keinen größeren Gegensatz als Walter und Jo. Sie erinnerten Brigitte an die ungleichen Zwillinge in dem Hollywood–Streifen Twins. Außer den wasserblauen Augen existierte überhaupt keine Ähnlichkeit zwischen den Brüdern. Walter war groß, schlank und sportlich, immer mit einem gepflegten Haarschnitt und grau meliertem Schnauzbart. Jo dagegen rundlich, mehr als einen Kopf kleiner und obwohl sechs Jahre jünger, mit einem völlig kahl rasierten Schädel. Er besaß nur schwarze Kleidung, mit der er seine etwas großzügige Körperfülle kaschierte. Wenn die zwei Brüder zusammen auftraten, erklärten sie, ihre Unterschiedlichkeit bestehe nur darin, dass bei einem die Masse in die Höhe und beim andern in die Breite gewachsen war. Brigitte ging ihnen entgegen. Anne zog eine Flasche ihres selbst gemachten Eierlikörs aus einem Stoffbeutel. Mit den Worten: »Er ist echt gut geworden« und einem stolzen Lächeln reichte sie Brigitte die Flasche. Brigitte zögerte, nahm die Flasche dann aber an. »Das wäre nicht nötig gewesen«, sagte sie verlegen.

Es war das erste Mal, dass sie Walters Bruder ihre Arbeiten zeigte. Genau genommen war Jo nicht ganz fremd für sie. Sie kannte ihn aus Annes Erzählungen, hatte ihn auch einmal kurz gesehen, aber noch nie mit ihm mehr als belanglose Worte gewechselt. Brigitte war verlegen. Für sie waren ihre Arbeiten wichtig. Sie waren der Ausdruck ihrer ganz persönlichen Lebenssituation. Die Skulpturen machten ihre Gefühle, die ihr selbst oft unerklärlich waren, sichtbar. Sie waren ein Teil von ihr. Es waren Selbstporträts ihrer Seele. Nach ein paar belanglosen Worten schaute sich Jo um. Brigitte sah zu Walter und Anne. Beide sahen ihn erwartungsvoll an. Von seiner Miene war nicht abzulesen, was er dachte. Er ging langsam durch den Raum und blieb vor Brigittes bunter Wand stehen. Er deutete darauf, drehte sich augenzwinkernd zu ihr um und fragte: »Kann ich die mitnehmen?« und Brigitte antwortete ernst: »Gerne soll ich sie in Seidenpapier einpacken oder hätten Sie lieber einen Karton?« Ein entspanntes Lächeln breitete sich auf allen Gesichtern aus. Die Unterhaltung entwickelte sich plötzlich unverkrampft. Beim Abschied sagte Jo, dass er im nächsten Jahr eine Ausstellung zum Thema »Weiblichkeit« plane und er sich dabei einige ihrer Skulpturen gut vorstellen könnte. »Ihre Skulpturen sind wie dreidimensionale Worte. Sie erzählen Geschichten, die einen berühren.«

Er gab ihr seine Karte und fügte hinzu: »Überlegen Sie es sich und rufen Sie mich an oder ich melde mich im Herbst bei Ihnen.« Er sah Zweifel in ihrem Blick und fragte: »Wenn es Ihnen recht ist?«

Brigitte nickte und begleitete sie zur Tür. Es war Anne, die feststellte, dass sie ein Schloss angebracht hatte.

»Das war auch wirklich Zeit, dass du das gemacht hast. Du bist hier doch abseits und man weiß nie …«

Sie stockte. Brigitte hatte das Gefühl, sie wollte noch etwas sagen, aber Anne meinte nur noch: »Wir hören voneinander« und folgte den Männern.

Sie unterhielten sich über Brigitte und ihr Schicksal. Brigitte hörte noch wie Walter sagte: »Du hättest sie sehen müssen, bevor alles passierte. Sie sah aus wie Grace Kelly.«

Danach ging das, was sie sprachen, zwischen dem Geräusch ihrer Schritte auf dem Hofpflaster, in für sie unverständlichem Gemurmel unter.

Die Drei stellten Vermutungen über das Verschwinden von Fred an. »Ich nehme an, dass er nicht mehr am Leben ist, nur es gibt keine Leiche und keinen wirklich Tatverdächtigen«, sagte Walter.

Anne mischte sich ein: »Nutzen hat ja wohl nur Brigitte von Freds Verschwinden.«

»Welchen denn?«, wollte Walter wissen.

»Geld, seine Lebensversicherung oder«, sie machte eine kleine Pause, »Rache? Vielleicht wusste sie ja von dem Verhältnis mit Steffi?«

Walter fiel ihr ins Wort: »Das glaubst du doch wohl selbst nicht. Erstens gehört ihr doch sowieso fast alles. Sie hat es von ihren Eltern geerbt und zweitens hat sie doch mehr als sie braucht. Drittens ist Brigitte nicht der Typ, der jemanden umbringt und schon gar nicht ihren Fred.«

Darauf hatte Anne keine Argumente mehr. Sie sagte: »Ich habe das auch nicht ernst gemeint. Ich habe nur versucht, wie ein Kriminalbeamter zu denken. Für euch ist doch zunächst jeder verdächtig.«

»Ein Glück, dass du Lehrerin und nicht Polizistin bist.«

Walter sagte es lachend und legte ihr dabei den Arm um die Schultern.

Jo fragte: »Und was ist mit der Geliebten?«

Anne antwortete, bevor Walter etwas sagen konnte: »Sie hat sich mit Bruno, einem netten Italiener, bereits getröstet. Er passt zu ihr.«

Jo bohrte weiter: »Und dieser Bruno, was ist mit dem?«

Walter machte dem Frage- und Antwortspiel ein Ende: »Wir wollen den Fall doch nicht hier und jetzt lösen«, sagte er und stieg in das vor dem Haus geparkte Auto.

Brigitte hatte ihnen nachgesehen. Sie ging davon aus, dass sie von ihr sprachen. Sie fragte sich, ob das Angebot und die Anerkennung eines Galeristen aus Berlin, sich als Ehre oder Belastung herausstellen würden?

Walter erhielt einen Anruf seines italienischen Amtskollegen. Die Polizei von Mailand hatte anhand der ihnen überlassenen Liste außer dem Rucksack noch Freds hellen Leinenblazer gefunden. Zur vorläufigen Identifizierung würde er Fotos der Gegenstände per Mail übermittelt bekommen. Mit mehr konnte der Kommissar im Moment nicht dienen. Die Strecke Zürich-Mailand führte direkt durch die Alpen. Wenn Fred Gärtner einem Verbrechen im Zug zum Opfer gefallen war und danach aus dem Zug geworfen wurde, könnte es unter Umständen schwierig werden, seine Leiche jemals zu finden. Es gab in der Schweiz und in Italien zu viele nur schwer zugängliche Streckenabschnitte, die am Rande einer Schlucht oder eines Abgrundes entlangführten. Den Angaben seiner Frau zufolge, was sich bei der Überprüfung des Kontos auch bestätigt hatte, trug Fred ungefähr 1200 Euro Bargeld bei sich. Die beiden Kommissare hielten es für möglich, dass dies ein Grund für ein Verbrechen hätte sein können. Nur für eine solche Tat wären wenigstens zwei Leute notwendig gewesen. Fred war 175 Zentimeter groß und schlank, aber er war kein schwacher und hilfloser Mann, der sich ohne Gegenwehr berauben und umbringen ließ. Der Zug an dem Sonntag Anfang Juni war nicht voll besetzt gewesen. Sie konnten sich trotzdem nicht vorstellen, dass ein Verbrechen, unbemerkt von den andern Reisenden, hätte geschehen können. Außerdem ließen sich die Türen während der Fahrt nicht öffnen. Es war also kaum möglich, die Leiche eines erwachsenen Mannes aus einem Zug verschwinden zu lassen. Walter Schmieder und Antonio Capotti kamen überein, zusammen mit ihrem Schweizer Kollegen Urs Beller aus Zürich, eine Konferenzschaltung zu organisieren und über eventuelle gleichzeitige, grenzüberschreitende Maßnahmen wie eine Suchmeldung durch Presse und vielleicht sogar bei der Fernsehsendung Aktenzeichen XY ungelöst, zu beraten.

Einer von Walters Kollegen, der das Telefongespräch mitverfolgt hatte und ebenfalls am Fall Fred Gärtner arbeitete, warf die Vermutung ein: »Könnte es nicht ein Auftragsmord gewesen sein? Sozusagen Mord auf Bestellung?«

»Müssen wir natürlich prüfen, aber, das kann ich mir eigentlich nicht vorstellen«, erwiderte Walter. »Aus welchem Grund? Wer sollte daran ein Interesse haben?«

Sein Kollege zog fragend die Schultern hoch. »Was ist denn mit seinem Beruf? An was hat er gerade gearbeitet? Er war doch Techniker und arbeitete in der Nuklearmedizin. Sollten wir nicht nochmals mit seinem Arbeitgeber sprechen?«

Walter schien diese Idee für nicht schlecht zu halten: »Geh' da doch morgen noch mal vorbei, vielleicht haben sich neue Ansatzpunkte ergeben. Sein Chef war kooperativ. Wir müssen nach jedem Strohhalm greifen.«

Walter ging hinaus, um sich einen Becher Kaffee zu holen. Als er damit zurückkam, blickte sein Kollege erwartungsvoll auf seine Hand, die den Becher hielt. Und wirklich, als er ihn auf seinem Schreibtisch abstellte, schwappte der Kaffee wie gewöhnlich über und Walter sagte leise zu der braunen Flüssigkeit auf seiner Schreibunterlage: »Hühnerkacke.«

»Das kannst du ruhig laut sagen«, grinste sein Gegenüber und vor sich hinmurmelnd: »Der lernt nie, wie man einen Plastikbecher hält!«

Brigitte saß in ihrer Werkstatt und malte Hühner auf eine Holztafel. Es war ein fröhliches, buntes Bild, und als es fertig war, schrieb sie »Freilandeier von Ottos Hühnerhof« darüber. Sie überzog das Ganze mit Bootslack, damit es Wind und Wetter trotzte. Auf Steffis Gesicht war sie gespannt, aber ins Deggenhausertal, zur Farm hinausfahren und es dort abliefern, wollte sie nicht. Die Erinnerung war zu bedrückend. Außerdem könnte sie dort Bruno über den Weg laufen, was sie ebenfalls vermeiden wollte.

Am nächsten Markttag, Brigitte verließ das Haus ohne schützende Sonnenbrille, klemmte sie sich das Schild unter den Arm und brachte es Steffi. Sie hängten es zusammen über dem Verkaufsstand mit den Eiern auf.

Von ihrem Blumenstand aus hatte Paula sie beobachtet. Mit einem Bund orangeroter Ringelblumen in einem Plastikeimer kam sie herübergelaufen, stellte die Blumen zwischen die Eier und bewunderte Steffis neuen Werbeträger.

»Können Sie mir nicht auch so etwas machen Frau Gärtner?«, fragte sie bittend.

»Ich werd es versuchen.« Brigitte lachte. »Aber du musst dich etwas gedulden.«

Steffi bot Brigitte wieder Eier an. Sie lehnte abermals dankend ab. In der Reihe am Gemüsestand wartete Anne. Brigitte trat neben sie und legte ihr den Arm um die Schultern. »Hallo Anne!«

Anne schaute erstaunt auf. Diese freundschaftliche Geste hatte sie schon lange nicht mehr von ihr erfahren und Brigitte ohne Sonnenbrille hatte Seltenheitswert.

»Bist du heute zu Hause? Ich habe zwei Kunstbücher von Jo für dich. Kann ich vorbeikommen?«

Brigitte antwortete abgelenkt: »Erst gegen Abend.«

Aus dem Augenwinkel heraus sah sie wie Bruno auf Steffis Stand zuging. Sie kramte ihre Brille aus der Tasche und schlug den Weg in entgegengesetzter Richtung ein.

Die imaginären Gespräche mit ihrem Kind am Telefon fanden immer seltener statt. Brigitte sprach mit Fred und Andrea dort, wo sie gerade war. Sie musste sich nicht mehr am Hörer festhalten. Seit Fred tot war, ging sie davon aus, dass er und ihr gemeinsames Kind auf irgendeine Art beieinander waren. Solange er lebte, war Andrea und die Verbindung über das alte Telefon ihr alleiniger Besitz. Fred und sie hatten eigene Schuldgefühle und dabei wies jeder dem anderen Schuld zu.

Seit dem Nachmittag auf Andreas Bett, wo sie das erste Mal seit einer Ewigkeit weinen konnte, litt Brigitte mehr als jemals zuvor in ihrem Leben. Gleichzeitig war der Berg, mit dem sie unlösbar verkettet war und den sie bei jedem Schritt hinter sich herzog, begreifbar geworden. Sie lag nachts auf ihrem Sofa, in ihrem Bett mochte sie immer noch nicht schlafen, und weinte aus Mitleid mit sich selbst. Es war sie selbst und doch war es, als ob sie mit einer anderen Person fühlte. Sie konnte es nicht fassen, dass so viele Tränen in ihr waren. Je mehr sie weinte, desto leichter wurde es ihr. Dort zwischen Nabel und Zwerchfell, begann ihr Inneres, losgelöst von der Last, zu schweben. So wie in dem Traum, als sie neben Fred geflogen war.

Die Vorstellung, eines Tages für ihre Tat eingesperrt zu werden, war nicht mehr so entsetzlich. Der Gedanke löste keine Panik mehr in ihr aus. Sie wusste, dass auch sie nicht ewig leben würde.

Bruno, egal was er bezweckte, war keine Bedrohung für sie. Sie fürchtete sich nicht. Was konnte ihr noch passieren? Alles Elend, alle Not, die ein Mensch ertragen konnte, glaubte sie bereits zu kennen. Sie war bereit, die Zeit und das Schicksal, das für sie noch bestimmt war, anzunehmen.

Brigitte trug das alte Telefon auf den Dachboden und verstaute es in einem Schrank. Dabei stieß sie auf einen Karton voller Spielsachen. Fred musste sie hier untergebracht haben. Neugierig nahm sie die längst vergessenen Dinge heraus, hielt sie in ihren Händen, erinnerte sich, wie es war mit ihrem Kind damit zu spielen. Sie weinte, räumte alles wieder ein und packte den Karton an seinen Platz zurück.

Ein Vertreter von Freds Lebensversicherung hatte sich angemeldet. Er war ihr von ihrem Agenten, bei dem sie alle Versicherungen abgeschlossen hatten, angekündigt worden. Es ging um 125 000 Euro und bei Unfalltod die doppelte Summe. Fred hatte die Police abgeschlossen, nachdem Andrea geboren war. Er wollte nicht, dass sie in irgendeiner Form Not leiden müssten, sollte ihm je etwas zustoßen.

Brigitte wollte nicht mit dem Vertreter der Versicherungsgesellschaft sprechen. Sie verschob den vorgesehenen Termin kurzfristig. Als es ihr nicht mehr möglich war, einem Treffen aus dem Weg zugehen, wusste sie bei der ersten Begegnung, dass sie sich nicht mochten. Es war nur ihrem Versicherungsberater zu verdanken, der ebenfalls anwesend war, dass das Zusammentreffen nicht noch unfreundlicher verlief. Sie sagte gleich nach der frostigen Begrüßung: »Ich kann Ihnen nicht mehr sagen, als die Polizei weiß.« Er erwiderte: »Ich bin verpflichtet, Sie aufzuklären, dass wir, solange Ihr Mann vermisst wird, nicht bezahlen werden! Sie brauchen dazu die Bestätigung eines Richters, die Sie aber erst ein Jahr nach der Vermisstenmeldung erhalten werden«, sagte er belehrend.

Brigitte warf zu laut und ungehalten ein: »Ich habe doch gar nichts von Ihnen verlangt. Ich habe, was ich brauche.« Sie schaute ihm wütend in die Augen.

»Ich tue hier nur meine Pflicht, in dem ich Sie auftragsgemäß informiere, wie die Gesetzeslage ist. Außerdem, ist es nicht möglich, dass sich Ihr Mann abgesetzt hat? Vielleicht hat er bewusst eine falsche Spur gelegt? Es wäre nicht der erste Fall in dieser Art.« Brigitte bemerkte einmal mehr, wie kaum zu beherrschende Wut in ihr aufstieg. In letzter Zeit geschah das immer öfter und sie hatte Angst vor der Energie, die sich unkontrolliert in ihr entwickelte.

»Ist das eine Vermutung oder eine haltlose Anschuldigung?«, fragte sie mit aggressivem Unterton.

Ihr Versicherungsberater mischte sich beschwichtigend ein und Brigitte war froh, als sie hinter den zwei Männern die Tür schließen konnte. Das Geld würde noch Ärger verursachen, sie ahnte es. Sie hatte den Gedanken daran verdrängt. Ob die Versicherung wie sie schon in Filmen gesehen, und in Krimis gelesen hatte, eigene Nachforschungen anstellen würde? An ihrem Himmel türmten sich neue Wolkenberge auf.

Sie erzählte Anne von dem unfreundlich verlaufenen Besuch des Vertreters von Freds Lebensversicherung. Sie empfahl ihr, mit einem Rechtsanwalt zu sprechen. Brigitte war für diesen Ratschlag dankbar und traf telefonisch die Verabredung für einen Beratungstermin bei Corinne, einer

Rechtsanwältin, mit der sie in ganz fernen Zeiten einmal die Schulbank der Grundschule gedrückt hatte.

Corinne klärte sie über ihre rechtliche Situation auf und versprach ihr: »Ich kümmere mich.« Brigitte war erleichtert. Sie mied, verdrängte und hasste solche Dinge nach wie vor. Fred hatte sich immer um alles gekümmert.

Endlich wusste sie, wo der richtige Platz für die Asche ihres Mannes war. Der Herbst spielte bereits mit den Blättern der Bäume und Büsche. Sie staunte jeden Tag über die Farbenvielfalt. Es war wie das Öffnen eines Riesenfarbkastens. Brigitte entdeckte die Herbstfarben wieder. Sie waren ihr verloren gegangen und jetzt wurde sie von ihnen wie von einem Rausch überwältigt. Wenn die Sonne schien, brannten sich die vielfältigen Gelb- und Rottöne in ihr Bewusstsein. Wo waren sie all die Jahre gewesen? Die Erde roch zartbitter und rauchig. Über der Apfelmosterei in Ahausen hingen träge dicke, schneeweiße Blumenkohlwolken und die fruchtige Süße von gekochtem Apfelsaft waberte kilometerweit durch die Luft. Das Laub raschelte unter ihren Füßen, wenn sie über den Hof ging. Sie sammelte die heruntergefallenen Nüsse ein. Sie wusch sie und bei schönem Wetter stellte sie die bei jeder Bewegung in ihrer Kiste klappernden Nüsse in die warme Herbstsonne. Am frühen Morgen und gegen Abend lagen über dem See geheimnisvolle Nebelschwaden. Der schwarze Vogel kam sie fast jeden Tag besuchen. Zuerst versuchte sie, ihn zu verjagen. Er war ihr unheimlich. Er ignorierte sie. Und jetzt grüßte sie ihn, in dem sie sein krraah, krraah nachahmte. Sie hatte sich an ihn gewöhnt.

Die Berge auf der anderen Seite des Sees schienen manchmal irgendwo frei am Himmel zu hängen. Es gab Tage, an denen der Nebel bis zum Gehrenberg hinaufkroch und wie überkochende Milch die Bäume einhüllte, bis nur noch stammlose Kronen über dem Weiß schwammen. Wenn der Nebel ausblieb, schien es so, als ob sich die Sonne orangerot irgendwo in der Schweiz auf den Weg auf die andere Seite der Erde machte. Der See war flüssiges Gold und die Kronen der Bäume standen schwarz vor dem in Flammen stehenden Himmel. Wenn das Rot und Gold hinter den Bergen versunken war, zogen die Flugzeuge noch kurze Zeit feurige Schweife hinter sich her.

Die Felder waren abgeerntet. Brigitte war tagelang mit dem Pflug über die Äcker gefahren und hatte die Erde aufgebrochen. Auf einem Teil der Felder hatte sie als Gründüngung Luzerne gesät. Die Wintergerste war ausgebracht. Die Hälfte der Äpfel und Birnen von der Streuobstwiese hatte sie aufgesammelt und den größten Teil bereits nach Ahausen in die Mosterei gebracht. Den Rest würde sie demnächst erledigen. Sie hoffte auf noch viele schöne Tage ohne Regen oder gar Schnee. Sie hatte fast alle Arbeiten alleine bewältigt. Für jedes Problem fand sich eine Lösung. Wenn sie mal nicht mehr weiterkam, holte sie sich bei dem Besitzer der Lohndrescherei Hilfe. Bruno war auch zwei- oder dreimal eingesprungen. Er war ihr gegenüber fast wieder so wie früher. Aber nur fast. Zwischen ihnen stand etwas Unausgesprochenes, ein Geheimnis. Es war ihr gemeinsames Geheimnis und doch wusste keiner genau, welches Wissen der andere hatte.

Es war im Oktober, die Mitte des Monats war bereits vorbei, als sich Brigitte entschloss, Fred und Andrea, die für sie bereits vereint waren, nun auch wirklich zusammenzubringen. Sie wollte bei dieser Arbeit nicht beobachtet werden und entschloss sich deshalb, es in aller Frühe an einem Montagmorgen zu tun. Es war noch dunkel, als sie das

Asche-Ei in den Korb mit den getrockneten Blüten legte. Sie packte eine Schaufel und eine kleine Hacke in ihr Auto und fuhr nach Heiligenberg hinauf, dorthin, wo ihre Familie ruhte.

Brigitte war nur einmal an diesem Platz gewesen. Es war bei der Urnenbeisetzung ihres Vaters gewesen. Es war nur ihr Körper, ihre Hülle, die Fred damals zu der Zeremonie geschleppt hatte. Ihre Seele hatte sich geweigert, den Weg mitzugehen.

Obwohl es viele Jahre her war, dass sie dort gewesen war, fand sie den Platz auf Anhieb. Es war ein Waldfriedhof und die Stätte lag auf einem sanften Hügel, beschirmt von den bereits herbstlich-braunen Ästen großer, alter Buchen.

Die Luft war leicht, klar und kalt. Unter einem von Sternen übersäten Nachthimmel hatten sich die Temperaturen der Frostgrenze genähert. Dafür versprach der Morgen, der mit einer rosa Fahne am Horizont aufgetaucht war, einen wolkenlosen, sonnigen Herbsttag.

Brigitte sah sich um. Kein Auto hatte in der Nähe geparkt. Kein Mensch war zu sehen. Das einzige Geräusch war das Rascheln des Laubes unter ihren Schritten und das Krächzen eines Raben, das die Stille erst hörbar machte.

Sie setzte ihren Korb ab. Sie kniete sich nieder und begann vorsichtig eine Grasschicht abzustechen. Sie legte das Rasenstück zu Seite. Ihr großes wollenes Schultertuch hinderte sie bei der Arbeit. Sie legte es ab und breitete es am Boden aus. Dann fing sie an, die Erde auszuheben. Schaufel um Schaufel schippte sie auf das Tuch. Als das Loch groß genug für ihr Ei war, senkte sie es sanft auf eine Schicht getrockneter Blütenblätter. Sie füllte die Zwischenräume mit Erde und bedeckte das Ei. Sie klopfte mit ihren Händen den Boden fest, bis die Oberfläche glatt war. Sie bestreute alles mit lockerer Erde und legte das ausgestochene Rasenstück sorgfältig darüber. Brigitte saß auf den Knien und strich die einzelnen, umgebogenen Grashalme in den Zwischenräumen gerade.

Brigitte knotete ihr Tuch über der restlichen Erde zusammen. Sie streute die getrockneten Blütenblätter über ihrer Familie aus. Leise raschelnd fielen sie zu Boden. Der Duft von Rosen mischte sich mit dem Geruch von Laub und Erde. Das Bündel legte sie in ihren Korb und ging damit zu einer nahen Bank, von der aus sie auf die Grabstätte sehen konnte. Schuldbewusst erinnerte sie sich, wie sie sich stets geweigert hatte, mit Fred an diesen Platz zu gehen. Er durfte das Wort »Grab« nie aussprechen. Wenn er es dennoch tat, hielt sie sich die Ohren zu und lief davon. Was er dabei dachte oder fühlte, war ihr egal gewesen.

Sie setzte sich auf die Bank und zog fröstelnd ihre Jacke enger um sich. Sie schaute zum Himmel. Ihre Lippen bewegten sich. Brigitte sprach mit Andrea, mit Fred, mit ihrer Mutter und ihrem Vater und in ihr stieg die Gewissheit auf, dass sie sich nie mehr allein fühlen würde.

Später, Brigitte saß noch immer auf der Bank, fasste sie in die Tasche ihrer Jacke, nahm ein Handy heraus und wählte eine Nummer. Als sich am anderen Ende jemand meldete, sagte sie: »Guten Morgen. Ich bin es, Brigitte Gärtner. Sie waren mit ihrem Bruder Walter bei mir. Erinnern sie sich an mich? Die Frau mit der Wand in Seidenpapier.«

Sie hörte kurz zu und sprach dann weiter: »Ich habe nachgedacht, ich wollte Ihnen sagen, dass ich gerne im nächsten Jahr bei der Ausstellung in Berlin mitmachen möchte.«

Auf dem Rückweg hielt sie an einem Bau- und Gartencenter an, kaufte gelbe Fassadenfarbe und jede Menge verschiedener Frühlingsblumenzwiebeln. Zu Hause suchte sie im Schuppen nach Pflanzkübeln. Brigitte füllte sie mit Gartenerde, die sie mit der mitgebrachten Erde vom Waldfriedhof vermischte, und steckte die Blumenzwiebeln dicht an dicht in das krümelige, lockere Bett.

Sie ging zur Obstwiese und holte die lange Leiter, die immer noch vom Apfelpflücken in einem der Bäume stand. Sie lehnte sie an die schwarze Wand über der Türe mit dem Zutritt-verboten-Schild und versuchte die schwarze Farbe abzukratzen. Die Farbe haftete hartnäckig. Sie einfach mit der gelben Farbe zu überstreichen gelang ebenfalls nicht. Das Schwarz drückte auch nach zweifachem Anstrich noch schmutzig grau durch. Es blieb ihr nicht anderes übrig als den Putz aus dem alten Fachwerk herauszuschlagen und sie war froh, dass sie nur diese eine Wand angemalt hatte.

Es kostete sie eine Woche Schwerstarbeit, bis alle schwarzen Felder zwischen dem Fachwerkgebälk beseitigt waren. Danach musste sie die freigelegten Ziegelsteine neu verputzen. Bis auf gelegentlichen fachmännischen Rat machte sie die ganze Arbeit allein.

Es war ein nasskalter Morgen, der bereits einer ganzen Reihe von Nebeltagen, ohne einen Blick auf den Himmel oder gar auf die Sonne gefolgt war. Es wurde den ganzen Tag nicht richtig hell. Die Wolken hingen so nieder in den Bäumen, dass man glaubte, sie mit den Händen berühren zu können. Brigitte saß an ihrem Platz am Esstisch und las die Tageszeitung, als an ihrer Haustüre Sturm geklingelt wurde. Mit dem Öffnen der Tür fiel ihr die mit den Tränen kämpfende Steffi entgegen.

»Du musst mir helfen!«, schrie sie hysterisch. »Sie haben

Bruno geholt!« Brigitte fragte: »Wer hat ihn geholt, die Mafia?«

Steffi jammerte: »Mach jetzt keine Witze. Es war die Polizei! Sie glauben, Bruno hat deinen Fred umgebracht.«

Brigitte schüttelte verständnislos mit dem Kopf: »Das ist doch Unsinn. Bist du sicher, dass du nicht etwas falsch verstanden hast?«

»Nein, ich schwör's dir. Ein Kollege von Walter hat ihn mitgenommen. Er hat gesagt, dass er ihn wegen Fred verhören muss.« Steffi brach in Schluchzen aus.

Brigitte nahm sie in den Arm. Sie war sich bewusst, dass sie die Verursacherin von Steffis Unglück war. Sie hatte Schuldgefühle, aber keine Angst. Sollte Bruno ernsthaft in Schwierigkeiten sein, würde sie zu Walter gehen und ihm ihre Geschichte erzählen. »Setz dich, ich koch uns einen Tee, oder willst du lieber Kaffee?«, fragte sie um irgendetwas zu sagen. Ihre Gedanken jagten sich. Sie hantierte mit Teekanne und Wasserkocher und war froh, sich abwenden zu können.

»Hast du Kamillentee?«, wollte Steffi wissen. »Mir ist schon die ganze Zeit so schlecht. Ich kann kaum etwas essen. Ich weiß nicht, was ich ohne Bruno machen soll? Ich will nicht allein sein und ich liebe ihn so!«

Steffi verschränkte ihre Arme auf dem Tisch, legte ihren Kopf darauf und weinte still vor sich hin. Brigitte streichelte ihr den Rücken. Als sie nebeneinander am Tisch saßen, jede hielt sich mit beiden Händen an ihrer heißen Tasse fest, sagte Brigitte: »Mach dir keine Sorgen, das kann doch nur ein Missverständnis sein, ich ruf bei Walter an und frag, was der Unsinn soll.« Sie nahm das Telefon und wählte seine Nummer. Er war nicht zu erreichen und Brigitte bat seinen Kollegen, ihm auszurichten, dass sie auf seinen Rückruf warte.

Sie fuhr mit Steffi, die sich nicht wohlfühlte, nach Hause. Steffis Auto blieb vor dem Haus stehen. Bruno kam ihnen durch den Nieselregen entgegen und machte ihnen das Hoftor auf. Steffi sprang fast aus dem noch fahrenden Auto und hängte sich an Bruno. Er war ebenfalls gerade gekommen. Er nahm Steffi in den Arm und grüßte Brigitte frostig. »Sie haben gefragt, ob ich den Auftrag gegeben habe, deinen Fred verschwinden zu lassen«, sagte er vorwurfsvoll. »Wenn man aus dem Süden von Italia kommt, glauben alle, wir haben mit Mafia zu tun.«
Brigitte wusste nicht, was sie sagen sollte.
»Und ich soll zur Verfügung sein und das Land nicht verlassen. Wo soll ich denn schon hin?« Brigitte fiel nichts dazu ein. Sie ließ die zwei allein und machte sich auf den Nachhauseweg. Am nächsten Morgen stand Steffis Auto nicht mehr vor der Tür.

Auch das Schild für Paulas Blumenstand war fertig geworden und hing jeden Donnerstag über ihrem Verkaufstisch. Brigitte besuchte regelmäßig den Markt. Sie half jede zweite Woche bei Steffi aus. Eines Tages war der Betreiber des Gemüsestandes von gegenüber vorbeigekommen und hatte ihr den nächsten Auftrag erteilt. Sie war jetzt Schildermalerin. Im Winter hatte sie genügend Zeit dazu.
Es hatte bereits geschneit. Es war nur eine Puderzuckerschicht, mit der die Landschaft bestäubt war. Aber auf der anderen Seite des Sees lag der Schnee bereits seit Längerem auf den Bergen und bis weit hinunter in die Täler. Der Säntis und seine Kollegen strahlten in jungfräulichem Weiß. An diesem Tag war sie zum Ruheplatz ihrer Familie gefahren. Sie machte jetzt dort regelmäßig ihre Besuche. Sie konnte nicht verstehen, warum sie sich so vor diesem Platz gefürchtet hatte und ihn einfach nicht existieren ließ.

Er hatte nichts Beängstigendes an sich. Es war ein friedlicher Ort. Sie saß bei jedem Wetter eine Weile auf der Bank und sprach mit ihrer Familie. Sie redete nicht nur dort mit ihnen, seit Freds Tod hatte sie den Eindruck, dass alle immer bei ihr waren.

Frische Fußspuren führten zum Platz bei der Buche. Brigitte konnte sich keinen Reim darauf machen, wer die Grabstätte besucht hatte.

Kurz vor Weihnachten rief Steffi an: »Brigitte, bist du zu Hause? Kann ich vorbeikommen?«

Brigitte wunderte sich: »Ich bin doch immer da, was gibt es denn? Ist was mit Bruno und der Polizei?«

Steffis Stimme klang aufgeregt: »Nein mit Bruno ist alles O.K., aber das will ich dir nicht am Telefon sagen. Also, kann ich vorbeikommen?«

Brigitte sagte: »Ich bin gespannt. Ich bin da. Komm vorbei!« Sie legte auf und räumte den Esstisch, der voller Malutensilien war, frei. Im alten Kuhstall, ihrem Atelier, war es ihr zu kalt gewesen, und sie hatte keine Lust gehabt, den Kanonenofen anzuheizen.

Eine halbe Stunde später hörte sie Steffi vorfahren. Sie ging ihr entgegen und konnte an ihrem fast strahlendem Gesichtsausdruck erkennen, dass es etwas Erfreuliches sein musste. »Sag schon, was ist los? Hast du im Lotto gewonnen? Spann mich nicht auf die Folter!«, fragte Brigitte jetzt richtig neugierig.

Steffi fiel ihr mal wieder um den Hals und wollte sich kaum von ihr trennen. »Lass uns zuerst reingehen. Eigentlich wäre es ein Grund für einen Piccolo, aber ich darf jetzt nicht mehr.« Dabei sah sie Brigitte vielversprechend an.

»Sag bloß, du bist schwanger?«, rutschte es ihr raus.

»Ja, ja, aber woher weißt du?« Steffi wartete keine Antwort ab. »Ist das nicht super-köstlich? Ich dachte, ich kann gar keine Kinder bekommen und ich wäre schon in verfrühter Menopause. Weil mir immer so schlecht ist, bin ich zum Arzt gegangen und der hat festgestellt, dass ich schwanger bin. Bruno ist ganz aus dem Häuschen.« Steffi sprudelte nur so. Sie streckte ihren Bauch raus. »Sieht man noch nichts? Hoffentlich geht alles gut. Ich bin doch schon über vierzig und es ist mein erstes Kind.«

Brigitte beschwichtigte sie: »Es ist nicht mehr so wie früher. Viele Frauen bekommen mit vierzig ihr erstes Kind. Du bist nicht die Einzige. Du musst jetzt gut auf dich aufpassen. Ich wünsch dir alles Glück der Welt, und wenn du Hilfe brauchst, egal wofür, melde dich, sag Bescheid. Ich bin für dich da.«

Der Duft von rosa Rosen hing schon wieder unter Brigittes Nase.

»Brigitte du bist«, doch die fiel ihr ins Wort: »Köstlich, wolltest du das sagen?«

Steffi merkte gar nicht, dass Brigitte sie aufzog. »Stell dir vor, Bruno will jetzt unbedingt heiraten. Er will nicht, dass sein Sohn hinterher Ott heißt. Ich finde ja Ravera auch schöner, aber heiraten, ich weiß noch nicht?« Ernsthaft überlegend, mit Falten auf der Stirn, stand Steffi immer noch im Hausflur.

Brigitte zog sie in die Wohnküche. »Komm, lass uns ins Wärme gehen. Wir können auch drinnen im Sitzen an deinen Zukunftsplänen arbeiten!«

Brigitte gönnte Steffi ihr Glück, aber gleichzeitig tat es auch weh. Steffi setzte sich an Freds Platz. Sie legte ihr Kinn auf die aufgestützten Fäuste und fragte mit verklärtem Blick: »Brigitte, was ist Liebe?«

Brigitte setzte sich ihr gegenüber und schaute in Steffis strahlende Smaragdaugen.

»Eigentlich müsstest du doch wissen, was es ist. Was Liebe

für mich bedeutet, kann ich dir nicht sagen, weil ich es selbst nicht weiß. Jeder hat sein eigenes Verständnis von Liebe. Ich wünsche dir, Bruno und eurem Kind, dass eure Liebe immer mit euch ist.«

Weihnachten verbrachte Brigitte alleine. Sie nahm keine Einladung an, weder von Walter und Anne noch von Steffi. Dafür kamen sie alle, rein zufällig, auf einen Sprung vorbei. Sogar Paula kam mit ihrem Kleinsten und brachte ihr einen riesigen, mit viel Glitzer dekorierten Weihnachtsstern.

Brigitte hatte Freds Reisebücher und alle dazugehörenden Unterlagen vom Dachboden heruntergeholt sowie die Mappe mit den ausgedruckten, fertig ausgearbeiteten Reiseplänen aus dem Computer. Sie folgte auf einer Karte seiner geplanten Reiseroute. Sie las in seinen Büchern und war immer mehr fasziniert von der Idee, eines Tages Freds Reise zu machen. Seine Reise zum Grey-Gletscher und zum Perito-Moreno, den blauen Gletschern in Chile und Argentinien.

Als Walter und Anne vorbeikamen, lagen gerade Bücher und Karten ausgebreitet auf dem Tisch. Interessiert schauten sie sich die Unterlagen an. Anne fragte überrascht und ungläubig: »Willst DU die Reise machen?«

Walter sagte: »Ich hoffe du weißt, auf was du dich einlässt und dann solltest du aber unbedingt vorher etwas Spanisch lernen.«

Brigitte dachte, dass es auf keinen Fall schaden könnte, und kaufte sich einen Sprachkurs Spanisch für die Reise in Wort und Bild.

Im alten Kuhstall war es kalt. Es gab keine Heizung außer einem Kanonenofen, den man einige Stunden vorher anheizen musste, um in dem großen Raum eine angenehme Temperatur zu erreichen. Der Ton war kalt, und wenn Brigitte arbeitete, hatte sie schnell steife Hände. Es zog sie nicht mehr sooft über den Hof hinter die Zutritt-verboten-Tür. Der große Tisch in der Wohnküche war ihr bevorzugter Arbeitsplatz geworden. Die schwarze Außenwand und das, was sie symbolisierte, war Vergangenheit. Diese Seite des alten Stalles strahlte nun in einem hellen, sonnigen Gelb, eingefasst von dunkelbraunen Balken.

Brigitte ging regelmäßig in ihre Werkstatt, um die Katze zu füttern. Wenn sie da war, strich sie ihr schnurrend um die Beine und gab ihr mit dem Kopf kleine Stöße gegen die Waden. Brigitte hatte die Katze seit Jahren nicht mehr gestreichelt. Sie versorgte sie, aber sie fürchtete sich immer noch davor, sie anzufassen. Sie hatte Angst, durch die Berührung schmerzhafte, verschüttete Erinnerungen wachzurufen.

Bei einem Gang zur Apfelwiese, auf dem ihr die Katze wie ein Hund folgte, kam ihr die Idee, das schon lange verwaiste und verwahrloste, alte Bildstöckchen zu renovieren. Sie hatte ja nun Erfahrung und von ihrer Fachwerkwand übriges Material. Gleich am nächsten frostfreien Tag ging sie an die Arbeit. Sie schlug lockeren Putz ab, füllte die Flächen mit frischem Mörtel, und als er trocken war, strich sie alles in einem hellen Gelb. Sie deckte es mit neuen Ziegeln und beschloss für die leere Nische eine Figur zu modellieren. Mutter und Kind sollte es werden. Sie maß die Nische aus und kehrte zurück. Noch am Abend machte sie Skizzen und am nächsten Morgen heizte sie den Kanonenofen an. Unter den unergründlichen Blicken der Katze, ihrem I-Pod um den Hals und spanischen Wörtern in den Ohren, begann sie zu arbeiten.

Die Ermittlungen zu Freds Verschwinden waren festgefahren. Die italienischen Behörden schienen nur halbherzig nach Fred zu suchen. Dafür, dass Fred durch einen Auftragsmord beseitigt worden war, fanden sich keinerlei Beweise. Außer Vermutungen gab es nichts. Auch was Bruno anbetraf, gab es nur einen vagen Verdacht, der durch nichts erhärtet wurde. Es schien, der Fall Gärtner würde eines Tages einer der ungelösten Fälle sein, die in einem Archiv verschwinden. Walter hatte alle Passagierlisten der Fluggesellschaften für die fragliche Zeit auf den Namen Gärtner überprüfen lassen. Vielleicht war ja Fred doch seinem heimlichen Traum gefolgt und nach Chile geflogen. Obwohl, seinen Reisepass hatte er nicht mitgenommen und mit seinem Personalausweis konnte er nur in Europa reisen. Wenn er unter falschem Namen unterwegs war, so hatten sie kaum eine Möglichkeit, das herauszufinden.

Wo war sein Freund Fred Gärtner? Was war mit ihm geschehen? Das war die große Frage, die ihm keine Ruhe ließ. Walter wollte sich nicht mit einer abgelegten Akte zufriedengeben. Er schwor sich, nicht aufzugeben bis Freds Schicksal geklärt war.

Fred war europaweit zur Fahndung ausgeschrieben und eines Tages geschah dann doch das, worauf Walter seit langer Zeit hoffte. Aus Klagenfurt in Österreich kam die Meldung: Ein Mann mit Fred Gärtners Personalausweis war an der Grenze zu Slowenien festgenommen worden. Seine deutschen Sprachkenntnisse passten nicht und sein Äußeres nur oberflächlich zu den Angaben auf dem Ausweis. Walter setzte sich sofort mit seinen österreichischen Kollegen in Verbindung. Es war nicht Fred Gärtner, der der Polizei ins Netz gegangen war. Er entpuppte sich als gesuchter Kriegsverbrecher, der bei einem Verhör letztendlich zugab, den Ausweis gekauft zu haben. Von wem? Daran konnte er sich

192

nicht mehr erinnern und Namen wusste er natürlich auch keine.

Jo, kahlköpfiger, dynamischer Berliner Galerist, meldete sich bei Brigitte, um die Einzelheiten der Mai-Ausstellung mit ihr zu besprechen. Er würde im April an den Bodensee kommen. Wenn sie damit einverstanden wäre, würde er dann gerne mit ihr zusammen die auszustellenden Skulpturen aussuchen und sie vielleicht auch gleich nach Berlin mitnehmen. Die Vernissage der Ausstellung, unter dem Titel »Weiblichkeit«, war für den 5. Mai geplant. Jo rechnete mit ihrer Anwesenheit. Außer ihr wären noch weitere fünf Künstlerinnen mit völlig verschiedenen Techniken beteiligt. Brigittes Einstellung zu diesem Abenteuer war zwiespältig. Sie hatte die letzten fünfzehn Jahre sehr isoliert gelebt. Ihr Wissen von der Welt hatte sie aus dem Fernsehen und aus Zeitungen. Und dann gleich nach Berlin reisen? Sie könnte zusammen mit Walter und Anne fliegen. Sie wollten sich dieses Ereignis nicht entgehen lassen. Außerdem trug sich Brigitte ernsthaft mit dem Gedanken, eines Tages Freds Chilereise zu machen und dazu brauchte sie, das war ihr klar, mehr Erfahrung mit der Welt, so wie sie wirklich war, wie sie außerhalb ihres Hofes, ihrer vertrauten Umgebung am Gehrenberg über Markdorf war. Brigitte entschloss sich zu trainieren.

Stuttgart war ein gutes Ziel. Nicht zu nah, nicht zu weit weg und nicht zu groß. Zwei Tage später, es war ein Samstag, fuhr sie früh morgens mit ihrem Auto nach Singen. Im Osten ging gerade die Sonne auf und im Westen hing der fast volle Mond noch am Himmel und dazwischen machten sich einzelne Wolken breit. Sie stieg in den Zug nach Stuttgart. Ihr erster Weg nach der Ankunft war in die Buchhandlung im Bahnhof, um sich einen Stadtplan zu kaufen. Eine Stunde später stöberte sie noch immer zeitvergessen an den diversen Tischen und Regalen in den Büchern. Sie kaufte letztendlich den Stadtplan und einen im Preis heruntergesetzten älteren Bestseller. Mehr wollte sie nicht den ganzen Tag mit sich herumtragen. Als sie an der Kasse stand und darauf wartete, an die Reihe zu kommen, lag dort ein Stapel dicker, großer Notizbücher. Sie waren in rot- oder goldgemusterte chinesische Seide gebunden und fühlten sich kostbar an. Ein rotes Notizbuch machte fast ohne ihr Zutun den Sprung auf ihren kleinen Stapel. Ich könnte ein Tagebuch führen oder mein Leben aufschreiben, begründete sie vor sich selbst die spontane Entscheidung und legte zwei weitere, in Gold gebundene Notizbücher noch schnell dazu. Befriedigt und neugierig verließ Brigitte den Bahnhof. Der Himmel hatte sich zugezogen. Einzelne verirrte Schneeflocken erinnerten sie daran, dass es Winter war. Sie ging die Stufen hinunter und schaute sich um, und das Erste, wovon ihre Augen angezogen wurden, war ein Plakat mit der Ankündigung einer Dia-Großbildshow über Chile noch an diesem Abend. Sie fühlte ein warmes Kribbeln in der Magengegend. Wann ging der letzte Zug am Abend? Sie ging zum Bahnhof zurück und sah nach, wenn der letzte Zug abfahren würde. Wenn die Show nicht zu weit weg stattfand und nicht zu lange dauerte, konnte sie zu der Veranstaltung gehen. Im Stadtplan suchte sie die Adresse heraus. Es war möglich! Sie schickte einen Seufzer gegen den Himmel und flüsterte: »Ich habe verstanden.«

Sie schlenderte vier Stunden durch die Straßen und Geschäfte. Sie schaute sich eine Ausstellung in der Staatsgalerie an, aber es war nur, um die Zeit vorbeigehen zu lassen. Nachdem es zu dämmern angefangen hatte, lief sie noch eine Weile durch bunt erleuchtete Straßen und Geschäfte.

Sie setzte sich in ein Restaurant und bestellte sich etwas zu essen. Erst jetzt bemerkte sie, wie ausgehungert sie war. Eine halbe Stunde vor Beginn des Dia-Vortrages war sie bereits im Saal. Sie hätte gerne mit dem Veranstalter gesprochen, traute sich aber nicht, das Wort an ihn zu richten. Von sechzehn Projektoren wurden die Bilder auf eine überdimensionale Leinwand geworfen. Brigitte wagte kaum, zu atmen. Sie war sicher, dass Fred genauso fasziniert neben ihr saß. Sie hielt ihr Medaillon in der Faust und flüsterte: »Verzeih mir, dass ich nicht zugehört habe, wenn du von deinen Träumen gesprochen hast.« Sie verfolgte die Bilder, die sie teilweise aus Freds Reisevorbereitungen kannte. Beim Anblick der himmelblauen Eismassen des Perito Moreno Gletschers am Lago Argentino, die die Leinwand füllten, stiegen ihr die Tränen in die Augen. Sie liefen still über ihr Gesicht, während sie völlig in der vielfältigen, gewaltigen Natur dieses riesigen Landes mit dem Namen »Ende der Welt«, den ihm die Indianer gegeben hatten, versank. Sie hatte verhindert, dass Fred sich diesen Wunsch erfüllen konnte. Es war ihre Aufgabe, Fred symbolisch an den Ort seiner Träume zu bringen. Sie rannte durch ein nächtliches Schneegestöber. Die Schneeflocken schmolzen wie kleine Küsse auf ihrer Haut.
Außer Atem erreichte sie den letzten Zug nach Singen. Sie war alleine im Abteil, und wie unter Zwang nahm sie eines der neuen Notizbücher und fing an zu schreiben. Sie schrieb während der ganzen Fahrt. In Singen stieg sie in ihr Auto und fuhr nach Hause. Es schneite unablässig. Sie hatte die Befürchtung, den Gehrenberg nicht hinaufzukommen und war froh, als sie endlich den ungeräumten Weg zu ihrem Haus bewältigt hatte. Als Erstes drehte sie die Heizung höher, kochte sich Tee, verzog sich mit der Kanne und einer Tasse auf ihr Sofa. Sie rollte ihre Decke und Kissen um sich

und schrieb auf ihren Knien bis in die frühen Morgenstunden. Sie hörte erst auf, als vor ihren Augen die Buchstaben wegzulaufen begannen und sie bemerkte wie steif und kalt sie war. Genauso hemmungslos, wie sie vor langer Zeit mit ihren Händen im Ton versunken war, um ihre Gedanken und Gefühle, ihre Realität zuzudecken, genauso schonungslos deckte sie nun ihr Leben auf. Sie hatte ihre eigene Schale geknackt und der Inhalt floss unaufhaltsam heraus und wollte nicht enden. Sie entdeckte sich selbst. Ihr Innerstes, ihr verdrängtes Unbewusstes lief über, wurde von den Seiten des Buches aufgenommen und zwischen dem rotseidenen Einband verschlungen. In dem Maße, in dem sie die Seiten füllte, schrieb sie sich den Schmerz der Vergangenheit von ihrer Seele.

Zwei Wochen später fuhr Brigitte sehr früh mit dem Auto zum Bahnhof in Markdorf hinunter. Sie parkte neben dem Bahnhof, nahm den ersten Zug nach Friedrichshafen und von dort aus nach Ulm. In Ulm stieg sie in den Zug nach München. Ihr Weg führte sie vom Bahnhof direkt in ein Reisebüro. Sie ließ sich anhand von Freds Unterlagen über Flüge und Reisemöglichkeiten nach Chile beraten. Sie bekam Tipps zu Videos über ihr Reiseziel und sie kaufte sich zwei Filme.

Mit Unterlagen und Daten versehen, setzte sie sich in ein Café am Marienplatz. Die Auswahl an Kuchen und Torten war so groß, dass sie sich nicht nur für ein Stück entscheiden konnte. Sie bestellte Erdbeersahne und Mokkacreme.

Bei Sport-Scheck ließ sie sich vor der Rückkehr zum Bahnhof über Wanderschuhe, Rucksäcke und Kleidung beraten. Auf dem Weg wurde sie von der Buchhandlung Hugendubel eingefangen und sie fand einen Reiseführer, der in Freds Sammlung noch nicht vertreten war. Im Zug hatte sie viel

Zeit darin zu schmökern, Prospekte durchzusehen und sich Notizen zu machen. Als sie endlich in Markdorf ankam, war die Nacht vollkommen klar und sehr kalt. Am Himmel hing zwischen Sternenstaub eine scharfe Mondsichel.

Die Fastnachtszeit war die Zeit, in der sich Brigitte noch mehr vergrub als sonst. Sie ging auch in diesem Jahr eine Woche nicht aus dem Haus. Sie hockte auf ihrem Sofa und sah sich die Chile-Videos an oder sie saß am Küchentisch und schrieb in eines ihrer Seidenbücher.
Walter und Anne dagegen waren in dieser Zeit mit den Narren unterwegs. Sie hatten jedes Jahr andere Kostüme. Es war die fünfte Jahreszeit für sie. Sie wären zu gern im Häs eines Hänsele durch die verschiedenen Umzüge und Narrentreffen gejuckt, aber sie waren keine Eingeborenen, die quasi mit der Muttermilch zum Hänsele herangezogen worden waren. Seit sie in Markdorf wohnten, war der »Schmotzige Donnschtig« der absolute Höhepunkt der Fasnacht. Am Abend »glonkerte« fast alles, was Beine hatte im weißen Nachthemd und mit Schlafmütze durch die Stadt. Ein nicht endender, weißer, hüpfender Lindwurm wälzte sich durch die Straßen.
Walter und Anne waren mit Kollegen unterwegs. Sie hatten sich untergehakt und bildeten eine, von einer Seite der Straße bis zur anderen reichende, Reihe. Als sie ungefähr auf der Höhe der Post waren, glaubte Walter seinen Augen nicht zu trauen. In der Zuschauermenge, die auf der Posttreppe standen, entdeckte er das Gesicht von Andrea Gärtners Mörder. Er strauchelte und wäre fast gefallen, weil er so abrupt stehen geblieben war und von hinten gestoßen und gleichzeitig von Anne weitergezerrt wurde.
Als er wieder aufsah, war das Gesicht verschwunden. Er war sicher, dass er ihn gesehen hatte. Walter war nicht mehr

nach ausgelassener Fröhlichkeit. Er bekam die Frage nicht mehr aus seinem Kopf, was wäre, wenn Fred und der Verursacher seines Unglücks zusammengetroffen waren und Fred dabei den Kürzeren gezogen hatte? Nicht auszudenken.

Im Anschluss an den Umzug zogen sie in ihren Schlafanzügen und Nachthemden und mit ihren altmodischen Betthauben auf den Köpfen durch die Wirtschaften und Kneipen. Überall spielte Musik und sie tanzten bis in den frühen Morgen. Walter hielt durch, aber am nächsten Tag saß er zerknautscht in seinem Büro und stellte sabbernd einen Kaffeebecher nach dem andern auf seinen Schreibtisch. Seine Kollegen, die in der Nacht mit dabei waren, sahen nicht besser aus. Nur ihre Schreibtische waren ohne braune Kaffeeränder. Walter berichtete von seiner Vision und seiner Befürchtung, die Fred betraf. Sie beratschlagten, welche Möglichkeiten sie noch hatten, in dieser Richtung nachzuforschen. Es gab keine Leiche. Sie konnten nicht sagen, wann und wo Fred verschwunden war. Also welche Fragen sollten sie einem mutmaßlichen Täter stellen?

Am Aschermittwoch trafen sich Walter und Anne mit Steffi und Bruno im Adler in Bermatingen zum »Kuttelessen«. Selbst Walter aß an diesem Tag keine Maultaschen und Bruno, der noch nie Kutteln gegessen hatte, ließ sich dazu überreden. Er war nicht begeistert, aber Steffi zuliebe zwang er das für ihn schlabberige Zeug hinunter. Sie hatten versucht, Brigitte von ihrem Berg herunter und aus ihrem Schneckenhaus herauszulocken, aber es war keinem von ihnen gelungen.

Am Sonntag nach Aschermittwoch fiel dann das Quartett bei Brigitte unangemeldet ein. Sie weigerten sich, ohne sie ins Wirtshaus zum Essen und »Funken« schauen zu gehen. Am Ende ließ sich Brigitte überreden. Sie stieg aus ihrem Gammeldress und zog sich Jeans und einen dunkelblauen Pullover über. Es war ein freundlicher Tag gewesen. Nur Wolkenfetzen zogen ab und zu über den Himmel. Die Temperatur war vorfrühlingshaft und die Sonne verschwand bilderbuchmäßig irgendwo in der Schweiz.

Sie hatten einen Tisch am Fenster mit weitem Blick auf den See und die ganzen Dörfer und Weiler, die unterhalb des Gehrenberges wie hingestreut dalagen. Nach Einbruch der Dunkelheit, begannen die Feuer nach und nach aufzuleuchten. Zuerst waren es nur kleine Lichtpunkte, die kaum auszumachen waren. Aber schon nach kurzer Zeit schlugen Flammen gegen den nächtlichen Himmel. Als sie 18 verschiedene Funken gezählt hatten, kamen sie durcheinander und gaben das Zählen auf. Es war ein nur einmal im Jahr stattfindendes Schauspiel. Der Winter und mit ihm die langen dunklen Nächte wurden mit den riesigen, weit im Land sichtbaren Feuern, verjagt.

»Ab heute geht's mit dem Licht wieder bergauf«, sagte Anne und die drei Frauen überredeten Walter, auch einen Neuanfang zu starten und Maultaschen auf Chinesisch zu probieren, Wan Tan im Bambuskörbchen gedämpft. Er bestellte sie als Vorspeise und ließ alle einmal probieren. Damit war sein Körbchen fast leer und er konnte sich seine richtigen Maultaschen in Streifen geschnitten, angebraten und mit Ei überbacken, bestellen.

Brigitte erinnerte sich an die Zeit, in der ihr Vater noch jedes Jahr Holz für den Funken bereitgestellt hatte, das dann die jungen Männer, mit denen sie teilweise zur Schule gegangen war, oder im Musikverein gespielt hatte, einsammelten. Wenn der Holzstoß für den Funken aufgeschichtet war, musste er am Tag und vor allem in der Nacht vor dem offiziellen Abbrennen, gut bewacht werden. Es kam immer wieder vor, dass der riesige, mühsam kunstvoll aufgeschichtete Holzstoß von konkurrierenden Jugendlichen aus dem Nachbarort vorzeitig angezündet wurde.

Sie erinnerte sich auch daran, dass sie vor langer Zeit mit Fred und Andrea zusammen zu ihrem Funken gegangen war. Hand in Hand tanzten sie mit vielen andern Menschen zusammen in einem großen Kreis, um die auf dem Scheiterhaufen brennende Hexe aus Stroh. Es war ein schauerliches Gefühl, wenn brennende Holzscheiben, begleitet von alten Sprüchen, Funken sprühend, von einem der jungen Männer den Berg hinunter ins Tal geschlagen wurden.

Eine heitere Gelassenheit strahlte die Skulptur Madonna mit Kind aus. Brigitte war mit sich und ihrer Arbeit zufrieden. Die Gesichter der Mutter und des Kindes drückten Zärtlichkeit aus. Es war das erste Gesicht einer Frau, das sie ausgearbeitet hatte und es war ihr gelungen. Die Figur stand auf dem Tisch, als Steffi, die bereits demonstrativ eine kleine Kugel vor sich herschob, sie besuchte. Sie hatte den in sich ruhenden Blick fast aller schwangeren Frauen. Er erinnerte Brigitte an den Ausdruck, der in den großen, sanften Augen der Kühe lag, die früher an dem Platz standen, an dem sie nun arbeitete.

Steffi war beeindruckt und berührt von der Skulptur. Sie bat Brigitte, ihr eine zur Geburt ihres Kindes zu machen. Sie wollte sie Bruno zum 36. Geburtstag schenken, der zwei Wochen nach dem geschätzten Geburtstermin sein würde.

Steffi hatte Eier mitgebracht und Brigitte nahm sie an. Es war kalt im Atelier, obwohl die Außenwände bereits von der Frühlingssonne gewärmt wurden. Es knisterte in jeder Fuge. Das erste Grün spross aus den Ritzen zwischen den Pflastersteinen. Der Nussbaum streckte seine noch kahlen, in der Sonne silbern glänzenden Zweige dem Himmel entgegen. Die Rabenkrähe saß still wie eine Skulptur auf einem Ast. Nur ihre Augen bewegten sich zwischen Brigitte und Steffi hin und her.

Die zwei Frauen lehnten sich gegen die gelbe Wand und hielten ihre Gesichter dem Licht und der Wärme entgegen. Brigitte konnte sich dem Zauber des Neubeginns nicht entziehen. Sie fragte: »Wann ist es denn soweit?«

»Mitte Juli«, antwortete Steffi, ohne ihr Gesicht aus der Sonne zu wenden.

»Am siebten Mai flieg ich nach Chile!«, sagte Brigitte.

»Hast du dich wirklich dazu entschlossen? Wie lange wirst du bleiben?«, wollte Steffi wissen.

»Der Rückflug ist für den fünfzehnten Juni gebucht«, sprach Brigitte in Richtung Himmel. Dabei blieb ihr Blick an dem Vogel hängen, der sie scheinbar unentwegt beobachtete. »Ob er versteht, was wir sprechen?«, sagte sie mehr zu sich selbst.

Steffi fragte: »Wer?«, und Brigitte sagte: »Ich dachte nur laut.«

Steffi stieß sich von der Wand ab und schaute ihr ins Gesicht. »Du bist ganz schön mutig, eine solche Reise alleine zu machen.«

Brigitte zuckte mit den Schultern: »Im Universum geht nichts verloren, wie mein Vater immer sagte.«

Sie gingen nebeneinander die paar Schritte zum Haus hinüber. Brigitte setzte Teewasser auf und holte ihr Waffeleisen, das seit Monaten unberührt im Schrank stand. Steffi saß auf Freds Platz und schaute ihr beim Zusammenrühren des Teiges zu. Während sich der Duft der Waffeln im Raum verteilte, deckte Brigitte den Tisch. Es hatte ihr gefehlt, dieser Duft und dieses Ritual und ihr wurde bewusst, dass es ein Teil ihres Lebens gewesen war. Sie hatte sich oft geärgert, weil Fred so verbissen an dieser Gewohnheit festhielt und auch sie dazu gezwungen hatte. Er wollte, dass sie mit ihm am Tisch saß, aber wozu, wenn er dann doch nur in seiner Zeitung las? Brauchte er diese Zeit, um in der Illusion zu leben, dass sein Leben in Ordnung war?

Sie legte die Waffeln auf zwei Teller, teilte sie in fünf Herzen, streute Puderzucker darüber, und während sie sich an den Tisch setzte, schob sie einen der Teller zu Freds Platz hinüber. Steffi riss ihre Augen auf und blickte entsetzt zum Fenster. Gleichzeitig schlug jemand so kräftig gegen die Scheibe, dass Brigitte schon Scherben erwartete. Erschrocken drehte sie sich um und sah den schwarzen Vogel. Er saß auf dem Fenstersims und hackte mit seinem kräftigen Schnabel auf die Scheibe ein. So, als ob er Einlass verlangte. Brigitte wurde wütend. Sie klatschte in die Hände und schrie: »Hau ab, was soll das?«

Als der Vogel weiter gefährlich gegen das Glas hämmerte, schlug sie mit der flachen Hand von innen gegen das Fenster. Endlich breitete er seine Flügel aus und verschwand mit einem protestierenden krraah, krraah. Steffi schaute noch immer erschrocken, als sie den Teller mit der Waffel entgegennahm. Sie sagte gezwungen: »Köstlich.«

Und Brigitte sagte: »Du meinst hoffentlich nicht den aufdringlichen Vogel.«

Brigitte war dabei, den Winter aus ihrem Atelier zu vertreiben. Fenster und Türen standen weit offen und sie putzte. Plötzlich stand jemand hinter ihr und legte ihr sanft die Hand auf die Schulter. Brigitte stieß einen Schrei aus und drehte sich erschrocken um. Als sie sah, dass es Bruno war, bemerkte sie, wie einmal mehr diese ungezügelte hemmungslose Wut in ihr hochstieg. Sie zitterte. Sie umschloss mit der Faust ihren Notanker, das Medaillon, das sie immer um den Hals trug. Sie zwang sich, tief durchzuatmen.

»Scusi, Brigitte ich wollte dich nicht erschrecken. Ich habe gerufen, du hast nicht gehört. Wollte nur fragen, ob du für Steffi morgen den Markt machen kannst? Sie hat sich erkältet und ich denke es is besser sie bleibt im Haus.«

Brigitte starrte ihn immer noch wie ein Gespenst an.

»Is möglich? Kannst du, ja oder nein?«, hakte er nach.

Brigitte hatte sich wieder gefasst. »Natürlich, natürlich, geht in Ordnung, ich mach's.«

Bruno drehte sich um und schaute sich die Madonna mit Kind an. Als er ihre große Skulptur, die sie in der Nacht nach Freds Tod begonnen hatte, entdeckte, pfiff er anerkennend durch die Zähne. Er ging zum Ofen hinüber und machte die angelehnte Türe ganz auf. Brigitte war ihm nicht gefolgt, sie hörte ihn nur rufen: »Ich frage mich, ob du wirklich hast?«

Sonst sagte er nichts und Brigitte gab keine Antwort, weil sie nicht sicher war, ob sie die Frage richtig verstanden hatte und wenn, was hätte sie darauf antworten sollen? Aber es schien so, dass Bruno gar keine Antwort erwartete. Er pfiff scheinbar gut gelaunt vor sich hin und verließ den Raum. Im Hof machte er nochmals Halt, schaute durch das geöffnete Fenster und rief mit einem komplizenhaften Augenzwinkern: »Gelb is viel schöner!«

Brigitte war nicht mehr in der Lage, weiter zu putzen. Sie ließ alles stehen und liegen und ging ins Haus und schrieb in ihr Seidenbuch. Das Erste, das Rote, hatte sie bereits gefüllt. In der Zwischenzeit war sie am zweiten, dem goldenen Notizbuch, und es würde nicht ausreichen, um all das zu fassen, was noch aus ihr heraus wollte.

Früher hatte sie die Technik, die Augen zu verschließen, um nichts sehen zu müssen, bis zur Perfektion beherrscht. Den Fluss ihrer Seelenbilder hatte sie abgedrängt und zusammengepresst. Nur sie waren nicht verschwunden. Der Spruch ihres Vaters bewahrheitete sich einmal mehr. »Das Universum verliert nichts.« Ihre Erinnerungen waren nur zwischengelagert und jetzt drängten sie wie die Tulpen in ihren Töpfen aus der Erde ans Licht. Brigitte war bereit, ihnen die Türen zu öffnen, sie in die Wirklichkeit zu entlassen. Sie konnten heraustreten. Am Ausgang saß sie mit ihrem Buch und notierte alles, wovon sie einst meinte, es vergessen zu müssen. Sie hatte begriffen, vor sich selbst und ihrem Leben konnte sie nicht davonlaufen.

Sie schrieb jeden Abend. Bevor sie anfing, buk sie zwei Waffeln. Sie schnüffelte sich durch die süße, warme Vergangenheit. So wie sie es früher auch gemacht hatte, legte sie die Waffeln auf zwei Teller und schob, wenn sie sich gesetzt hatte, einen Teller an Freds Platz hinüber.

Sie schrieb und sprach mit Fred. Alles, was in ihrer beider Sprachlosigkeit verloren gegangen war, drückte sie nun in geschriebenen Worten aus. Sie erkannte Ursache und Wirkung. Ihre verdrängten Gedanken hatten die Sprachlosigkeit erzeugt und ihre Sprachlosigkeit hatte wiederum den Zwang, Gedanken zu verdrängen zur Folge. Die Spirale hatte sich immer höher und enger geschraubt, bis sie in einer katastrophalen Explosion endete.

Brigitte buchte alle Hin- und Rückflüge von Berlin über Madrid nach Santiago und bis hinunter zu Chiles Südspitze über Puerto Montt nach Punta Arenas. Soweit es möglich war, reservierte sie die Hotelübernachtungen gleich mit. Die junge Frau vom Münchner Reisebüro erledigte alles, was notwendig war. Ihr Umgang mit dem Computer war in der Zwischenzeit so weit gediehen, dass sie im Internet surfen und per E-Mail Nachrichten versenden und empfangen konnte. Die Reise war teurer, als sie es sich vorgestellt hatte. Aber das Geld, über das sie verfügen konnte, reichte aus.

Bei der Durchsicht der Ordner in Freds Reich entdeckte sie, dass sie keine arme Frau war. Fred hatte ihr gemeinsames Geld gut angelegt.

Von Corinne, der Rechtsanwältin, ließ sie sich wegen eines Testamentes beraten: »Es ist vielleicht besser, ich mach das vorher. Man kann nie wissen, was auf einer solchen Reise passiert«, war ihr Argument. Corinne pflichtete ihr bei. Da Brigitte keine direkten nahen Verwandten mehr hatte, setzte sie als Erben ihres gesamten Vermögens eine Kinderhilfsorganisation ein und Corinne als Testamentsvollstreckerin.

Anfang April fuhr Brigitte nochmals nach München und kaufte alles, was sie für ihre Reise durch Chile an Kleidung und Ausrüstung brauchte. Anne begleitete sie und beriet sie bei der Auswahl eines grauen Hosenanzugs für die Vernissage am 5. Mai in Berlin. Sie waren zwei unbeschwerte Frauen, die einen gemeinsamen Einkaufsbummel genossen. Beim Mittagessen im Franziskaner nahm Brigitte Anne das Versprechen ab, sich während ihrer Abwesenheit um die alte Katze zu kümmern.

Schwer bepackt und gut gelaunt ließen sie sich von einem Taxi zum Bahnhof fahren.

In der Nacht, als sie wieder zurück waren, sagte Anne zu Walter: »Wenn ich sie nicht so gut kennen würde, könnte ich glauben, sie reist mit ihrem Fred nach Chile. Vielleicht

hat er sich doch abgesetzt und wartet irgendwo auf sie? Sie
ist ganz anders als früher, sie wirkt so fröhlich, richtig un-
beschwert.«

Walter schüttelte den Kopf: »Das glaubst du doch wohl
selbst nicht. Meine Kollegen haben auch in diese Richtung
ermittelt. Sie wollten Brigittes Telefon abhören, bekamen
aber vom Ermittlungsrichter keine Erlaubnis. Die Ver-
dachtsmomente waren einfach zu vage.«

Walter krabbelte mit Zeige- und Mittelfinger durch seinen
Bart, bevor er ihn mit der ganzen Hand wieder glatt strich
und unter seiner Hand nuschelte: »Ich war mir immer sicher, dass es da nichts zu entdecken geben würde. Fred
hatte doch gar keinen Grund zu verschwinden und schon
gar nicht so. Er hätte doch jederzeit nach Südamerika reisen können. Selbst wenn er ein ganzes Jahr lang hätte reisen wollen, hätte er die finanziellen Möglichkeiten dazu gehabt. Er ist nicht arm, oder sollte ich doch besser sagen, er
war nicht arm.« Walter war in Gedanken bei Fred und dann
wechselte er wieder zu Brigitte: »Ich hoffe nur, dass ihr dort
drüben nichts passiert. Sie ist so naiv und hat wahrscheinlich
gar keine Vorstellung, was da alles auf sie zukommen kann.«

Mitte April kam Jo, der Galerist, aus Berlin. Er verbrachte
Ostern bei seinem Bruder Walter am See. Er suchte sich in
Brigittes Atelier fünf Skulpturen aus. Es waren die, die auch
sie für die Besten hielt. Es war noch gar nicht so lange her,
da konnte sie es sich nicht vorstellen, sich jemals von einer ihrer Figuren zu trennen. Als es dann soweit war, dass
sie bereit für den Weg nach Berlin nebeneinanderstanden,
hatte sie kein Problem damit. Sie gehörten bereits ihrer Vergangenheit an. Jo verpackte sie sorgfältig und verstaute sie
in seinem Kombi. Am Ostermontag würde er wieder nach
Berlin zurückfahren.

Am nächsten Tag saß Brigitte beim Friseur und ließ sich ihr langes, grau meliertes Haar, das sie nie anders getragen hatte als im Nacken zusammengebunden, auf Kinnlänge abschneiden.

An einem Morgen, an dem der See und der Säntis mit den Alpen wie ein perfekt komponiertes Bild unter ihr lagen, brachte sie die Madonna an ihren Platz im Bildstöckchen. Sie hatte ihr nur einen blauen Mantel glasiert, sonst war die Skulptur von Mutter und Kind gebrannte Erde natur. Sie hatte ein neues kleines Schloss gekauft, und hoffte, dass vorbeikommende Wanderer den Besitz respektieren und niemand den Versuch machen würde, das einfache Gittertürchen aufzubrechen. Die Wiese, an deren Rand das frisch herausgeputzte Bildstöckchen stand, zog sich hinter dem Hof sanft den Berg hinauf. Sie war mit Löwenzahn übersät und die alten Birn- und Zwetschgenbäume schwebten mit ihren frischen weißen Blüten wie große aufgeblasene Ballone darüber. Die Apfelbäume zeigten erst ihre dicken, rosa Knospen. Es waren sicher nur noch einige Tage, bis auch sie sich in zartrosa Schaumkugeln verwandeln würden.

Die Skulptur, Mutter mit Kind, die Steffi für sich und ihren Bruno bestellt hatte, war ebenfalls fertig. Brigitte wollte kein Geld dafür. Steffi bestand darauf, sie zu bezahlen. Brigitte machte ihr den Vorschlag, zum Ausgleich zusammen mit Anne nach der Katze und dem Haus zu sehen, solange sie selbst es nicht konnte. Steffi meinte: »Das ist doch nichts.« Brigitte antwortete: »Täusch dich nicht!«

Der Flug Friedrichshafen-Berlin war für den 4. Mai gebucht. Die Zeit bis zum 7. Mai beschlossen die Freunde dort zusammen zu verbringen. Walter und Anne wollten Brigitte an diesem Tag zum Flugplatz, zu ihrem Start nach Südamerika begleiten und danach selbst an den Bodensee zurückfliegen.

Brigitte brachte die nächste Ernte in die Erde. Zuerst den Weizen und kurz vor ihrer Abreise den Mais. Sie arbeitete tagsüber wie besessen und abends legte sie genauso besessen ihr verdrängtes Leben auf die Seiten ihres Notizbuches. Sie war bereits am dritten Buch und es floss immer noch unaufhörlich aus ihr heraus. Sie befreite mit jeder Seite einen Teil ihrer Vergangenheit. Sie hatte den Deckel einer alten Truhe geöffnet, und je mehr Dinge sie daraus entnahm, desto mehr entdeckte sie. Schicht für Schicht kam ans Tageslicht und gab etwas, das darunter verborgen war, frei.

Steffi wollte die Freunde vor Brigittes großer Reise noch einmal zusammen um sich haben. Sie lud sie für den Mittwoch ins Wirtshaus am Gehrenberg ein. Sie hatte an diesem Tag Geburtstag. An diesem Abend wurde im Stadel ein preisgekrönter Film, der in Chile spielte, gezeigt. Er war nach einem Roman von Isabel Allende gedreht worden.
Steffi rief bei Brigitte an. »Du musst ihn gesehen haben, wenn du schon dorthin fliegst.« Brigitte ließ sich überreden. Anne kam bei Brigitte vorbei, um mit ihr über ein gemeinsames Geburtstagsgeschenk für Steffi zu beraten. Da Steffi eine bereits von Otto begonnene Hühnersammlung aus Holz, Keramik und Glas besaß, machte Anne den Vorschlag, ihr ein Keramikhuhn einer Künstlerin aus Bermatingen zu schenken.
Am Nachmittag holte Anne Brigitte ab und sie suchten in dem Atelier ein neugierig blickendes, blau schillerndes, dickes, gluckiges Huhn aus. Und weil Steffi schwanger war, kauften sie noch ein goldgelbes Küken dazu. Sie setzten sie in einen Korb mit Heu und Brigitte legte fünf Eier dazu.
Walter hatte an diesem Nachmittag einen Anruf seines italienischen Kollegen erhalten. In einem abgelegenen Waldstück, in der Nähe von Triest, waren die Reste einer

männlichen Leiche gefunden worden. Es bestand die Möglichkeit, dass es die Überreste von Fred Gärtner waren. Walter sandte Freds DNA-Daten nach Italien. Am Abend erwähnte er mit keinem Wort diese Information. Aber sie beschäftigte ihn und er wirkte angespannt, was vor allem Anne auffiel. Sie vermutete, dass es mit Fred zusammenhing, wollte aber nicht in ihn dringen. Wenn es etwas zu sagen gab, würde er es ihr schon mitteilen.

An diesem Abend stand kein unbesetzter Stuhl am Tisch. Steffi wurde der Reihe nach von allen vorsichtig umarmt, so als wäre sie zerbrechlich und nicht nur schwanger. Anne überreichte ihr das Huhn mit Küken und seinen fünf Eiern, mit der Empfehlung, es ihm gleichzutun. »Den Anfang hast du ja bereits geschafft«, sagte sie augenzwinkernd.

»Apropos Eier muss ich euch was erzählen.« Steffi erinnerte an den Abend, den sie im letzten Sommer im Restaurant von Andreas und Mathilde in Heiligenberg verbracht hatten. Sie erzählte, dass Mathilde nach dem Einbruch auf dem Ott-Hof ein Problem mit den Eiern hatte. »Mathilde meint, die Eier hätten plötzlich eine negative Schwingung.« Wobei sie einige Wochen zuvor doch gerade noch diese so gelobt hatte.

Anne machte den Vorschlag: »Wir könnten doch Alex, die Wirtin hier fragen, ob sie bei den Eiern, die sie vom Ott-Hof geliefert bekommen hatte, auch eine negative Veränderung der Schwingung registriert hat?«

Walter protestierte. »Ich bitte euch!« Er strich sich mit der ganzen Hand über seinen Schnauzer. Er schüttelte missbilligend den Kopf und drückte so sein Unverständnis zum Inhalt des Gesprächs aus. »Ihr wollt doch nicht allen Ernstes darüber diskutieren, ob die Eier nach dem Einbruch von Felix und Mike eine andere Schwingung hatten.« Damit war für ihn dieses Thema erledigt.

Sie bestellten dreimal Salat mit Streifen von Hähnchenbrust. Walter wollte: »Salat mit…«, er hatte noch nicht ausgesprochen, als ihm Brigitte, Anne und Steffi ins Wort fielen und einstimmig »Maultaschen in Streifen geschnitten und angebraten!«, riefen.

Brigitte bestand auf Zanderfilets auf ihrem Salat. Zum Nachtisch waren sie alle für »Pfannkuchen mit Quarkfüllung und Sauerkirschen, ohne Maultaschen«, mit einem Seitenblick zu Walter. Steffi verzichtete auf ein Glas Wein, dafür bestellte sie sich einen Nachtisch zum Nachtisch, einen großen Nusseisbecher. Ihr Kind bewegte sich und stieß vermutlich ein Füßchen gegen die Bauchdecke. Zuerst musste Bruno danach greifen, dann fasste jeder einmal auf Steffis Kugel und grüßte den kleinen Fuß. Brigitte streichelte ebenfalls sacht über Steffis Bauch und bestätigte, dass die Beule sicher ein Fuß von Steffis und Brunos Sohn war.

Der gezeigte Film war eine chilenische Familiengeschichte, aber dazwischen waren immer wieder Szenen, die in einer großartigen Landschaft spielten. »Da könnte ich gerade Lust bekommen, mit dir zu reisen«, sagte Anne. »Du musst unbedingt Tagebuch führen und viele Bilder schießen, damit ich auch was davon habe«, fügte Steffi hinzu. Brigitte versprach: »Ich denk an euch. Ihr werdet von mir hören.« Walter und Bruno sagten nichts.

Der Vergleich von Freds DNA mit der aufgefundenen Leiche in Italien ließ auf sich warten. Walter schwankte zwischen Hoffen und Bangen. Er fragte sich, ob es für Brigitte eine Erleichterung wäre, vor ihrer Abreise noch zu erfahren, dass Fred nicht mehr am Leben war. Am Ende stellte sich heraus, dass der Tote nicht Fred Gärtner war.

Für die drei Tage in Berlin hatte Brigitte nur einen kleinen Koffer gepackt. Walter und Anne würden ihn mit zurücknehmen. Für Südamerika mussten der große Rucksack und eine Tasche als Handgepäck genügen, darin waren auch ihre drei Notizbücher, die ihr Leben enthielten.

Steffi hatte sie zum Flugplatz nach Friedrichshafen gebracht. Zuerst holte sie Brigitte ab. Als sie vom Hof fuhren, saß der große schwarze Vogel auf dem Dach des Wohnhauses und schickte seine heiseren Rufe hinter ihnen her. Steffi schüttelte sich und sagte: »Der Vogel macht mir Angst.«

»Mir nicht, es ist alles eine Sache der Einstellung. Ich habe mich an ihn gewöhnt«, antwortete ihr Brigitte.

Danach sammelten sie in Markdorf Walter und Anne auf. Auf dem Weg zum Flugplatz redete Steffi ununterbrochen. Sie bedauerte, nicht selbst mit dabei sein zu können. »Zu deiner nächsten Ausstellung komme ich bestimmt«, versprach sie Brigitte.

Die drei Freunde machten zusammen eine Berlin-Stadtrundfahrt. »Genieß den Trubel und Luxus einer europäischen Großstadt«, empfahl Anne und Walter meinte: »Natur, Einsamkeit und einfaches Leben wirst du auf deiner Reise noch genug haben.«

Die dreistündige Besichtigungstour beeindruckte Brigitte und lenkte sie vom Gedanken an den Abend ab, von den zu erwartenden Besuchern und wie diese ihre Arbeiten aufnehmen würden.

Vor Beginn der Ausstellungseröffnung war Brigitte unsicher und aufgeregt. Es waren viele Menschen gekommen. Das Gedränge wurde immer größer. Sie wäre am liebsten heimlich verschwunden. Aber nachdem Jo sie sehr sympathisch und etwas geheimnisvoll vorgestellt hatte, verflog das innere Zittern. Sie atmete ruhig und war in der Lage, unbefangen zu antworten, wenn sie etwas gefragt wurde. Ihre Skulpturen gaben Gesprächsstoff. Obwohl sie mitten unter all den Menschen stand, betrachtete sie die Situation wie aus unbestimmter Ferne. Es hatte nichts direkt mit ihr zu tun. Sie wusste, dass es ihre Skulpturen waren. Sie hatte sie geschaffen und jetzt gingen sie ihren eigenen Weg. Wie Gedanken, die man nicht festhalten konnte. Brigitte beobachtete das Publikum, das so verschieden und doch so ähnlich war. Die Leute standen zusammen und hielten sich, es schien so, mit einer Hand an einem Glas fest. Mit der anderen Hand versuchten sie, mit Gesten die Wichtigkeit ihrer Worte zu unterstreichen.

Noch vor Mitternacht verabschiedete sie sich unauffällig und ging langsam durch die immer noch belebten Straßen in ihr Hotel zurück. Sie setzte sich in ihrem Zimmer im vierten Stock an das geöffnete Fenster. Das ewige Rauschen der Großstadt drang, obwohl es ein Fenster zum Hof war, wie Meeresbrandung in Wellen zu ihr herauf. Sie dachte an die ruhigen Nächte in ihrem Haus am Gehrenberg und an die Lichter, die wie eine Kette aus leuchtenden Perlen den See umfingen.

Sie nahm das letzte der drei Bücher. Es hatte noch zwei leere Seiten und bis jetzt stand noch kein ENDE unter der letzten Zeile. Es war der Moment, in dem sie den Wunsch und das Bedürfnis hatte, das Buch und damit ihr bisheriges Leben abzuschließen. Es sollte nicht irgendein Satz sein. Er sollte erklären und versöhnen. Er sollte einen Abschied ohne Schmerz ausdrücken. Und Brigitte schrieb auf die letzte Seite:

»Ich bin bereit, die Realität zu akzeptieren. Ich bin Seele

mit einem Körper. Solange ich an das Gegenteil glaubte, war es mir unerträglich, an mein totes Kind zu denken. Nach Freds Tod, auf dem Weg durch meine eigenen Abgründe, stieg nach und nach die Gewissheit in mir auf, dass ich Seele, Geist und Energie bin. Nur mein Körper ist der Zeit unterworfen. Meine Seele und meine Energie sind wie mein Kind und Fred, Teil der Unendlichkeit. Im Universum geht nichts verloren.«

Sie überlegte, ob sie das Wort ENDE darunter setzen sollte. Es war noch eine Zeile frei und sie tat es. Mit diesem Wort ENDE zog sie auch für sich selbst den Schlussstrich. Die letzte Seite blieb leer.

Es war in der Abflughalle in Berlin, der Flug Nr. 387 nach Madrid war aufgerufen. Sie hatten sich bereits voneinander verabschiedet. Gerade, als Brigitte durch die Passkontrolle gehen wollte, sagte Walter: »Ich schwöre dir, ich versichere dir, ich werde nicht aufgeben nach Fred zu suchen und ich werde herausbekommen, was mit ihm passiert ist.« Brigitte sah ihn mit großen Augen an, umarmte ihn nochmals und flüsterte dabei: »Ich glaub es dir und ich bin sicher, du wirst es herausfinden.«

Sie lösten sich voneinander und Anne nahm sie ebenfalls nochmals in den Arm. »Schick uns eine Ansichtskarte von Freds Gletschern«, flüsterte sie.

Brigitte winkte, ohne sich nochmals umzudrehen und betrat den Abflugbereich.

Beim Zwischenstopp in Madrid hatte Brigitte zwei Stunden Zeit bis zum Abflug der Maschine von LanChile nach Santiago. Sie stellte bei ihrer Suche nach dem richtigen Abfluggate fest, dass sie, trotz ihrer Bemühungen in den letzten Wochen, kaum Spanisch verstand.

Sie fand sich rechtzeitig zum Abflug ihrer Maschine am richtigen Platz ein, was ihr die Zuversicht gab, dass sie ihr Reiseziel erreichen würde. Sie hatte sich auf Walters Rat hin einen Sitz am Gang geben lassen, damit sie während des langen Fluges gelegentlich die Beine ausstrecken konnte und, wenn sie aufstehen wollte, niemand zu stören brauchte. Der Sitz neben ihr blieb frei. In der Nacht versuchte sie, es sich bequem zu machen und zu schlafen. Sie sah sich zuerst einen Film an. Danach döste sie vor sich hin und tauchte im Halbschlaf in die gerade gesehene Geschichte ein. Richtig schlafen konnte sie nicht. Sie nickte mehrere Male kurz ein, aber sobald ihr Kopf nach vorn fiel, war sie wieder wach.

Es spielte keine Rolle, ob sie schlief oder wachte. Brigitte wartete. Sie wartete geduldig auf die Dinge, die nun geschehen würden. Es war wie Advent in ihrer Kindheit. Advent war die Wartezeit vor dem großen Fest. Brigitte wusste, für sie war jetzt so eine Wartezeit. Das eine war vorbei, und das andere würde kommen.

In Santiago nahm sie sich ein Taxi für die 25 km lange Fahrt ins Hotel. In Freds Reiseplänen war der Bus vorgesehen, aber das war ihr mit ihren mageren Sprachkenntnissen zu kompliziert. Sie hatte sich auch für ein anderes Hotel entschieden. Über das Internet hatte sie sich informiert und das Hotel Diego Almagro ausgewählt. Es lag zentral, direkt unter dem Fernsehturm. Es war purer Luxus, aber der stand ihr zu.

Sie wusste, dass Santiago eine Millionenstadt war, und glaubte, darauf vorbereitet zu sein, nur um sich während der Fahrt in das Stadtzentrum, immer kleiner und verlorener zu fühlen.

Im Hotel stellte sie sich zuerst unter die Dusche und erkundete danach das Haus, die Terrasse und den Pool. Sie war ausgetrocknet, erschöpft und fühlte sich wie ein im Keller vergessener Apfel nach dem Winter. Sie aß im Hotelrestaurant ein Fischgericht und trank dazu ein Glas chilenischen Weißwein, weil Fred sich genau das vorgenommen hatte. Sie ging auf ihr Zimmer, legte sich angezogen auf ihr Bett und schlief acht Stunden, ohne Schlaftabletten und ohne auch nur einmal aufzuwachen.

Vier Nächte und drei Tage verbrachte sie in der Stadt, für die es keinen Stempel gibt, außer Santiago de Chile. Alte Kirchen, moderne Hochhäuser, schöne Wohngegenden, Armenviertel, einen Supermarkt neben einem Tante Emma Laden und alten Palästen. Eine Riesenhand hatte Gebäude in allen Größen und Baustilen nach dem Zufallsprinzip über die Stadtfläche verteilt. Der Fernsehturm war ihr Fixpunkt. Sie konnte ihn von fast jedem Viertel aus sehen und so zum Hotel zurückfinden. Brigitte machte eine in englischer Sprache geführte Stadtrundfahrt und danach ging sie alleine auf Entdeckungsreise. Fast einen Tag verbrachte sie im Museo de Art Precolombino und einen Tag im Museo de Nacional de Bellos Artes. Sie sah sich jede Kirche an, die sich ihr in den Weg stellte und Santiago hat eine Menge Kirchen. Sie zündete Kerzen an und kaufte Souvenirs, die sie nicht brauchte und mit nach Puerto Montt schleppte, um sie dort zu verschenken.

Puerto Montt war ihre nächste Station. Ein kleinerer Flieger brachte sie auf Freds Reiseroute zusammen mit anderen Rucksacktouristen fast 900 Kilometer südlich. Sie bewältigte die Strecke vom Flugplatz zur Stadt mit dem öffentlichen Bus, indem sie sich einer Gruppe Touristen anschloss. Aus der Luft schien die Stadt aus kleinen, bunten Häusern zusammengewürfelt zu sein, die sich einer Bucht entlang am Pazifischen Ozean aufreihten.

In den nächsten Tagen hielt Brigitte sich nicht ganz an

Freds Ausflugsziele. Alleine wollte sie keine großen Wanderungen, auch nicht mit Führer, unternehmen. Sie hatte ein schönes Eckzimmer in einem Hotel mit Blick auf den Ozean und gab sich dem Warten hin. Sie lief die Straße vom Bahnhof zum Fähranleger am Wasser entlang. Riesige Sägemehlhalden türmten sich zu einem künstlichen Gebirge am Hafen auf. Sie turnte über ausgefahrene Spuren, die mit Wasser gefüllt waren, die Parallelstraße zum Bahnhof zurück. Sie kaufte sich einen handgestrickten, warmen Wollpullover und Wollhandschuhe und versank in der grandiosen Aussicht, die sich ihr von ihrem Zimmer aus bot. Sie mied andere Touristen und zog es vor, mit sich selbst zu sein.

Von Puerto Montt aus flog sie zum entferntesten Punkt ihrer Reise nach Punta Arenas, der südlichsten Stadt Chiles. Dort hatte sie in einem weiteren Luxushotel mit dem Namen Finis Terrae ein Zimmer reserviert. Ein Hotelangestellter holte sie vom fünfzehn km außerhalb gelegenen Flugplatz mit einer deutschen Luxuslimousine ab. Der Name des Hotels bedeutet Ende der Erde. Und es schien wirklich das Ende der Erde zu sein. Chile, der Name des Landes, bedeutet Land am Ende der Welt und nun war sie im Hotel Ende der Erde im Land am Ende der Welt. Sie hatte keine Möglichkeit, sich noch weiter als sie bereits war zu entfernen. Das absolute Ende war hier.

Es war kalt und die Nähe des Winters und des Südpols allgegenwärtig. Der Kontrast zwischen nicht endend wollender grandioser Landschaft am Ende der besiedelten Welt und den alten, historischen Gebäuden in dieser freundlichen Stadt, die sie an Europa erinnerten, hätte nicht größer sein können. Es war ihr letzter gebuchter Luxusaufenthalt. Nach Freds Reiseplänen ging die Rückreise, zurück in den Norden bis nach Santiago, mit dem Bus.

Für einen Tag nahm sie sich einen Führer für den Nationalpark Torres del Paine. Er hieß Hans, war Deutscher und lebte seit über zehn Jahren in Punta Arenas. Die Liebe hatte ihn in diese Ecke der Welt verschlagen. »Mich hat auch die Liebe hierher gebracht«, gestand sie ihm. Er verstand nicht, warum sie dann allein unterwegs war.

Sie bekam nur einen winzigen Ausschnitt des 1600 Quadratkilometer großen Reservats zu sehen. Aber das, was sie sah, überwältigte sie so, dass ihr die Tränen über das Gesicht liefen. Sie fühlte sich angesichts der gewaltigen Berge winzig und unbedeutend. Ihr Führer machte sie auf den größten Vogel der Welt aufmerksam. Sie konnten einen Albatros beobachten, wie er hoch über ihr durch die Luft segelte und einmal mehr überkam sie der Wunsch, genauso schwerelos über den Dingen zu sein. Sie lebte zu Hause am Gehrenberg mit dem fast täglichen Anblick der Alpen, aber sie gaben ihr nie dieses Gefühl von Ameisenähnlichkeit und gleichzeitig das Verlangen nach Leichtigkeit. Am Abend wusste sie nicht mehr, wo ihre erlösende Müdigkeit herrührte, von ihrem durchgeblasenen Kopf oder ihrem erschöpften Körper.

Einen Tag verbrachte sie auf der Pinguininsel Isla Magdalena. Wobei sie den größten Teil der Zeit bei rauer See auf einem Boot zur Insel und zurück verbrachte. Ihr war sterbensübel. Auf der Insel selbst hatte sie zwei kalte Stunden, um sich etwas zu erholen und die so menschlich wirkenden Pinguine zu beobachten. Die Rückfahrt war nicht besser und sie wankte danach in ihr Hotel zurück. Auf diesen Reisetipp von Fred hätte sie verzichtet, wenn sie gewusst hätte, wie er ausfallen würde.

Ihren dritten Tag in Punta Arenas verbrachte Brigitte auf dem Friedhof. Ein Friedhof zwischen absolutem Prunk und Luxus vergangener Tage und Schlichtheit und Armut.

Sie entzifferte verblichene Namen und versuchte sich die Schicksale dieser Menschen vorzustellen. Das Museum der Salesianer-Brüder hakte sie als interessante Sehenswürdigkeit, die sie nicht besuchte, auf Freds Liste ab. Am Nachmittag schrieb sie auf das letzte leere Blatt ihres dritten Notizbuches:

»Ist die Erinnerung Wirklichkeit, oder ist die Wirklichkeit Erinnerung?«

Darunter schrieb sie noch: »Bitte verzeiht mir.«

Danach ging sie mit den drei Büchern, die ihr Leben beinhalteten, und einem Briefumschlag, in dem ihr Rückflugticket von Santiago nach Frankfurt lag, zur Post. Erst nachdem ein Beamter den Inhalt geprüft hatte, durfte sie das Päckchen verschließen. Sie adressierte es an Walter und Anne Schmieder und gab es auf.

Am vierten Tag in Punta Arenas nahm Brigitte in der Frühe den Bus nach Puerto Natales. Sie fuhr jetzt wieder nach Norden. Die Fahrt ging durch kaum besiedeltes Gebiet. Die raue, Landschaft zog an ihr vorbei. Es war nicht sie, die sich vorwärts bewegte, das Land reiste an ihr vorbei und ihr Schicksal kam ihr entgegen.

Sie waren morgens bei Tagesanbruch losgefahren und in der Dunkelheit kamen sie in Puerto Natales an. Es war einer der üblichen Kleinbusse, nicht teuer aber dafür auch nicht komfortabel. An der Bushaltestelle der Gesellschaft, bei der sie das Ticket für diese Reise und für den nächsten Tag nach Calafate und zum Gletscher in Argentinien gekauft hatte, standen, wie fast überall im Land, Frauen und machten Werbung für ihre privaten Unterkünfte. Brigitte schloss

sich einer älteren Frau an und folgte ihr zwanzig Minuten
lang auf schmalen Pfaden, durch verwinkelte Gassen, bis sie
zu einem in allen Farben des Regenbogens bemalten Holz-
haus kamen. Es war so bunt, dass es selbst in der Dunkelheit auffiel. Es schien so, als ob alle Farbreste der Stadt hier
irgendwo eine Verwendung gefunden hatten. Das Zimmer
und das Bett wurden dem Namen nicht gerecht. Es gab nur
eine Dusche für alle Kammern des Hauses. Es war ein be-
toniertes Viereck mit Vorhang. Der Abfluss schien sogar zu
funktionieren. Sie verzichtete darauf, sie auszuprobieren.
Das Klo musste sie notgedrungen benutzen. Sie wäre lieber ins Freie gegangen und hätte einen kalten Po riskiert.
Klopapier gab es nicht. Dafür hatte jeder Benutzer selbst
zu sorgen und es durfte nicht in die Toilette geworfen werden, sondern wurde in einem Eimer gesammelt. Der Duft
zog trotz Deckel durch die Ritzen der hauptsächlich mit
Brettern abgetrennten Verschläge, die sich Zimmer nannten. Brigitte war ihrer Vermieterin in der Dunkelheit gefolgt. Sie kannte sich nicht aus und ihre mageren Sprachkenntnisse nützten hier nichts. Auch wenn sie am liebsten
weggelaufen wäre, ihr blieb nichts anderes übrig, als zu
bleiben. Sie streifte nur die Stiefel ab, zog ihren Parka aus
und streckte sich so auf der durchgelegenen Matratze aus.
Die raue Wolldecke war klamm und wärmte sie nicht. Sie
umschloss ihr Medaillon mit kalten Fingern und wartete
darauf, dass es hell wurde.
Am Morgen brachte ihr die Wirtin einen Becher heißen Tee
und frisches Maisbrot. Anschließend begleitete sie Brigitte
bis zur Busstation, die sie alleine ganz bestimmt nicht gefunden hätte.

Es stand an diesem Tag nur ein Kleinbus bereit. Die Touristen waren um diese Jahreszeit nicht so zahlreich. Sie fuhren

eine halbe Stunde verspätet ab, obwohl alle angemeldeten Passagiere und der Fahrer anwesend waren.

Sie fuhren nach Norden. Außer Vicunias, kleinen Lamas, die manchmal bunte Bänder in ihr Fell geflochten hatten, war kilometerweit kein Lebewesen zu sehen. Der Wind kämmte die Pampa. Die Landschaft wirkte unendlich einsam. Im Osten erhoben sich majestätisch die schneebedeckten Gipfel der Anden. Sie sah ihr Spiegelbild im Fenster des Busses. Durch ihr Gesicht wischte die Landschaft, die hinter der Scheibe vorbeizog. Brigitte war die einzige Alleinreisende. Der Platz neben ihr blieb frei. Sie stellte sich Fred darauf vor. Wenn sie nicht hinsah, konnte sie es sogar glauben.

Ihre Mitreisenden waren Paare. Brigitte war freundlich aber sie hielt Abstand und es drängte sich ihr niemand auf.

Irgendwo in der Einöde erreichten sie die Grenze zu Argentinien. Sie bestand nur aus einem Zollhäuschen und einem Schnellimbiss. Sie mussten aussteigen und sich wie Schulkinder in einer Reihe aufstellen, um ein Tagesvisum für Argentinien zu beantragen. Danach durften sie zum Lago Argentino weiterfahren. Brigitte war nun fast an ihrem Ziel. Der Bus hielt. Es war außer ihnen nur noch ein weiterer Kleinbus angekommen. Die Menschen stiegen aus, rannten auf die verschiedenen Aussichtsplattformen und fingen sofort zu fotografieren an, so als befürchteten sie, dass das was sie sahen, ihnen weglaufen könnte, weil es so grandios und überwältigend war. Brigitte sonderte sich ab und wanderte langsam auf eine Anhöhe. Der Anblick, der sich ihr bot, war so gewaltig, dass sie niemand und keine Worte um sich ertrug.

Auf Freds Poster strahlte der Gletscher Frische, Ruhe und Größe aus. In Wirklichkeit machte seine unbegreifliche, gewaltige Größe sie fassungslos. Die Gletscherwand ragte

60 Meter in fast greifbarer Nähe vor ihr in die Höhe und seine mehreren Kilometer Länge waren unabsehbar, einfach unendlich. Brigitte dachte, wer nicht die vielen verschiedenen Blau des Gletschers gesehen hat, weiß nicht, was Blau ist und was es sein kann. Die Eiswand ächzte, stöhnte und knallte wie ein lebendiger, blauer Riese, der das Wissen um die Ewigkeit in sich gespeichert hatte und sich Brigitte entgegenstreckte. Im Wasser des Lago Argentino schwammen seine hellblau leuchtenden Kinder, die er verloren hatte und die sich spiegelten wie der Himmel, der alles umfing. Ihre Mitreisenden standen zusammen. Vielleicht ertrugen sie die Größe nur gemeinsam.

Aus dem Ur-Eis löste sich wie in Zeitlupe und mit unbeschreiblichem Getöse ein riesiger Teil. Er verneigte sich. Das Wasser teilte sich, verschlang ihn und spuckte ihn in einem verdichteten Unendlichkeitsblau wieder aus. Eine Flutwelle stürmte über den See und schlug klatschend ans Ufer. Die Menschen auf der Plattform rannten entsetzt kreischend an Land. Die Welle beruhigte sich und lief in sanften Kreisen aus. Die Wolkendecke brach auf und Sonnenlicht überfiel die Welt. Der Gletscher verdoppelte sich mit seinem Spiegelbild im See.

Brigitte legte ihren Rucksack ab und mit ihm ihre Vergangenheit. Erinnerungen, Gedanken rieselten wie unwichtiger Sand aus ihrem Kopf. Sie fühlte sich leicht und frei. Sie spürte keine Kälte. Sie stand einer noch nie so erlebten Macht und Kraft gegenüber und sie fühlte sich als winziger Teil der Ewigkeit. Sie wusste, das Warten war vorbei.

Eine Leichtigkeit durchdrang sie. Sie war in ihren Träumen lange nicht mehr geflogen, aber sie wusste, dass sie fliegen konnte. Freds Gesicht war klar und deutlich vor ihr. Sie sehnte sich nach dem Gefühl von Frieden und Freiheit und sie wusste, sie brauchte nur die Arme zu heben und auf und ab zu bewegen. Es gab keine Trennung mehr zwischen Himmel und Erde. Im Spiegelbild des Sees flossen sie ineinander. Brigitte war am Ziel. Sie stieg auf eine Brüstung, die vor einem Sturz in die Tiefe schützen sollte. Sie breitete die Arme aus und ließ sich der Vereinigung von Himmel, Eis und Wasser entgegenfallen.

Epilog

Walter erhielt die Nachricht, dass für ihn beim Zoll ein Päckchen aus Chile zur Abholung bereitlag. Er fuhr am Freitagmorgen, auf dem Weg zum Dienst, vorbei. Es waren Brigittes Notizbücher und ihr Rückflugticket. Nachdem er einen Blick auf die Aufzeichnungen geworfen hatte, nahm er sich für den Rest des Tages frei. Er ging nach Hause, um Brigittes Botschaft zu lesen. Als Anne nach Hause kam, reichte er ihr wortlos das Buch mit dem roten Seideneinband und auch sie begann zu lesen.

Sie lasen die ganze Nacht hindurch.

Am Montagmorgen war Walter der Erste im Büro. Er schrieb einen Abschlussbericht und schloss die Akte Fred Gärtner.